# Uncommon Type

歡迎光臨火星

湯姆・漢克斯

獻給麗塔和孩子們
諾拉——因為有妳

# 目次

# 疲於奔命的三周

Three Exhausting Weeks

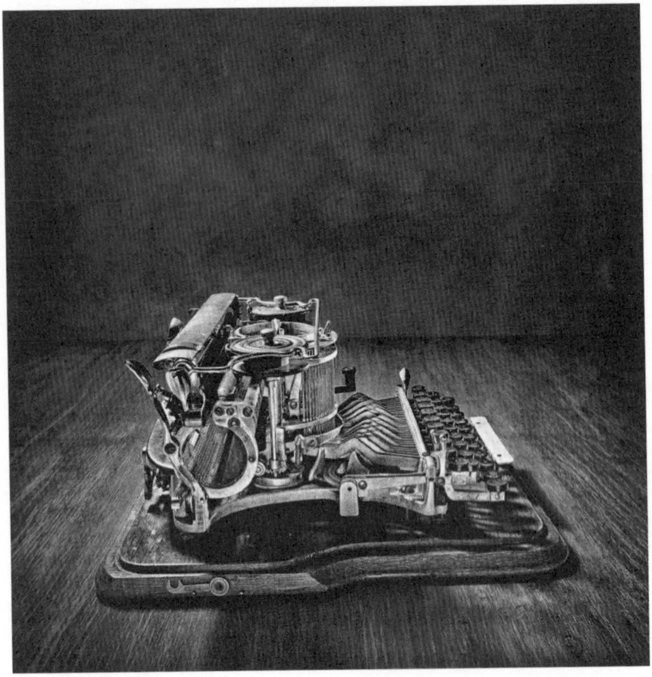

# 第一日

安娜說只有在「古董貨棧」買得到一份有意義的禮品送給穆達西。與其說「古董貨棧」是個古物珍品的商地，倒不如說它是個常設的跳蚤市場，貨棧所在之地曾是拉克斯戲院，HBO、網飛和其他一百零七個導致拉斯克戲院破產的娛樂頻道尚未問世之前，我經常坐在那個絢爛一時的戲院裡看電影，待了好多個鐘點。如今戲院裡擺設一個個攤位，販售貌似古董的商品。安娜和我一一鑑識。

穆達西即將歸化為美國公民，這事對我們和穆達西都是非同小可。史提夫・王的爺爺奶奶在一九四〇年代歸化為公民。我爸爸一九七〇年代逃脫東歐共產國家那群下三濫暴徒的掌控。安娜的祖先們古早之前划船橫越北大西洋，試圖掠奪新大陸任何值得掠奪之物，根據流傳下來的家族傳奇，安娜的祖先們發現了瑪莎葡萄園。

穆罕默德・達亞克斯—阿巴杜即將成為一位如同蘋果派一樣典型的美國人，因此，我們想要幫他選購一份兼具復古風情與愛國情操、顯現他新祖國之傳承與慧黠的禮品。我覺得我們在第二個攤位看到的古舊三輪推車最為理想。「等他當了美國人的爸爸，他可以把這部車子傳交給他的兒女，」我說。

但安娜才不肯買下我們撞見的第一件古董。因此，我們繼續尋寶。我買了一面一九四〇年代的美國國旗，國旗上只有四十八顆小星，我覺得國旗足可提醒穆達西，這個他歸化入籍的國家始終處於創建，奉公守法的國民們在這片豐饒的土地可以找到立足之地，就像這面紅白相間的星條旗可以容納更多小星星。安娜核可，但繼續搜索，尋求一個遠比國旗更特別的禮物。她想要一份獨一無二的物品。逛了三小時之後，她判定那部三輪推車終究是個不錯的選擇。

我們剛把我那部福斯金龜車開出停車場就開始下雨。我的雨刷非常老舊，甚至在擋風玻璃上留下一道道條紋，因此，我們不得不放慢車速，緩緩開回我家。大雨一直下到傍晚，所以安娜沒有開車回家，反而留下來消磨時間，播放我媽媽灌錄的卡帶（那些舊卡帶已被我轉拷為光碟），我媽媽的音樂品味不拘一格，卡帶的歌曲含括搖滾經典樂團「偽裝者合唱團」（The Pretenters）、靈魂經典樂團「歐傑斯合唱團」（The O'Jays）、藍調宗師泰基馬哈，安娜在樂聲中高聲談笑。

播放到龐克教主伊吉・帕普的〈真正的野孩子〉（*Real Wild Child*）之時，安娜問道：「你有沒有任何一首歌齡低於二十年的新歌？」

我做了手撕豬肉捲餅。她喝葡萄酒。我喝啤酒。她一邊在我的富蘭克林爐生火①，一邊說她覺得自己像是大草原上的拓荒女子。我們坐在我的沙發上，夜色漸深，四下只有爐火和音響的聲頻信號盤閃閃發光，盤面由綠光躍升到橘光，偶爾變換為紅光。遠處風雨交加，隱約可見雷電一閃一閃。

「你知道嗎？」她對我說。「今天是星期天。」

「我當然知道，」我告訴她。「我活在當下。」

「我很欣賞你這一點。你腦筋好，又有愛心，個性隨和，幾乎像隻樹懶。」

「妳先是讚美我，這下轉為侮辱。」

「嗯，就說『幾乎懶散』吧，」她邊說、邊啜飲葡萄酒。「重點是：我喜歡你。」

「我也喜歡妳。」我心想，這番談話不曉得會有什麼結果。「妳在跟我調情嗎？」

「不，」安娜說。「我在跟你求歡。這完全是兩碼事。調情就像釣魚，說不定你會上鉤，說不定你不會。求歡則是搞定一切的第一步。」

我必須聲明，安娜和我從高中時代就認識，我們都就讀聖安東尼鄉鎮高中（聖戰士，加油！）但我們不是情侶，只是跟同一群人一起廝混，而且欣賞彼此。我上了幾年大學，花了幾年照顧我媽媽，然後拿到執照，假裝以買賣房地產混口飯吃，如此過了好一陣子。有天她走進我的辦公室，因為她必須幫她承接的平面設計工作租間工作室。我是她唯一信得過的仲介，因為我曾經跟她的一個朋友交往，兩人分手時，我也不是個混蛋。

安娜依然非常漂亮。她的身材始終像是三項全能選手一樣苗條結實，事實上她也一直是個三項全能健將。我陪她跑了一天，帶她參觀幾個尚未出租的地方，基於種種我覺得毫無道理的緣故，沒有一個地方讓她看得上眼。我看得出她依然如同高中時代一樣上

---

① 譯註：Franklin Stove，一種壁爐狀鑄鐵火爐，據說是美國總統富蘭克林發明。

進、專注、緊繃。再微小的細節都逃不過她的目光，如果必須做出更替，每一個細節皆需經她詳查、檢視、紀錄、核可。熟女安娜令人精疲力竭。熟女安娜跟少女安娜一樣都不是我喜歡的那一型。

說來奇怪，她和我居然成了至交，遠比我們高中時代親近。我是那種懶懶散散的獨行俠，就算成天無所事事，我也從不感覺自己浪費了一秒鐘。事實上，一賣掉我媽媽的房子、把錢存入投資帳戶，我馬上跟我虛假的房地產事業說拜拜，穩穩當當地過著理想至極的快活日子。幾堆待洗的髒衣服，再加上一場運動頻道轉播的冰上曲棍球賽，我就可以消磨一整個下午。當我磨磨蹭蹭地分開白色衣物和花色衣物，安娜說不定已經修繕閣樓、備妥納稅表格、手工現擀義大利麵、架設了交換衣物的網站。她午夜上床，黎明即起，時睡時醒，斷斷續續，但她精力充沛，成天火力十足。我則盡可能睡到地老天荒，每天下午兩點半還打個小盹。

「我要吻你囉。」安娜劍及履及，說做就做。

我們以前只是輕摟對方、順便輕啄對方的臉頰，從來沒有親吻。那天晚上，她呈現出全新的一面，我全身緊繃，不知所措。

「喂，放輕鬆，」她輕聲說。她伸出手臂圈住我的脖子。她好香，嘗得到葡萄酒的味道。「今天是安息日，理當歇息。我們可不是幹活。」

我們又親吻，這回我全心投入，泰若自然地配合。我攬她入懷，把她拉近一點。我們投入彼此的懷抱，逐漸放鬆。我們親吻彼此的頸際，一路吻回唇邊。自從我被我那邪惡的女友夢娜甩了，我已經將近一年沒有像這樣親吻女人——夢娜不但甩了我，還偷了我皮夾裡的錢，沒錯，她確實是個問題人物，但親吻？夢娜的吻技可是一流。

「棒透了，」安娜輕聲一嘆。

「是喔、棒透了，」我也嘆了口氣。「我們早該這麼做。」

「我覺得我們不妨多花點時間肌膚相親，」安娜輕聲說。「把衣服脫了吧。」

我依言照辦。當她也脫了衣服，我已魂不守舍。

## 第二日

我星期一的早餐是蕎麥鬆餅、西班牙臘腸、一大碗莓果、滲濾式咖啡壺沖泡的咖啡。安娜寧願啜飲我好久以前塞進櫥櫃裡的花草茶，細嚼一小碗她用菜刀敲碎的堅果。她仔細點數了八顆藍莓，營養早點自此齊備。我不該說我們身無寸縷地吃早餐，因為這樣聽起來好像我們崇尚天體營，但我們的確毫無忌憚、跌跌撞撞地下床。

穿上衣服、準備上班之時，她說我們要報名潛水課程。

「我們要去上潛水課？」我問她。

「沒錯。我們要拿到證照，」她說。「你也得買些健身服、慢跑鞋和運動褲。你去一趟亞登購物中心的 Foot Locker，買了東西之後直接過來我的辦公室，我們一起吃午飯。順便把我們為穆達西選購的三輪推車和國旗帶過來，我們來包禮物。」

「好，」我說。

「今晚我在家裡準備晚餐，我們看部紀錄片，然後上床，在我的床上做那些昨晚在你的床上做的事。」

「好，」我又說一次。

## 第三日

結果安娜親自帶我去了一趟 Foot Locker，叫我試穿五雙不同的運動鞋（最後選定多功能訓練鞋）、四款不同的運動褲和運動衫（最後選定耐吉）。然後我們買了派對的餐點和飲品，安娜打算幫穆達西開個派對，她說只有我家適合這種狂歡派對。

中午時分，穆達西連同其他一千六百位即將入籍的公民站在體育館裡，高舉右手，宣誓效忠美國——新公民必須宣誓恪守、保護、捍衛如今他們所歸屬的憲法，正如美國總統就職之時的宣誓。史提夫・王、安娜、和我站在看台區，見證一大群移民歸化入籍，人人膚色各異。場面光榮至極，我們三人莫不深受感動，尤其是安娜，她低聲啜泣，整張臉埋在我的胸前。

「太……太感人了，」她依然啜泣。「天啊……我……我愛極了這個國家。」

那些跟穆達西一起在「家得寶」②上班、得以抽空請假的同事們用員工價買了多面美國國國旗，帶著這些便宜的國旗出現在我家。史提夫・王準備了伴唱機，我們逼著穆達西高唱一首首歌詞包含「美國」的歌曲，諸如〈美國女人〉、〈美國女孩〉、海灘男孩（The Beach Boys）流行樂團的〈美國精神〉（*Spirit of America*）——其實〈美國精神〉的重點是一部車子，但我們還是逼著他唱。我們把三輪推車充當冰桶，六人協力插上那面四十八顆小星的美國國旗，好像我們是攻佔硫磺島的海軍陸戰隊，而領頭的是穆達西。

派對持續了好久，最後只剩下我們四人看著月亮緩緩升空，聽著國旗在旗桿上噗啪作響。我剛從三輪推車的碎冰裡拿了一罐啤酒，安娜就從我手裡搶下來。

「寶貝，慢慢喝，」她說。「這兩個傢伙一回家，你就必須使出所有的精力。」

一小時之後，史提夫・王和穆達西告辭離去，我們這位新入籍的美國公民依然輕聲哼唱「亞美利加樂團」（America）的成名曲〈一匹沒有名字的馬〉（*A Horse with No Name*）。史提夫的車子一開出車道，安娜馬上牽起我的手，帶著我走到後院。她把椅墊

② 譯註：Home Depot，美國家飾與建材用品大型量販店。

擱在柔軟的草地上，我們躺在墊子上親吻，然後，嗯，你知道的，看看我使得出多少精力。

## 第四日

只要擠得出四十分鐘，安娜就出去跑步，她也把這個習慣強加在我身上。她把我帶到她經常跑步的山坡，步道沿著山坡攀升，繞過觀景高台，循著原路而下。開始跑步吧，她下達指令。她知道我絕對趕不上她，所以她說她自個兒往前奔跑、跟我在出發點會合。

我向來不強迫自己運動，純粹隨心所欲。偶爾踩著我那部老舊的三段變速腳踏車過去星巴克，或是玩幾局飛盤高爾夫（我曾經隸屬一個聯隊）。今天早上，我呼呼哧哧地跑上塵土飛揚的山坡，安娜早就跑得老遠，我根本看不到她的身影。我的雙腳被新買的多功能訓練鞋磨破了皮（千萬謹記：買鞋務必挑選大半號），血液急促竄流，激奮狂亂，感覺陌生而怪異，致使我的肩膀和脖子緊繃，頭也開始抽痛。安娜從觀景高台直衝而下，一邊跑步、一邊拍拍雙手。

「棒透了！」她大喊，衝過我身旁。「頭一次跑步就表現良好！」

我急急轉身，跟隨著她。「我的大腿好像著了火！」

「你的大腿在抗議，」她回頭對我大喊。「過一陣子就會屈服。」

我沖澡之時，安娜重新整理了我的廚房。她覺得我的平底鍋和鍋蓋放錯了地方，我放餐具的抽屜為什麼離洗碗機那麼遠？我不知如何作答。「我們該出門了。第一堂潛水課可不能遲到。」

潛水學校散發著潮濕橡皮潛水服和游泳池漂白水的氣味。我們填寫表格，拿到學員練習手冊，還有課程時間表和開放水域考照的日期表，安娜指了指四星期之後的週日，當場幫我們預約船上的鋪位。

我們到威爾迪蔬食小館吃午餐，吃下一盤除了生菜還是生菜的沙拉，用餐之後，我想要回家睡個午覺，但安娜說她需要我幫她搬動她家裡的傢俱，她說這個差事她已經拖了好久，聽來根本不是真話，幾乎像是說謊。其實她想要叫我幫她家裡的辦公室和走廊重新貼壁紙，這表示我得搬動她的電腦、印表機、掃描機、平面設計相關器材，整個下午都得聽她差遣。

那天晚上我根本沒回家。我們待在她家吃飯——素食義大利千層麵佐生菜沙拉——看了一部網飛的電影，電影裡的女主角聰明伶俐，男友們卻呆頭呆腦。

「棒透了，」安娜說。「電影說的是我們耶！」她笑得花枝亂顫，一隻手探進我的褲襠，連吻都沒吻我。我要嘛是全世界最幸運的傢伙，要嘛被當成笨蛋耍弄。安娜讓我也把手探進她的褲襠之後，我依然不確定我是何者。

## 第五日

安娜必須待在她的辦公室工作。她雇了四個正經八百的女性職員和一個實習生，實習生還在讀高中，是個問題少女。她去年拿到一個案子，幫一家教科書出版商做平面設計，收入穩定，但跟鋪壁紙維生一樣單調無趣。我跟她說我要回家。

「為什麼？」她問。「你今天閒閒沒事。」

「我打算出去跑步，」我說，隨口編了一個理由。

「棒透了，」她跟我說。

我回家，果真穿上那雙多功能訓練鞋，在家裡附近跑了一圈。摩爾先生——退休警察，他家跟我的後院相鄰——看到我跑過去，對著我高聲大喊：「你他媽的哪根筋不對？」

「一個小妞！」我大聲回話，這話不但真切，說了也爽。當一個傢伙心裡想著他的小妞、迫不及待地等著跟她說他跑步跑了四十分鐘，我跟你說啊，他就名草有主囉。

沒錯，我交了一個女朋友。女朋友改變了一個男人，從他運動之時穿的球鞋，直到他怎麼打理他的髮型，全都因她起了變化——我們上床之後，安娜隔天就在我的理髮師面前指點我應該剪個什麼頭，而我早就應該做出這些改變。我被愛情沖昏了頭，跑了又跑，超出我體力所能承受的範圍。

安娜打電話過來之時，我剛好因為小腿跟啤酒罐一樣緊繃、不得不打消午睡的念頭。她叫我過去找她的針灸師；她這就打電話幫我約時間，立刻安排我去扎針。

「東村健康綠洲」的那棟大樓，既是小型購物商場，也是辦公大廈，停車場設在地下。我開著我那部沒有動力方向盤的金龜車繞了一圈又一圈，耗盡精力；我試圖搞清楚大樓的多部電梯，耗盡腦力。當我終於找到 606-W 辦公室，我坐到一個噴泉旁，填了長達五頁的健康問卷，噴泉的電力幫浦隆隆作響，比流瀉的水聲更吵人。

您接受觀想化的練習嗎？當然接受。我看不出有何不可。您接受引導式靜思嗎？當然接受，我看不出有何大礙。請解釋您為什麼需要接受治療。請明確敘述。我的女朋友叫我拖著我這條精疲力盡、肌肉緊繃、可憐兮兮、急待舒緩的大腿過來找你們。

我遞交問卷，靜靜等待。最後終於有個披著白袍的傢伙叫我的名字，把我帶進診療室。我褪盡衣物、脫到只剩下內褲之時，他詳細審閱我的問卷。

「安娜說你的大腿不舒服？」他問。他已經幫安娜針灸了三年。

「沒錯，」我說。「我的小腿和其他肌肉跟我過不去。」

「根據這個，」他輕輕扣打我的問卷，「安娜是你的女朋友。」

「我們最近才開始交往，」我跟他說。

「這下你就沒戲唱囉。來，臥躺。」當他幫我扎針，我整個身子一陣酥麻，小腿不自主地抽搐。走出診療室之前，他按下一部隨身音響的播放鍵，播放 CD 引導我靜思。我聽到一個女人的聲音，指示我淨空思緒、想著河流。其後半小時，我多多少少照辦，真想打個盹，但我不能打盹，因為我的身上插了細針。

安娜在我家裡等我，她已經幫我們準備了晚餐，我們吃了綠葉生菜和顏色有如泥土的米飯，然後她搓揉我的大腿，力道強到令我畏縮。稍後她說她從大學畢業之後就不曾連續五個晚上做愛，但今晚她打算試試看。

## 第六日

她在她的手機上設定鬧鐘，清晨五點四十五分即起，因為她有好多事情待辦。她把我也叫醒，允許我喝一杯咖啡，然後叫我穿上跑步的衣物。

「我小腿還在痛，」我跟她說。

「那只是因為你跟你自己這麼說，」她說。

「我今天早上不要跑步，」我抱怨。

「少來了。不跑不行。」她把我的運動褲扔給我。

早上天氣冷，霧氣濛濛。「最宜路跑，」她說。她逼著我在車道上模仿她做了十二分鐘的暖身操，而且用她的手機設定時間，每隔三十秒就叮叮作響。我必須做出二十四種不同的姿勢，每一種姿勢都可以強化我的肌肉或是肌腱，卻也讓我痛得皺眉，頭昏眼花。

「棒透了，」她說。然後她跟我說明我們的跑步路徑，她跑兩圈，我跑一圈。當摩爾先生在他院子裡撿起報紙，我剛好跑過他家。

「那是你的小妞？那個一分鐘之前跑過去的女孩？」他高聲跟我說。我氣喘如牛，只能點頭回應。「他媽的，你哪一點讓她看上眼？」

幾分鐘之後，安娜繞著我跑了一圈，用力拍拍我的屁股。「棒透了！」

我回家，沖個澡，她也參一腳，我們親來親去，開心愛撫。她指示我怎麼幫她擦背，叫我午餐之時過去她的辦公室，以便一起研讀潛水練習手冊。我還讀不到幾頁，她卻已經閱畢半本。我實在想不透她哪來的時間。

我在她的辦公室待了一下午，回答關於潛水裝備和使用方式的複選題，瀏覽房地產清單（我依然有在涉獵房地產相關），試圖逗那些窩在她們平面設計桌前的小姐們開心。安娜可不是如此。我打混之時，她打了一通長長的電話，跟德州的一個客戶在電話中開會，同時幫一系列教科書設計了新的書封、校對三個案子、重新整理儲物櫃、讀完潛水練習手冊。我們甚至還沒開始上潛水課。

讀不讀都無所謂。我們是班上唯一的學生。我們觀看華麗水底世界的錄影帶，然後踏進泳池，起先站在淺水區，聆聽教練文森解說如何使用種種設備齊全的水底呼吸裝備。這個過程花了好多時間，因為安娜針對每一件設備提出最起碼五個問題。最後文森終於叫我們咬住呼吸調節器、雙膝下跪、把頭埋入水中、吸進帶有金屬味道的壓縮空氣、吹出泡泡。下課之前，教練叫我們在泳池裡來回游十趟，藉此測試我們的體能。安娜好像奧運選手似地接受測試，不到幾分鐘就游完十趟、跳出泳池、擦乾身子，我懶洋洋地游蛙式，在這場兩人的競賽中遠遠殿底。

下課之後，我們開車到東村購物中心跟史提夫・王和穆達西碰面，大夥一起到「伊歐糖村」喝杯奶昔。安娜點了一小杯不含糖分、撒了一丁點真正肉桂粉的非乳製品優格，我們坐在一起享用甜品，安娜悄悄挽起我的手，這個親暱的舉動可逃不過眾人的眼光。

那晚在她的床上，安娜臨睡之前滑她的 iPad，這時，我接到史提夫・王的簡訊。

*SWong*：你操了安娜？

我打出我的回覆：

*Moonwalker7*：干你屁事？

*SWong* : *Yes / no?*

*Moonwalker7* : 😁

*SWong*：你瘋了嗎？？？？？？

*Moonwalker7*: ✈️🏋️🚀🎯🏹‼️🏁😏

然後穆達西加入通話群組——

*FACEOFAMERICA*：😮

*Moonwalker7*：我被勾引

*FACEOFAMERICA*：「廚子們打炮，燉菜就燒焦」

*Moonwalker7*：誰說的？村裡的乩童？

*FACEOFAMERICA*：「教練們打炮，球隊就輸球」，文斯・隆巴迪③說的。

如此這般，無可奈何。史提夫・王和穆達西確信我和安娜成雙成對準沒好事。管他們看不看好！那天晚上，安娜和我好像威斯康辛州綠灣的燉菜廚師似地卯足了勁，不顧一切地做愛做的事。

😏

---

③ 譯註：Vince Lombardi，1913-1970，美國傳奇足球教練，曾帶領威斯康辛州「綠灣包裝工」五度奪下美足聯盟總冠軍。

# 第七日

「我們應該談一談我們的關係嗎？」

提問的人是我。我站在安娜的小廚房裡，身上只圍了一條浴巾，用力壓按她的瑞士咖啡濾壓壺，沖泡一杯晨間萬靈仙丹。她一個半小時之前就已起床，也已穿上她的跑步行頭。幸好我把我的多功能訓練鞋留在我家，所以我不必出去練跑馬拉松。

「你要談一談我們的關係？」她一邊問我，一邊清理少許傾倒在流理台上的咖啡渣，她的流理台一塵不染，跟手術台似地。

「我們是一對嗎？」我問。

「你覺得我們是一對嗎？」她反問。

「妳覺得我是不是妳的男朋友？」

「你覺得我是不是你的女朋友？」

「我們其中之一打算做出感情宣言嗎？」

「我哪知道？」

我坐下，啜飲一口泡得太濃的咖啡。「我可不可以加一點牛奶？」我問。

「你覺得那杯黏糊糊的東西有益健康？」她遞給我一小瓶沒有添加防腐劑的杏仁牛奶，那種東西以「牛奶」之名販售，其實是液體化的堅果，而且效期只有幾天。

「妳可不可以買些真正的牛奶、好讓我加在咖啡裡？」
「你為什麼如此苛求？」
「請妳買牛奶算是苛求嗎？」
她微微一笑，捧住我的臉頰。「你認為你是我的真命天子？」
她吻我。我正要做出感情宣言，但她坐到我的大腿上，解開我圍在腰間的毛巾。那天早上，她沒有出去晨跑。

## 第八日至第十四日

跟安娜交往，有如受訓成為海軍海豹特種部隊，同時還在颶風季節奧克拉荷馬州的亞馬遜庫房上全天班。每一天的每一刻都不得閒。我下午兩點半的午間小寐，早已成了過去式。

我經常運動，不單只是晨跑，而且潛水游泳、勤做如今已經延伸為半小時的瑜珈伸展操，我還參加安娜的熱室飛輪有氧健身班，把我累得大吐特吐。待辦的雜事多到令人咋舌，而且從不依循待辦事項的清單、或是協助購物的應用程式，反而全是即興之舉，想到就做，沒完沒了。不工作、不運動、不在床笫之間折騰我的空檔，安娜東搞搞、西找找、要求看看商店後頭有些什麼、開車到市區另一頭參加故居拍賣，要不就到「家得寶」幫我向史提夫・王詢問如何使用皮帶磨光機，因為我後院那張紅木野餐桌的桌面需要打磨。我天天遵循她的使喚——而且是從早到晚——包括完全依照著她的指示開車。

「下一個路口左轉。別在這裡下交流道。走韋伯斯特大道。你為什麼現在就右轉？別經過學校！幾乎三點了！小孩快要放學！」

她在一家新開張的運動用品旗艦店幫史提夫・王、穆達西和我安排了攀岩實作。這家旗艦店設有攀岩牆和室內人工水道，水流湍急，足可示範急流泛舟。店裡還有一個高空跳傘的包廂，圓筒型的包廂裡有個超大風扇，風扇朝著廂頂吹風，風勢極度強勁，讓戴著安全帽的顧客們體驗自由落體的快感。不消說，我們四人一個晚上就攀了岩、泛了舟、跳了傘。我們在店裡待到打烊。史提夫・王和穆達西身穿男女通用的工作服在「家得寶」忙了一整天，這會兒覺得自己像是太空超人。我遵循安娜超級滿檔的行事曆過日子，已經為時甚久，整個人精疲力盡。我需要小睡片刻。

我們還有時間在店裡的「能量小站」喝杯高蛋白奶昔，安娜去一下洗手間。

「感覺如何？」穆達西問。

「什麼感覺如何？」

「你跟安娜啊。你倆坐在大樹上，親——親——吻——吻。」

「你還好嗎？」史提夫・王說。「你看起來好累。」

「嗯，我剛剛才做了半吊子的高空跳傘，不是嗎？」

穆達西把吃了一半的高蛋白營養棒扔進垃圾桶。「我以前經常看著你，心裡暗想：這傢伙盤算得一清二楚。他有一棟可愛的小房子和一個不錯的後院，他不幫任何人做事，他就是自己的老闆。他可以把手錶給扔了，因為他從來不必趕赴任何地方。對我而言，你就是我想要居住的美國。現在你卻對一個大女人低頭，真是嗚呼哀哉。」

「嗚呼哀哉？」我說。「你真的覺得嗚呼哀哉？」

「跟他說你告訴我的諺語，」史提夫說。

「你們村裡的乩童還教了你什麼？」我納悶一問。

「其實是村裡的英文老師，」穆達西說。「若想環繞地球，一艘船只需一張船帆、一只船輪、一副羅盤、一個航海錶。」

「在一個內陸國家說這種話，還真是睿智，」我說。穆達西在亞撒哈拉長大。

「安娜是羅盤，」穆達西解釋。「你是航海錶，但你若跟了她走，你就會失準。你的指針每天只會準確兩次。我們永遠不曉得我們的緯度。」

「你確定安娜不是船帆？」我說。「為什麼我不可以是船輪、史提夫不可以是羅盤？我不了解這個比喻。」

「我用你聽得懂的話跟你解釋吧，」史提夫說。「我們就像電視節目的多元化卡司。穆達西是非裔男性，我是亞裔男性，你是白人男性，安娜是堅強優秀的女性，而她絕對不會受到男性的界定。你和她配成一對，就像是節目播了十一季、電視公司為了避免節目被腰斬而編出的故事情節。」

我看了穆達西一眼。「你了解這個流行文化的比喻嗎？」

「大致了解。我家接了有線頻道。」

「我們四人是個完美的正方形，」史提夫解釋，「你跟安娜上了床，勢必更動我們這個幾何圖形。」

「怎麼說？」

「她促使一些事情發生。你瞧瞧我們，現在將近半夜，而我們已經在室內攀了岩、划了舟、跳了傘，我從來沒有在週間的晚上做過這些事情。她是我們生活中的催化劑。」

「你用了帆船、電視節目、幾何圖形、化學來強調我為什麼不應該跟安娜約會。我還是無法信服。」

「我預料你會哭兮兮，」穆達西說。「安娜也會，我們每個人都會哭兮兮。淚水從我們的眼睛裡噴濺出來。」

「兩位聽好，」我邊說、邊把一個味道確實像是巧克力布朗尼的高蛋白布朗尼推到一旁。「我和我的女朋友會碰到下列其中一個狀況。沒錯，女朋友。」我偷瞄了安娜一眼。她在遠遠的一頭跟櫃台旁的一個職員聊天，櫃台上方掛著一個告示牌，牌子上寫道：**投注探奇！**「一，我們結婚生子，你們是孩子們的乾爸。二，我們當眾大吵大鬧，互揭瘡疤，不爽地分手。你們都得選邊站，要嘛繼續跟我哥倆好，要嘛違背約定俗成的規矩，選擇女方，維持跟安娜的交情。三，她碰到另一個男人，把我甩了。我成了一個多愁善感的手下敗將——你們別說我本來就是一個鬱鬱不樂的輸家。四，我們各走各的，心平氣和地決定當個朋友，就像電視上一樣。我們只會記得我們曾經半吊子地攀岩、泛舟、跳傘，還有我這輩子最棒的性經驗。這些狀況我們都應付得來，因為我們都是大人，不是毛頭小夥子。更何況，如果安娜願意和你們曬恩愛，就像她跟我曬恩愛，你們肯定也完全投入，對不對？」

「那就會換成你預料我們哭兮兮，」史提夫．王說。

就在這時，安娜揮舞一本五彩繽紛、平滑閃亮、分量十足的小冊子，面帶微笑地走回來。「嗨，諸位先生！」她說。「我們要去南極囉！」

## 第十五日

「我們都需要適當的裝備。」安娜把她剛剛拆封的茶包放進一杯熱水裡。她已經穿上她的慢跑裝，我則慢吞吞地套上我的多功能訓練鞋。「連身衛生內衣褲，連帽羽絨衣，保暖外衣，毛絨套衫，防水靴，健行手杖。」

「手套，」我補了一句。「帽子。」南極遠在數千英里之外，距此數十個時區，而且南極之旅是三個月之後的事情，安娜卻已卯足全力，進入規劃模式。「那個時候南極不是夏天嗎？」我問。

「我們到不了南極點。說不定有辦法抵達南極圈，但前提是天氣和海洋的狀況必須非常理想。不管如何，我們還是會碰上強風和大量寒冰。」

我們走出家門，在我家前院的草坪上伸展筋骨，做了四十五分鐘下犬式和眼鏡蛇式瑜珈，晨間的露水沾濕了我們的身軀。叮！計時器一響，我彎腰，試圖把額頭碰到膝蓋。門兒都沒有。

安娜柔軟度極佳，有辦法像一張折疊桌似地翻轉身軀。「你知道吧，」她說，「阿波羅號的太空人前往南極研究火山。」安娜知道我是個百分之百的太空人迷。但她不曉得我對太空人的一切知之甚詳。

「他們在冰島受訓，小姐。太空人坐上太空總署的火箭，成功逃過一死，扭轉了人類的命運，如果真有哪個太空人前往南極，他們肯定早已退休，不再執行任務。」叮！我試圖伸手抓住我的小腿，我可憐的脛骨馬上有如火燒般疼痛。

「我想要看看企鵝、鯨魚和科學站，」安娜說。「還有 *B-15K*。」

「什麼是 *B-15K*？」

「一座跟曼哈頓一樣大的冰山，面積非常龐大，甚至可用衛星偵測。二〇〇三年，它從羅斯冰棚崩解分離，逕自以逆時鐘的方向繞著南極大陸打轉。如果天氣許可，我們可以租一部直升機，降落在冰山上！」

叮！伸展操告一段落。她拔腿往前奔跑，我試圖跟上，但顯然無望，尤其是這下子她想著 ***B-15K*** 冰山，精神更加振奮。

當我慢吞吞地跑過摩爾先生的屋子，他正要坐上他的車子，手裡拿著一個裝了咖啡的隨身杯。「你的女朋友一秒鐘之前跑了過去。她跑得真快。」

沖了澡、吃了一片加了酪梨的斯佩爾特麵包④之後，安娜拿起那把她從史提夫・王任職的「家得寶」買來的皮帶磨光機，動手打磨我的野餐桌。我抓了幾張我自己的砂紙一起打磨。

「打磨到只見紋路之後，你得重新上漆。你有沒有油漆？」我有。「你今晚之前就得把這事搞定，然後過來我家，我們吃吃飯、上上床。」沒問題，我心想。「我得去上班了。」出門之前，她指指其他必須磨光上漆的木製品，諸如一張板凳、通往廚房的小門、存放草坪玩具和運動器材的舊木棚。我花了一整天搞這些雜活。

我忙得大汗淋漓、灰頭土臉、沾滿油漆，這時，安娜傳了簡訊給我。

*AnnaGraphicControl*：再過十五分鐘吃晚餐。

---

④ 譯註：spelt bread，一種無油無糖、老麵發酵的小麥麵包。

我半小時之內到了她家，但吃飯之前得先沖個澡。我們在客廳用餐，吃了一大碗越南河粉，看了兩集超高畫質的「冰凍的地球」，一看看了三小時，獲悉關於帽帶企鵝和食蟹海豹的每一樁事——你猜它們只住在地球上的哪個角落？

捱不到上床，我就睡著了。

## 第十六日

安娜提都沒提，直接幫我們排定一早就上潛水課。

文森叫我們套上全副潛水裝備——氣瓶、配重帶，一應俱全——蹲坐在游泳池的深水區。我們必須卸下每一樣裝備，包括我們的面鏡，屏息憋氣，然後逐一重新套上。下課之後，文森說我的進度落後、最好趕緊研讀練習手冊。

「你為什麼還沒讀完練習手冊？」安娜質問。

「皮帶磨光機佔盡了我的時間。」

開車回家途中，我覺得喉嚨癢癢的，好像快要感冒。

「別說你快要感冒，」安娜說。「如果你跟你自己說你生病了，你就允許自己生病。」

她的手機響了，她啟動免持功能接起電話；原來是她一個德州的客戶。這個叫做里卡爾多的德州佬講了幾個色彩樣版的笑話，逗得安娜一邊大笑、一邊開進我的車道。她待著車裡講完電話，我走進屋裡。

「我們得去一趟沃斯堡，」當她終於走進我家廚房，她大聲宣布。我正在煮一包雞湯泡麵。

「為什麼？」

「我得親自監督里卡爾多提案。順帶一提，你吃了不是雞湯，而是一整包鈉粉。」

「我跟我自己說我生病了。喝點熱湯可以治感冒。」

「那個鬼東西會害你丟了小命。」

「我得跟妳去沃斯堡？」

「你為什麼不跟我去？反正你閒閒沒事。我們可以在沃斯堡待一晚，參觀景點。」

「沃斯堡有景點？」

「就當是探險吧。」

「我流鼻水，腦袋嗡嗡響，好像一窩蜜蜂在我腦袋裡飛來飛去。」

「如果你不這麼說，你就不會有這種感覺。」

我打個噴嚏、咳了幾聲、拿張衛生紙擤擤鼻涕，以示回應。安娜只是搖搖頭。

## 第十七日

我在沃斯堡看到下列景象：

巨型機場：旅客不計其數，擠得水洩不通，好像德州經濟崩盤、全州民眾忙著跑路。

行李領取處：正值整修，因而一片混亂，旅客們幾乎拳腳相向。安娜託運了三件行李，全都等到最後一刻才劈劈啪啪地順著斜道滑下轉盤。

巴士：車身漆了一圈大大的字樣：PonyCar PonyCar PonyCar。PonyCar是優步和其他租車公司的競爭對手，提供顧客另一個選擇。安娜有一張周末免費的折價券——她哪來這張折價券？我無從得知。巴士把我們載到一個停滿了車子的停車場，車子部部袖珍，也都漆了PonyCar的商標。我不知道這些車子在哪裡製造，但顯然為了身材嬌小的乘客設計。我們兩人和我們的行李必須擠進一部只裝得下兩名乘客和一件行李的小車。

達拉斯太陽花園飯店：與其說是「飯店」，倒不如說是一台台自動販賣機和一排排專為經費有限的商旅人士設立的套房。一入住我們的小房間，我立刻躺下。安娜一邊換上套裝，一邊跟里卡爾多講手機。她跟我揮手道別，拉著她的公事行李箱走了出去。

我身體不適，頭昏腦脹，因而無法操作電視。頻道節目表看來陌生。我搞了半天，依然只看到太陽花園飯店的頻道，頻道中展示世界各地光華璀璨、令人讚嘆的太陽花園飯店，印地安納州伊文斯維爾（Evansville）、伊利諾州厄巴納、德國法蘭克福亦將開設分館。我也搞不懂怎麼打電話。我一直聽到同一段語音提示。我餓了，所以我拖著疲憊的身軀走到所謂的「大廳」，試圖在自動販賣機買東西。

自動販賣機在另一個小房間，房間裡還有一張小小的長桌，桌上擺了一盤盤蘋果和一盒盒早餐玉米穀片。我各拿了一些。其中一台自動販賣機販售成片的披薩，另一台販售藥妝用品，諸如各種感冒藥。我把一張皺巴巴的二十元鈔票塞進販賣機，試了四次才買到幾顆膠囊、幾粒藥丸、一瓶單劑量的藥水、一小瓶內服液，內服液名為「強身爆爆樂」，誇稱含有高單位抗氧化劑、酵素、瑞士甜菜和某種魚類的營養成分。

我回到客房，以兩匙藥水混搭兩顆膠囊和兩粒藥丸，然後撕開安全銀箔紙、設法打開防止孩童開啟的安全瓶蓋，一口氣灌下「強身爆爆樂」。

## 第十八日

我醒來，完全不知道自己在哪裡。我聽到沖澡的水聲。我看到門縫透出一絲光線、床頭小桌擱著一疊教科書。浴室的門刷地一開，冒出一團白花花的蒸氣。

「他還活著！」安娜身無寸縷，拿著毛巾擦乾身子。她已經跑步回來了。

「我還活著嗎？」我的感冒沒好。一點都沒好。這會兒只覺得頭昏眼花。

「你吞了那些東西？」她指指一個小桌，桌上散置著先前自我藥療的紙屑。

「還是沒好，」我有氣無力地為自己辯護。

「你說自己還是沒好，你就還是沒好。」

「我感覺爛透了，甚至願意接受妳那套邏輯。」

「你錯過了愉快的一晚。我們昨天晚上去一家有機墨西哥餐館，昨天是里卡爾多的生日，他邀了大約四十個朋友，還架起一個皮納塔紙娃娃。吃了飯之後，我們去一個賽車場開迷你改裝車。我打電話給你、傳簡訊給你，但你都沒有回覆。」

我抓起我的手機。傍晚六點至清晨一點之間，*AnnaGraphicControl* 的來電和簡訊共計三十六通。

安娜穿上衣服。「你最好開始打包。我們得退房，然後過去里卡爾多的辦公室開會，從那裡直接去機場。」

安娜開著 PonyCar 前往沃斯堡的一處工業園區，我坐在接待區，渾身不對勁，不停擤鼻涕，試圖專心閱讀一本我下載到 Kobo 閱讀器、關於太空人華特・康寧漢的電子書，但我的腦筋實在太模糊，注意力無法聚焦，只好在手機上玩一個叫做 101 的遊戲，回答是非題和選擇題。對或不對：威爾遜總統在白宮使用打字機。對！他果真使用一部 Hammond Type-o-Matic 打字機打出一篇講稿，希冀爭取支持第一次世界大戰。

枯坐了一陣子之後，我需要透透氣，所以我在工業園區慢慢繞了一圈。每棟建築物看起來一模一樣，走著走著，我迷路了。我試圖找路，很幸運地，我看到一部 PonyCar，而且竟然是我們那一部。

安娜站在車旁，跟她的客戶們一起空等，靜待我出現。「你到哪裡去了？」

「參觀景點，」我說。她把我介紹給里卡爾多和其他十三位教科書公司的主管。我沒有跟任何人握手。我感冒了，大家曉得吧？

歸還 PonyCar 果然一點都不費事，但往返航站的接駁公車等了好久才出現。為了趕上班機，安娜和我必須像是演電影似地從機場這一頭衝到那一頭，要嘛望似一對度假中的瘋癲情侶，要嘛望似試圖阻止恐襲的聯邦探員。我們終於趕上班機，但來不及把座位劃在一起。安娜坐在機艙前排，我坐在機艙後段。起飛之時，我悶脹的耳朵痛得要命，過了幾個鐘頭降落之時，痛得更厲害。

返回我家的途中，她順便繞到烈酒專賣店，買了一小瓶白蘭地。她叫我喝一大口烈酒，然後扶我上床休息，幫我塞好枕頭，還在我的額頭印上一吻。

## 第十九日與第二十日

我病了，就是如此，無需爭辯；唯一的療方是多休息、多喝水，自從遠古第一個穴居人著涼鼻塞，人類就是這樣對抗感冒。

安娜卻自有主張。接連兩天，她打定主意要讓我立刻好轉，而非慢慢痊癒。她叫我光著身子坐在椅子上，雙腳泡在冷水裡。她在我的手腳套上類似心電圖機的玩意，叫我卸除身上穿戴的所有金屬品——我哪有穿戴什麼金屬品？——打開一個開關。我毫無感覺。

但我泡腳的冷水漸漸混濁，然後變得黃褐，然後開始凝結，最後整桶冷水看起來像是一團噁心至極的果凍。冷水濃稠黏兮，我從中抽出光裸的雙腳，感覺有如從沼澤的爛泥中脫身。而且那團東西好臭！

「那是你排出來的穢氣，」安娜邊說、邊把那團爛泥倒進馬桶裡沖掉。

「從我的腳底排出來？」我問。

「是的。這事有憑有據。你吃了劣等食品，身體就會累積毒素和肥油，而且從你的雙腳濾出。」

「我可以回去床上睡覺嗎？」

「先做個蒸氣淋浴才可以。」

「我沒有蒸氣淋浴設備。」

「你別擔心。」

安娜在我的浴室裡架上一排塑膠浴簾，裝了一部可攜式蒸氣機，把溫度調到最高。我坐在浴室的一張板凳上，大汗淋漓，直到我喝光三大瓶類似淡茶的飲品。這可花了不少時間，因為淡茶的味道像是水溝水，而一個人每一回喝得下的水溝水畢竟有限。

一部健身腳踏車送抵家中。安娜叫我每隔一個半小時踩十二分鐘腳踏車——不多不少，整整十二分鐘——直到我汗流浹背，證實我的體溫已經升高。

「這是為了燒掉濃痰之類的髒東西，」她說。

接連三餐，她叫我吃下一碗碗清水般的燉湯，湯裡還有一塊塊甜菜和芹菜。

她叫我依照她 iPhone 下載的應用程式做一小時伸展操，但我必須完全遵循視頻教練的指示，一點都不可以亂來。

她把一塊肥皂大小的鬼東西插電，這東西嗡嗡作響，微微震動，可能是某種自製的醫療儀器，包裝盒上還寫著俄文。她叫我脫光衣服躺在地上，用這個鬼東西搓摩我的全身，正面背面都逃不了。這個共產鬼子的儀器隨著我身體各部位發出不同聲音。

「棒透了！」安娜說。「這就對了！」

我背著她偷偷喝了一些感冒藥水，吞了幾顆感冒藥丸，然後爬回我床上，墜入夢境。

## 第二十一日

隔天早上，我覺得好多了。我半夜盜汗，床單濕淋淋，我甚至可以把床單像是麂皮一樣扭乾。

安娜留了一張紙條，貼在我的滲濾式咖啡壺上。

我不吵你，讓你靜靜睡個覺。我喜歡看你睡這麼沉。如果你把冰箱裡的湯喝完，你就會好起來。早上冷冷喝，中午熱熱喝，中午之前踩兩次健身腳踏車，依照我傳給你的連結做一小時伸展操。最重要的是，做個蒸氣淋浴，直到你喝光三瓶蒸餾水！濾掉那些鈉鹽！安娜。

我一個人待在我自己家裡，想幹嘛就幹嘛，因此，我馬上把安娜的指示拋到腦後。我喝了一杯加了熱牛奶的咖啡。我閱讀紙本的《紐約時報》，而不是網路版——安娜偏好電子報，因為印報的紙張對不起地球，即使我始終回收。我善待自己，好好吃了一頓營養的早餐：雞蛋、幾片香煎葡萄牙香腸、一根香蕉、一片草莓口味的夾心餅乾、一大碗巧克力玉米球。

我沒有伸展筋骨。我沒有踩健身腳踏車，也沒有踏入那個塑膠浴簾圍起來的蒸氣室。我沒有開啟她傳來的連結，當然別提什麼伸展操。我反而花了一早上洗衣服——整整四堆，包括我的床單。我播放我的混音光碟，跟著高歌。我縱情於違逆安娜的每一項指示。我過著理想至極的快活日子。

這表示我回答了安娜兩星期對我提出的問題：不。我不認為我是她的真命天子。

當她打電話過來問我如何，我坦承我忽略了她的指示。我還說我感覺神清氣爽、健健康康、像是我自己，儘管我覺得她很棒、我是個大混蛋，而且——我嘰哩呱啦，繼續講了一大堆。

我還來不及鼓起勇氣、果真說出我要跟她分手，安娜就幫我說了。

「寶貝，你不是我的真命天子。」

她的語氣雲淡風輕，沒有一絲敵意、批評或是失望。她心平氣和地說出這話，而我絕對辦不到。「我已經知道了好一陣子。」安娜咯咯輕笑。「我把你累慘了。時間一久，我會毀了你。」

「妳原本打算什麼時候跟我分手？」

「如果你星期五早上之前還沒有提出來，我們星期五早上就得談一談。」

「為什麼是星期五早上？」

「因為星期五晚上我要飛回沃斯堡。里卡多爾要帶我去坐熱氣球。」

我心中僅存的男性尊嚴馬上發酵，暗自希望這個叫做里卡多爾的傢伙也不是安娜的真命天子。

×××

他不是。安娜始終沒有告訴我為什麼。

容我鄭重聲明，我的確拿到了潛水證照。安娜和我連同文森和其他十二位潛水客，齊至近海的海藻床。我們在水下呼吸，游過看起來像是大樹的海洋藻群。上岸之後，我們照了一張很棒的照片，照片之中，安娜和我穿著潛水裝攬著彼此，濕淋淋、冷冰冰的臉上露出燦爛的笑容。

我們下星期前往南極。安娜帶著我們瞎拚，確保我們都買齊必要的裝備。她特別關照穆達西，確定他有足夠的衣物保暖。他從沒去過一個冷到帽帶企鵝和食蟹海報可以居住的地方。

「南極圈，我們來也！」我高聲大喊，穿上綠色羽絨衣和保暖外衣擺姿勢。安娜大笑。

我們先飛到祕魯的利馬，接著轉機到智利南部的蓬塔阿雷納斯，然後在那裡搭船從南美洲前往洛克雷港的科學站，這個歷史悠久的科學站將是我們行程的第一站。德瑞克海峽據說相當顛簸，但憑著一張堅固的船帆、一只穩當的船輪、一副確實的羅盤、一個可靠的航海錶，我們的船將可航向南方，朝向南極圈前進，踏上精采豐富的探險。

喔，沒錯。我們也將航向 *B-15K*。

# 一九五三年耶誕夜

Christmas Eve 1953

REMINGTON

維吉爾・布威爾將近晚餐時間才關店，到了那時，空中已經飄下細雪。開車回家的途中，路面開始打滑，而且愈來愈濕滑，所以他慢慢開，他的普利茅斯備有PowerFlite液壓自動變速箱，即使放慢車速，開起來也相當順手。他不必踩離合器，也不必換檔，這部汽車真是機械工程的奇蹟。今晚若是車子打滑、衝向結了冰的路邊、一頭栽到雪堆之中，可就大事不妙，因為明天早上聖誕老公即將要送達的禮物，全都擱在普利茅斯的車廂裡。孩子們幾星期之前就已表明他們想要什麼禮物，在那之後，禮物就藏放在車廂裡，沒有被孩子們發現。這些禮物再過幾個小時就得擺到聖誕樹下，若是得把禮物從埋在雪堆的車廂、一件一件搬到拖吊車的車頭，聖誕夜可就完蛋了。

沒錯，他花了比平常更多的時間開車回家，但維吉爾不在意車程，車裡好冷，這才讓他受不了。即使備有PowerFlite液壓自動變速箱，他依然經常咒罵那些製造普利茅斯的傢伙。他們怎麼製造不出一部暖氣系統比較像樣的汽車？他慢慢把車子停在家門前，車燈照向門廊，暈黃的光影在紗門上閃動，車胎壓過鋪了碎石的車道，緩緩停住，發出輕微的聲響，到了這時，他已經冷得稍感疼痛。維吉爾加倍小心，以免在門前的走道滑跤——他已經在這裡滑跤太多次——但他依然盡量快步走進家中。

他用力踏步、甩掉套鞋上的白雪，逐一掛好保暖的衣物，暖氣從地窖透過格柵呼呼上揚，他的身軀逐漸活絡。買下這棟房子之後，他自己施工裝設一座壁爐，壁爐超大，對這棟面積適中的房子而言，似乎大到不像話。他還加裝一部效力超強的商用熱水器，當孩子們泡澡、或是他自己好好沖個澡，絕對不必擔心沒有熱水。為了居家舒適，他心甘情願支付冬天的燃料費，每年冬天那兩堆高高柴火，也算花得值得。

客廳中爐火熊熊。他已經指點戴威如何生火：他教兒子堆疊柴火，就像玩積木遊戲，而且繞著火苗堆疊，如同建造方方正正的小屋，絕對不可疊成一座金字塔。這會兒小戴威把生火視為一項神聖的任務。十一月一降霜，布威爾家是方圓數英里之內最溫暖的屋宅。

「爸！」戴威從廚房裡衝出來。「我們的計畫進行得真是順利。吉兒百分之百被唬了。」

「太好了，大英雄，」維吉爾邊說、邊跟他的兒子行個祕密的握手禮，全世界只有他們父子知道這個祕密手勢。

「我跟她說我們吃了晚飯就寫信給聖誕老公公，然後擺出一些點心，就像我小時候你跟我說的一樣。」戴威一月就滿十一歲。

吉兒正在擺餐具——擺設餐巾和刀叉是她的專長。「爸爸到家囉，萬歲！」六歲的吉兒邊說、邊把最後幾支湯匙排好。

「他到家了？」桃樂絲・戈梅茲・布威爾邊問、邊從爐邊站起來，懷裡背著小康妮。維吉爾親了親這兩個他摯愛的女子。

「啊，他的確到家了。」桃樂絲邊說邊親了他一下，然後把香煎馬鈴薯盛到盤中，端到桌上。戴威從新買的大冰箱幫爸爸拿來一罐啤酒，有模有樣地拿開罐器幫爸爸開啤酒，這是他另一項神聖的任務。

布威爾家的晚餐時間有如一場秀。戴威從座椅上跳上跳下——這孩子向來坐不住，無法好好吃完一餐飯。康妮在她媽媽的膝上動來動去，開心地舔著湯匙、或是拿著湯匙猛敲桌子。桃樂絲幫孩子們把食物切成小小塊，擦拭溢到桌面的菜汁，餵康妮吃下一口口馬鈴薯泥，自己偶爾也吃一口。維吉爾細嚼慢嚥，始終輪流叉食每一道菜餚，一邊慢慢吃光盤中的食物，一邊開心觀看這場熱鬧的家庭秀。

「我跟妳說啊，聖誕老公公只需要三塊餅乾，」戴威幫吉兒解釋，為她說明關於今晚訪客的種種事實。「而且他絕對不會喝完一整杯牛奶。他還得去好多地方，爸，你說對不對？」

「我也聽說了。」維吉爾跟兒子眨眨眼，小戴威試著也眨眨眼，但只能勉強把半張小臉扭成一團，閉起一隻眼睛。

「反正每個人都幫他留了同樣的小點心。」

「每個人？」吉兒問。

「每個人。」

「我想不通他什麼時候過來。他到底什麼時候會出現？」吉兒逼問。

「如果妳不吃妳的晚餐，他就絕對不會過來。」桃樂絲用叉子輕敲吉兒的餐盤，幫她把馬鈴薯撥到盤子的一側。「再吃幾口，聖誕老公公很快就會過來。」

「我們一上床睡覺、他就會出現？」吉兒問。「我們非得睡了，是嗎？」

「我們睡著的時候，聖誕老公公隨時可能過來」妹妹提出任何問題，戴威都有辦法回答。既然他夏天之時已經想通聖誕老人是怎麼回事，因此他決定指派自己一個任務，確保他的小妹依然相信聖誕老公公果真存在。

「但我們過了好一陣子才會醒來，如果他的牛奶擱在外面太久，牛奶會變臭。」

「他輕輕一碰，牛奶就會變冷！他只要把手指伸進杯子裡、飛快攪一攪，轟！溫牛奶就變冷了。」

吉兒聽了覺得非常有趣。「他肯定喝了好多牛奶。」

晚餐之後，維吉爾跟孩子們清洗碗盤，吉兒站在水槽邊的小板凳上、逐一擦乾叉子和湯匙時，桃樂絲在樓上哄小寶寶睡覺，順便打個小盹。戴威幫爸爸開了今晚最後一罐啤酒，擱在客廳裡一張椅子旁邊的電話桌上，吉維爾一坐上這張孩子們稱為「爸爸的椅子」喝啤酒，戴威和吉兒就俯身躺到唱機前，播放聖誕歌曲的唱片。屋裡關了燈，聖誕樹的燈光好像變魔術似地在牆上投下顏彩。吉兒坐到爸爸的膝上，她哥哥則一再播放聖誕歌曲〈紅鼻子馴鹿魯道夫〉，最後他們全都詳知歌詞，自行加上兩句。

鼻子閃閃發亮

「好像一個電燈泡！」

其他馴鹿譏笑他

「喂，你們都是大笨蛋！」

唱到最後一句「大家都會記得你」，他們高聲大喊：「也會記得數學練習簿①！」

桃樂絲笑著下樓。「你們這群傻瓜打算怎樣改編〈普世歡騰〉？」她啜飲一口維吉爾的啤酒，坐到角落那張她常坐的沙發上，輕敲她的香煙盒，啪地掀開盒蓋，從電話旁的煙灰缸裡拿起火柴，點了一支煙。

「戴威，撥動一下柴火，好嗎？」維吉爾說。

吉兒一躍而起。「讓我來！」

「讓我先撥一撥。別擔心，聖誕老公公的靴子防火。」

「我知道、我知道。」

吉兒撥動了柴火之後，桃樂絲叫孩子們上樓換睡衣。

維吉爾喝完啤酒，走到玄關，從櫃子裡拉出那台手提式 Remington 打字機。當年維吉爾在紐約長島的陸軍醫院療養時，桃樂絲買了這部打字機送他，他用他沒有受傷的那隻手打了一封封信寄給她，直到醫院裡的物理治療師教他一套他所謂的「五指半盲打」，他才不看鍵盤，依賴觸覺或直覺打字。

他把打字機擱在一張低矮的咖啡桌上，從盒中搬出機器，捲進兩張白紙，上下交

---

① 譯註：這裡說的是美國孩童使用的經典數學練習簿，作者之一叫做魯道夫・摩爾（Rudolph Moore）。

疊——切記捲進兩張白紙，這樣才不會損壞壓紙捲筒。

「來、你們留話給那個名為聖尼可拉、或是聖誕老公公、或是天知道叫做什麼的傢伙，」他跟孩子們說，兩個小孩剛下樓，聞起來像是牙膏和乾淨的法蘭絨睡衣。

吉兒先來，一次一個字母，咔嗒咔嗒打出她想要留給聖誕老公公的話。

親愛的聖誕老公公謝謝你又來我家謝謝你的護士盒和洋娃娃我希望你會把這兩樣東西都送給我我愛你吉兒布威爾

戴威堅持在另一張白紙上寫下他的留言。他跟吉兒說他不想讓聖誕老公公搞混。他把兩張白紙捲進打字機，試了好幾次才對齊。

12/24/53

親愛的聖誕老公公。我妹妹吉兒相信你，所以，我也相信你。你知道我今年聖誕節想要得到什麼禮物，我相信你絕對不會讓我失望！我幫你留了一些冷牛奶，當然還有幾塊被稱為小餅乾的甜點零嘴。明年你得幫小寶寶康妮送禮物，因為明年她就夠大了。好嗎？？？如果牛奶變溫了，你就用你的手指頭讓它變冷。

戴威把他的信留在打字機裡，還把打字機面向壁爐，確保聖誕老公公看得到。

「你們兩個小傢伙最好把禮物擺到聖誕樹下，一疊疊擺好，方便明天早上拆禮物，」維吉爾說。聖誕老公公盡責送上孩子們渴望的禮物，禮物始終沒有包裝，耶誕節一早，孩子們一拿到禮物就可以玩，維吉爾和桃樂絲才有時間好好喝杯咖啡。親朋好友的禮物——那些葛斯叔叔和艾瑟兒嬸嬸、安祖舅舅和瑪莉舅媽、外公外婆、祖父祖母、遠自伊利諾州厄巴納的親戚、近至附近小鎮的友人致贈的禮品——早已擱在樹下，件件五彩繽紛，每次去一趟鎮上的郵局，禮物就又多了幾件。

一旦把標註著**戴威**和**吉兒**的禮物堆成兩疊，兩個小傢伙就把唱片放進封套，擺回架上。桃樂絲請吉兒把立式收音機調到平安夜節目，收聽除了紅鼻子馴鹿之外的耶誕音樂。

餅乾在十二月二十三日就已烤好。吉兒從冰箱裡拿出餅乾、排放在盤中時，戴威把牛奶倒進一個高高的玻璃杯，然後兩人把點心端到客廳的咖啡桌，擺在打字機旁。自此之後就是漫長的等待。戴威在壁爐裡加上一截柴火，吉兒又爬到爸爸的膝上，收音機傳出輕柔的耶誕歌曲，稱頌賢士、平安夜、耶穌誕生。

過不了一會兒，維吉爾抱著熟睡的女兒上樓，他把女兒放在床上，輕輕幫她蓋上被子，小女孩閉上雙眼，看來是如此柔和，那張小嘴簡直是桃樂絲的翻版，維吉爾不禁讚嘆。在樓下的客廳裡，戴威坐在沙發上，緊緊倚靠著媽媽，桃樂絲輕撫他的頭髮，把玩他的髮絲。「她一點都沒有起疑，」他說。

「你是個好哥哥，」桃樂絲跟他說。

「還好啦。誰都辦得到。」戴威凝視著爐火。「吉兒頭一次問我是不是真有聖誕老公公的時候，她好像很怕問妳、而且想把這事當成我倆的祕密，我真不知道該怎麼說。」

「甜心，你怎麼應付呢？」

「當時我就想出這套法子：她提出什麼問題，我就回答什麼問題。聖誕老公公怎麼有辦法到每個人的家裡？因為他動作很快，更何況這附近也沒有太多屋子。如果房子沒有壁爐呢？他可以從烤箱或是火爐進出。」

「碰一碰牛奶讓它變冷，」桃樂絲對兒子耳語，輕輕拂去他額頭上的髮絲。「你的反應好快，真是聰明。」

「這倒是容易。聖誕老公公有魔術。」

「再過不久，你也得回答康妮的問題。」

「沒問題，這是我的職責。」

維吉爾回到樓下，坐到「爸爸的椅子」上，平・克勞斯貝低聲哼唱一首拉丁旋律的耶誕歌曲。

「爸，收音機的原理是什麼？」戴威想要知道。

×××

十點十五分，戴威大聲說今年或許是他最開心的耶誕夜，然後上床睡覺。

「我該泡杯咖啡嗎？」桃樂絲問。

「當然，」維吉爾邊說、邊跟著她走進廚房，她伸手拿取咖啡罐，他攔下她，雙手抱住她的腰，輕輕吻她。她也親了他一下，兩人都覺得正因如此柔情的擁吻，所以他們的婚姻依然穩固。這一吻持續得久了一點，他們凝視彼此，相視而笑。桃樂絲動手泡咖啡，維吉爾跟她一起站在爐邊。

「明年我們不妨參加午夜彌撒，」桃樂絲說。「我們生養出幾個不敬神的孩子。」

「只有戴威才是，」維吉爾咯咯輕笑。他們結婚七個月之後就生下戴威。

「午夜彌撒非常莊嚴。」

「三個孩子耶誕夜全都熬到十二點？一路開到聖瑪莉教堂？如果是今晚、我們得冒著大雪開過去？」

「麥克艾漢尼一家辦得到。」

「露絲．麥克艾漢尼瘋瘋癲癲，艾迪不敢違抗她。」

「說是這麼說，但是燭光、音樂、教堂，真的好美。」桃樂絲心知肚明，來年之中，他們肯定大老遠開車參加午夜彌撒，這可不是因為維吉爾不敢違抗她，而是因為他樂於遵循她的心願。但今年這個聖誕佳節，他一隻手覆上她的手，四下一片沉寂，屋外白雪皚皚，他們坐在溫暖的廚房裡啜飲咖啡，這樣就已足夠。

維吉爾又穿上套鞋，披上他厚重的大衣，稍微拉開家門，露出一道只夠他跨到戶外的縫隙。積雪已經將近三英寸。他沒戴帽子，直接奔向他的普利茅斯汽車，從車廂裡拿出聖誕老公公慷慨致贈的禮物。他不想冒著在冰上滑跤的風險，所以他來回走了兩趟，每趟只拿一小疊。他緩緩蓋上車廂，暫且歇息，默想一九五三年耶誕夜的最後一刻。沒錯，今晚好冷，但維吉爾曾經體驗更深沉的寒冬。

他小心翼翼地踏步，感覺空蕩蕩的左腿下肢傳來陣陣幻痛。他一步一階，慢慢踏上門前的五階台階。

桃樂絲把護士盒跟吉兒的那疊禮物放在一起。洋娃娃會走路，「就像一個真正的小女孩」，但需要電池。沒問題，聖誕老公公有電池。戴威即將拿到他的太空火箭發射台，其中包括發射塔、玩具士兵、彈簧發射器，一旦維吉爾完成組裝，太空船果真受到推進，彈向空中。那張新的遊戲蓋毯和那套聖誕老公公致贈的積木，肯定會讓小康妮笑顏逐開。禮物一一擺好、洋娃娃試走了一趟之後，維吉爾和桃樂絲坐到沙發上，緊挨著彼此，再次擁吻。

他們手臂交纏，靜靜地在沙發上坐了一會兒，桃樂絲凝視著爐火，悄悄起身。「我想睡了，」她坦承。「拜託，電話一響就接起。幫我向他問好。」

「好的。」維吉爾看看手錶。將近十一點半。十二點七分，電話鈴聲大作，尖銳刺耳，打破午夜的沉靜。維吉爾遵照桃樂絲的指示，電話一響就接起，以免鈴聲響個不停。

「聖誕節快樂，」他說。

電話線另一端是接線生。「這是亞莫斯．波林打來的長途電話，請找維吉尼亞．布威爾先生。」

「我就是，謝謝妳。」一如往常，接線生把他的名字搞錯了。

「波林先生，電話接通了，」接線生說，咔嗒一聲下線。

「謝啦，甜心，」來電者說。「聖誕節快樂，童子雞②。」

維吉爾聽到這個綽號，微微一笑。由於亞莫斯．波林這個大嘴巴，整連弟兄都叫他「童子雞」。「老哥，你人在哪裡？」

「聖地牙哥。我昨天剛從墨西哥回來。」

「是喔。」

「我跟你說啊，童子雞，墨西哥到處都是小酒館和妓院。而且天氣炎熱，舒服得很。

---

② 譯註：維吉爾的英文是「Virgil」，被朋友們戲稱為拼音相似的「Virgin」（亦即「處子」）。

你那裡現在雪下得多深？」

「還不算太糟。我這會兒坐在溫暖的爐火旁，沒什麼好抱怨的。」

「桃樂絲依然挺你？」

「她跟你問好。」

「你這混蛋東西真是幸運，那個女孩找得到更好的對象。」

「我知道，但我沒跟她這麼說。」

兩人不約而同地咯咯輕笑。老哥亞莫斯．波林始終開玩笑地說，桃樂絲．戈梅茲被「童子雞」維吉爾娶走了之後，他再也犯不著結婚。十三年前，連隊的另一個弟兄說不定能夠奪下桃樂絲的芳心。若非維吉爾先遇見她，厄尼、克萊德、鮑勃．克雷、甚至兩位強尼．博伊，說不定都會試圖追求她。當時紅十字會主辦一場舞會，會場擠滿了阿兵哥、水手和空軍，維吉爾不得不出去透透氣，暫且避開人群。他走到外面抽煙，不知不覺之中幫一位名叫桃樂絲．戈梅茲的褐髮女郎點煙。隔天晨光將盡之時，他們已經相擁起舞、談天說地、吃了薄煎餅、喝了好多杯咖啡、輕輕擁吻，兩人的生命自此永遠改觀。

×××

這些年來，老哥一直沒有結婚，而維吉爾知道他永遠會是王老五。這跟他無緣娶到桃樂絲扯不上關係。多年之前，維吉爾早就猜出老哥是那種男人，就像他爸爸的小弟。維吉爾跟他這個羅素叔叔很少碰面，最近一次是在他祖母的葬禮，羅素叔叔跟一位名叫卡爾的朋友遠從紐約開車過來——那人叫羅素叔叔「小羅」——葬禮之後，親朋好友群聚家中吃晚餐，餐點最後還有咖啡和派餅。卡爾和小羅深夜離去，一路開回紐約，身上依然穿著參加葬禮的西裝。維吉爾記得他爸爸稍後提及這個小弟，壓低聲音說：「女人不是他的最愛，也不是他的弱點。」老哥波林的弱點還不少，也有幾樣最愛，但全都跟女人無關。「老哥，」維吉爾說，「最近還好嗎？」

「老樣子，」老哥回答。「我三個月前從沙加緬度附近的一個小鎮南下，來到聖地牙哥。沙加緬度是首府，你知道的。我買了一部二手別克，一路開下來。這裡還不錯，住了很多海軍，每個計程車司機都會跟你說他在珍珠港打過仗。」

「你到底有沒有工作？」

「有人逼我，我才工作。」

「我知道我每年都這麼說，但我得再說一次：我店裡有空缺。說真的，照目前的情況看來，我用得上像你這樣的人手。」

「生意興隆，是嗎？」

「老哥，我訂單接不完，一星期甚至工作六天。」

「可真活受罪。」

「我是說真的，老哥，你過來跟我一起打拼，你下半輩子就不用愁。」
「我下半輩子已經不用愁了。」
「我會付你超出你身價的薪水。」
「我的身價不值幾毛錢，童子雞，你知道的。」
維吉爾笑笑。「那你就過來瞧瞧。夏天的時候，開著你那部別克過來一趟，我們去釣魚。」
「你們這些鄉下小夥子始終把釣魚看成大事。」
「我只想見你一面，老哥。桃樂絲也是。小戴威看到你，一定高興的不得了。」
「明年再說吧。」
「你每年聖誕節都這麼說。」維吉爾不放棄。「過來找我們，老哥。我們一起參加午夜彌撒，幫我們的弟兄們禱告。」
「我已經幫每一個我想要為他禱告的弟兄禱告了。」
「喔，拜託，明年就十年了。」
「十年了？」老哥一語不發，任憑長途電話的線路劈啪作響。「對哪個人而言？對哪件事而言？」
維吉爾覺得自己像個傻瓜。

×××

鮑勃・克雷在諾曼第陣亡的同一天，厄尼也因失血過多而辭世。厄尼的右大腿受傷，但沒有人注意到他的動脈已經斷裂，因為他身下的鮮血始終沒有漫開，而是滲入潮濕的土壤之中。無人察覺異狀。雖知應當密切觀察，但德軍藏匿於灌木樹籬的另一側，等著斃了他們，所以大家無暇多加注意。無影無形的敵軍朝著他們持續發射迫擊砲，連隊進退不得，幾乎受困一小時。老哥和維吉爾的小隊負責劈砍樹根和林木，劈出一條生路——林木繁茂，除非使用手榴彈，否則不可能達成任務。兩個小隊夾擊德軍，將敵人全數殲滅，但也付出慘重的代價。老哥的小隊長艾默里下士被德軍的機關槍活生生炸成兩截，凱瑟爾中士挨了三顆子彈，脊椎嚴重受創，維吉爾卻無法進行急救。柏克頭部的傷勢已是藥石罔效，一個叫做寇爾柯朗的傢伙，胳臂自肩膀以下全被截斷，軍方把他移送到護理站，沒有人知道他是生是死。

一星期之後，強尼・博伊下落不明，另一位強尼・博伊精神崩潰，連隊其他弟兄也一個接著一個心神渙散，各個皆是失落的士兵。從六月十七日到八月初，連隊要嘛迎敵應戰，要嘛前往戰場，如此持續了五十八天，天天如此。老哥升任為下士，維吉爾的牙齒開始蛀光，因為他們只有軍方口糧可吃。

第五十九天，連隊在法國一處營區落腳休息，營區裡有小床、毛毯、水溫尚可的淋浴設備、熱食、足夠美國大兵暢飲的咖啡。稍後營區還架起一個大帳篷權充戲院，在裡面放電影。克萊德被調到情治小隊，因為他的法文尚可。空中的每一架飛機要嘛是英國皇家空軍，要嘛是美國陸軍航空隊。據說德軍已經落跑、最艱苦的戰役已經結束、他們聖誕節之前就可以返家。新兵來自兵員補充站，必須受訓操練。老哥對他們全都不假辭色，維吉爾不想知道他們的姓名。

九月中旬，連隊拿到新制服，取得新武器，搭上運輸車船，前往荷蘭執行一項進攻任務。其中四輛卡車在漆黑的深夜連環衝撞，五名士兵喪命，三名士兵傷勢嚴重，再也無法執行軍務。卡車當場修復，天亮之前已經再度上路。三天之後，連隊在黎明之前遭到德軍突襲。指揮站被炸毀，導致眾人不知所措，戰事一團混亂，維吉爾和老哥甚至與德軍肉搏。幸好三部英國克倫威爾坦克車駐守在附近，坦克車隆隆駛來，壓制德軍進襲。許多新兵在他們頭一場戰役中喪生，太多世事說不通，一點都說不通。

維吉爾不知今夕是何夕，而後察覺自己回到了法國，老哥也是，兩人睡了好長的一覺。大夥閒來無事，繞著巨大古老的城堡裡晃盪，踢踢足球。電影明星前來勞軍，軍營附近還有一個叫做「蘇菲亞夫人」的妓院。許多軍官到巴黎休三天假，老哥、維吉爾和其他弟兄利用時間訓練更多新兵，甚至冒雨操練。然後他們碰上史上最寒冷的十二月，德軍隆隆直入比利時，連隊坐上軍用卡車，卡車不顧一切地駛入暗夜，把他們載到巴黎和柏林之間的某處，其中一個司機拿了一包香煙給維吉爾、祈禱上帝關照他，這位黑人仁兄的心意，讓維吉爾相當感激。

連隊行軍前進，越過天寒地凍的田野，沿著積雪中被踏出的小徑前進，人人拖拉著自己的彈藥補給，也幫已經在前方打仗的弟兄們拖拉戰備，維吉爾可以看到前方戰火熊熊，有如國慶日的煙火。他們和一連傘兵並肩作戰，傘兵已經傷亡慘重，但他們繼續持槍進攻，意圖讓德軍以為他們背後有一整團隨時可以迎戰的士兵。謀略奏效。但多人喪生。

連隊在比利時的森林中遭到砲轟，一些士兵被炸得血肉橫飛，化為一團紅霧。維吉爾、老哥和連隊隨後奉命朝著另一個方向行軍，橫越比利時東南部的巴斯通。他們行經一具具士兵的屍體和幾部焦黑的坦克車，屍體整齊地疊成一落，擱置在教堂之外，坦克車的履帶已經脫落，遭到棄置。兩隻牛在路旁嚼食農夫堆疊的乾草，農夫和牛似乎都無視周遭的喧擾和企圖奪回安特衛普港的德軍。天寒地凍，冷風刺骨，無所遁逃。連隊一些士兵凍得身亡。睡眠極度短缺，有些傢伙精神崩潰，不得不被送回巴斯通。軍方依然希望他們能夠復原，如此一來，他們才可以重返寒冷的戰場，投入戰事。

×××

一個新兵站哨——這個小夥子叫做什麼來著？——維吉爾躲在地洞裡，置身有如屋頂的樹木枝幹之下，躺在覆滿松針的地上，身上只裹著一條軍毯。他哪睡得著？他手邊還剩幾顆水果糖，他丟了兩顆在嘴裡。只剩一顆，所以他從凍僵的地上站起來，把最後一顆方方正正的糖果塞到新兵手中。

「他媽的聖誕快樂，」維吉爾輕聲說。

「謝啦，童子雞。」

「小夥子，你再叫我『童子雞』，我就扁你。」

「你不是叫做『童子雞』嗎？」

「輪不到你他媽的菜鳥隨便亂叫。」

地洞在林中最左側的兩棵大樹之間，鄰近山坡，白天可以俯瞰一處荒涼的田野，田野再過去就是一排房舍，房舍沿著一條狹窄、直通東北的小徑興建，夜晚時分，四下一片空蕩。德軍據稱藏匿在其中某處。連隊其他弟兄各有藏身的地洞和掩體，散佈在林中右側。照道理來說，這裡是一道主要防線，但老實說，所謂的「主要防線」跟舒舒服服打個小盹一樣荒謬可笑。防線非常薄弱，前方甚至沒有監聽站。後方僅有少許重型武器。大型機槍只剩下幾發槍彈。沒有廚房，所以方圓數英里之內也沒有熱食。

自從他們步行橫越巴斯通，維吉爾已經在覆滿樹枝的凍地上挖掘了七個地洞。他不想再挖掘任何地洞。移駐到另一個防點意味著扛起武器和裝備行軍，天知道一走就得走多遠、走多久，你也必須挖掘另一個地洞、建造另一個掩體，幹活幹得滿身大汗，而在這種氣溫零下的冬日，你一流汗制服就結冰，黏貼在你的脊背。士兵們因為凍瘡而退出前線，人數甚至超過在敵人的砲火中受了傷、無法繼續打仗的傷兵。有些凍僵了的傢伙在圍剿戰役之前就已脫身。那些無法脫身的傢伙失去了腳趾和手指，有些人甚至必須截肢。

維吉爾不想成為其中之一。他把他僅有的一雙備用襪子綁在一起，塞進制服，掛在脖子上，左右腋窩各夾一隻，這樣一來，他僅存的體溫或許稍可烘乾襪子。他希望自己手邊始終有雙半乾的襪子，以免生了凍瘡。他也希望希特勒會舉著白旗、走過田野、親自向一等兵維吉爾・布威爾投降，而且在這之前，麗塔・海華斯順道造訪，幫他吹簫自慰。

「我真想喝點咖啡，」小夥子輕聲說。

「這麼辦吧，」維吉爾也輕聲說。「我來生一把暖烘烘的火，幫我們沖兩壺咖啡，我還有一些現成的蛋糕粉，我們可以幫整個連隊烤一爐蛋糕，這樣你就會閉嘴嗎？你他媽的混蛋。」

「蝴蝶、蝴蝶！」左邊的地洞中傳來急促的耳語，有人輕聲說出今天的暗號。

「麥昆！」維吉爾斷聲回應。

一秒鐘之後，老哥波林中士手無寸鐵、跌跌撞撞地走進地洞。他最近始終白天躲在地洞裡睡覺。天一黑，他馬上獨自走到前線，來回走動，天亮之後回到營區，跟指揮官一一報告所見，然後又躲回他黑暗的地洞休息。

「德國佬。二十五個。你他媽的是誰？」老哥指著新兵說。小夥子還來不及報上姓名，老哥就說「當我沒問」，隨即下令。「把你的步槍給我，過去找指揮官，跟他說德國佬的探子從左方逼近。」

小夥子雙眼圓睜。他還沒打過仗。老哥踢踢泥土，搖晃站起，跨出地洞，嘴裡依然不停唸叨「德國佬探子在我們左方」。小夥子走了。老哥幫步槍裝上子彈，把備用彈匣放進夾克口袋。

維吉爾一口氣舉起機槍和槍架，瞄準九點鐘方向的散兵坑。「童子雞，我就在他們正前方。」

「他們看到你了？」

「他媽的德國佬絕對沒有看到我。」他們兩人輕聲交談，鎮定自若，有如經驗十足的軍人，而他們也的確經驗老道；他們的口氣都不像二十二歲的男孩，而他們卻也只是二十二歲的男孩。

黑暗之中傳來踩踏寒冰的腳步聲。

「把他們給轟了！」老哥怒聲說道。

一等兵維吉爾・布威爾扣動機關槍的扳機，朝著在前方不到三英碼之處的一排敵軍開火。其他美國大兵紛紛舉槍，槍口火光燦燦，曳光彈照亮敵軍的身形和樹木的枝幹。雙方在林中激烈交火，薄弱的防線感覺像是一道堅不可摧的城牆。火光一閃一閃，有如拳擊賽場邊的高速快門閃光燈，閃中之中，維吉爾清楚地目睹一個德兵的鋼盔被炸成一團血紅的煙霧、頭顱爆裂成黏膩的血塊。德國士兵們飛快散開，拚命反擊，也造成不少傷亡。老哥稍微抬高身子，剛好讓他可以瞄準目標，然後扣動扳機，朝向進襲的敵軍打空一整匣子彈。砰！他精準掃射，一連八響，直到空彈匣鏗鏘彈出，表示子彈已經用罄。他想都不想就重新上膛，再度抬高身子，就在這時，一個德兵從天而降，猛然墜入他們的地洞。

德兵墜地之時開了幾槍，一枚子彈猝然擊中維吉爾的左膝，維吉爾甚至毫無感覺。另一枚子彈擊中維吉爾的左手，維吉爾覺得手指刺痛，好像被黃蜂螫了一下。

「幹你娘！」老哥高聲大喊，拿起步槍猛敲德兵的下巴。「混帳東西！」他嘶喊，再用槍托痛擊德兵的臉。有人發射照明彈，白燦燦、灰濛濛的光芒照亮林中，老哥看到自己已經打斷德兵的鼻子，也已敲爛德兵的下巴，德兵目光呆滯，動也不動地躺在地上。老哥連人帶槍打個轉，槍口瞄準德兵制服正中央的鈕扣，直截了當開了兩槍，了結德兵的性命。「世上又少了一個你們這些混帳東西，」他朝著一命嗚呼的德國大兵說。

一小群後備士兵隨即進攻；敵軍原本只打算進行偵測，怎料竟是一個致命的錯誤，致使死傷慘重。德軍節節敗退，連隊打算乘勝追擊。維吉爾擱下武器，拆解槍枝，準備行軍，就在這時，他察覺不太對勁，這才發現他左手黏答答、左腿麻痹。

「我的腿麻了！」他大喊。他試圖站起，但往後一倒，跌到那個臉孔模糊、已無生息的德兵身上。他再試一次站起，但他的左膝彎折，看起來不太正常。維吉爾搞不清怎麼回事。幸好老哥從旁拉了他一把。但老哥沒有扶他站起，反而往下一蹲，讓維吉爾靠在他的肩上，直接把他從地上抬起來。

一九四四年的耶誕夜，維吉爾只記得這麼多。他望著散兵站，被人送往後方的醫護站，途中某處，他陷入無意識的昏沉。

×××

維吉爾覺得自己像個該死的傻瓜。

明年是他的十周年紀念日，因為在一等兵布威爾的心中，戰爭在一九四四年的耶誕夜畫下句點。他在巴斯通的護理站醒來，在此之前，美軍坦克車已經長驅直入，德軍進襲也已全面崩盤。幾天之後，他再度清醒，發現自己置身法國的戰地醫院。幾星期之後，他已是英國的醫院裡數以千計的傷兵之一。當德國投降、歐洲的戰事終止，維吉爾不禁感覺自己是個幸運的王八蛋。他的左腿自膝蓋以下被截肢，左手三根指頭只剩下短短一截，手上纏繞了多層繃帶，看起來好像戴著一副捕手的手套。但他依然保有兩根大拇指、健全的右腿、他的視力、他的老二。相較於其他醫院和搭船返家的眾多傷兵，維吉爾覺得自己好像贏得一九四五年愛爾蘭賽馬彩券的頭獎。他唯一想要尋回的是那只遺失在比利時森林裡的婚戒。

老哥亞莫斯・波林在德國待到服役期滿，這表示戰後他在德國又待了六個月。當維吉爾接受治療、力抗因為傷勢而引發的致命感染，老哥在齊格菲防線抗敵，一路殺進納粹統治的德國。接下來他搶攻萊茵河和易北河，南進掃盪，直入各個敵軍的佔領區；過去四年半，戰火在他周邊熊熊燃燒，但這些鄉間小鎮，卻不見戰火之跡。

老哥從未受傷，但已目睹太多人負傷、太多人身亡。他也殺了不少德國男人和男孩。十八名德國士兵喪生在他的手下。士兵們打算投降保命，結果卻只迎上波林中士冷酷的目光。他在路邊、樹蔭下、農舍磚牆後方、開闊的田野中，一次幹掉一人、兩人、或是三人。老哥用他的.45配槍，強自從這場只有他說得出道理的戰爭之中謀求正義。一九四五年八月，老哥槍殺最後一個德國人。先前他聽到大家說起一個當地人，這人曾是納粹軍官，如今化名「沃爾夫」。他發現這人跟難民們一起排隊，人人期望返回前第三帝國境內的家園。當沃爾夫拿出他的文件，老哥命令他出列，兩人走到一道低矮的磚牆後方，老哥拔出配槍，一槍射穿沃爾夫的頸項，淡然自若地盯視這個前納粹要員，看著他在痛苦翻騰地度過生命的最後時刻。老哥波林從未談起這些事情。他也從未談起那些他曾親見的集中營。維吉爾始終不知道任何細節。但他猜疑。他看出他朋友的空虛與轉變。

×××

「老哥，你打算在聖地牙哥待多久？」

「說不定一星期，說不定一年。我大概會到洛杉磯過年，參加那個盛大的遊行。」

「玫瑰花車遊行？」

「沒錯。據說非常華麗。我可以問一問你過年要去哪裡，但我已經知道你會怎麼回答。一星期六天都得在店裡工作，是吧？」

「我喜歡我的工作，老哥。我八成沒辦法像你一樣只是遊蕩。」

「童子雞，我寧願痛打條子，也不願打卡上班。」

兩人大笑。

「聖誕快樂。哪天你若遊蕩到我們這裡，我們絕對熱烈歡迎。」

「跟你聊聊真好，童子雞。你過得開心，我聽了也開心。你值得過著這樣的好日子。」

「謝謝，老哥。」

「幾乎快要一九五四年了，你想不到吧？這會兒你身邊有了桃樂絲、戴威、吉兒、嗯……康妮？我沒搞錯小寶寶的名字吧？」

「沒錯，康妮。」

「童子雞維吉爾居然有了三個小孩。我了解生物繁衍，但實際的狀況真他媽的讓人想不通……」

兩人再次互道佳節快樂，又說了一次再見，然後掛了電話。他們明年再敘。

維吉爾靜靜坐著，凝視火光，直到清晨一點。然後他從「爸爸的椅子」上奮力站起，走到壁爐邊悶壓火苗，這樣一來，戴威才可以用餘火點燒柴火。他找到聖誕樹燈飾的插頭，用他的拇指、食指和三根短短的斷指抓牢，用力從牆上的插座拔下來。他差點忘了這回事，但終究還是在擺著餅乾的盤子前面停下來，吃了三塊聖誕老公公的餅乾。他猶豫了一下，拿起第四塊餅乾咬一口，把餅乾放回盤中，喝了幾口已經變溫的牛奶。

他摸黑走向樓梯，一步一階，左腳在先，右腳在後，慢慢上樓。他查看一下兩個熟睡中的孩子和床邊搖籃裡的康妮。桃樂絲始終幫他把睡衣褲一件件擺在床上，這樣一來，他一脫下長褲、卸下義肢，即可把義肢擱在椅子旁邊、扭動身子穿上睡衣。

他單腳跳了幾步，跳到床邊。一如每個夜晚，他摸尋桃樂絲的雙唇，輕柔地印上一吻，桃樂絲不禁在夢中發出滿足的輕嘆。他拉起層層被毯——床單、兩條厚毛毯、一條厚重的百衲被——蓋在身上。忙了一天之後，他把頭靠向睡枕，終於閉上眼睛。

幾乎一如每個夜晚，他看見閃電般的影像：一個士兵的鋼盔被炸成一團血紅的煙霧，他的眼中盡是一片片溼答答、黏膩膩、原本是士兵頭顱的血塊。他強迫自己想些其他事情——什麼都行。他在腦海中搜尋，選定年輕模樣的老哥，影像之中，老哥波林是個二十二歲小夥子，站在加州的街道上，置身蜂擁的人群之中，陽光明亮溫煦，人人笑容滿面，朝著覆滿玫瑰的遊行花車歡呼。

# 宣傳打片遊花都

A Junket in the City of Light

什麼？The quick brown fox jumps over the lazy dog①？

哇，這台打字機果真管用！

到底是怎麼回事？今天我是何許人？我猜我依然是洛瑞・索普，但他是何許人？

昨天晚上——其實只是幾小時之前——我是個英挺俊秀、迷倒眾生、跟魅力四射大美女親熱的傢伙，這傢伙在一部超級大片裡露臉，人人都把這部強檔好戲掛在嘴上。在歐美的各個首都，我如同政要似地受到眾人簇擁，忙亂之中被擠入車中和宴會廳，廳裡擠滿手持相機、爭相發問的記者。我朝著一群群圍觀的民眾揮手，其中很多人也朝著我揮手，即使沒有人知道我是誰，更別提其實我是個默默無名的小人物。雖說如此，我確實握有某些……文件，而且這些文件……透露薇拉・薩克斯高度機密的化名（諸位：薇拉・薩克斯別名艾蓮諾・弗林史東！）

我這趟席捲巴黎的宣傳之旅已經邁入第二天，明天還有一天，而且將會放煙火！我所有的費用都有人買單。我全身的行頭不花我半毛錢。我隨時可以叫人幫我拿一份三明治，即使我的行程滿檔，根本沒時間吃東西。

但今天早上，這些全都畫下句點。退房時間一到，我就必須走人。真是可惜。這

①譯註：「The quick brown fox jumps over the lazy dog」（意即：敏捷的棕色狐狸跨越懶狗）是一個全字母句，意思是26個英文字母全都出現在同一個句子之中，用途在於測試打字機或是鍵盤。

個旅館很棒。納粹也住過。

依據過去的經驗，遊覽歐洲之時，選擇納粹住過的旅館，多半錯不了。羅馬那間旅館曾是蓋世太保的總部，客房寬闊。天花板挑高。還有一個漂亮的花園。柏林那間旅館曾是納粹的藏身之處，俄國人打垮納粹時，納粹剛好躲在旅館裡，共產大軍把旅館夷為平地，為了在德國人的恥辱上抹鹽，俄國人始終不願重建旅館、或是東柏林那一帶，柏林圍牆崩塌之後，旅館恢復原本的模樣，現在連抽雪茄都有一個特設的房間。英國那間旅館歷史悠久，氣宇軒昂，二戰期間，納粹先是雄赳赳地砲轟羅馬，過了幾年被紅軍打得慘歪歪，其間旅館曾遭德國空軍砲轟，戰後旅館浴火重生，自一九七三年以來，英國女王曾經兩度光臨，在旅館裡享用晚餐。

最後說說巴黎這間旅館。大戰期間，旅館曾是德軍佔領官員的總部。據稱希特勒曾在旅館的一個陽台啜飲咖啡，然後乘車觀覽這個被他佔領的花都。

這些旅館我全都不必自掏腰包，紐約、芝加哥、洛杉磯的旅館也都由電影公司買單，因為我在《凱珊卓拉・蘭帕特3：命運關頭》飾演卡洛柏・傑克森（諸位，凱珊卓拉・蘭帕特又名薇拉・薩克斯，而薇拉・薩克斯又名艾蓮諾・弗林史東！）

免費暢遊花都的第三天——抱歉，我應該說「媒體宣傳」的第三天——八成也是萬分精采。我卻必須整理打包，下午1:00之前退房——抱歉，我應該說13:00之前……

TO：洛瑞・索普
CC：艾琳・波頓等人
FROM：安奈特・拉布
RE：巴黎媒體宣傳行程

歡迎光臨巴黎！

我們曉得你肯定非常疲倦，但我們必須告訴你，我們全體同仁都非常高興有機會推動《凱珊卓拉・蘭帕特3：命運關頭》在法國上映！羅馬和柏林的同業告訴我們，《凱珊卓拉・蘭帕特3：命運關頭》廣受歡迎，反應熱烈……真是多虧了你！我們的市調數據相當樂觀，跟《凱珊卓拉・蘭帕特2：百變特務》只差三個百分點，跟《凱珊卓拉・蘭帕特1：初始之際》也只差十個百分點。就電影續集而言，這樣的數據極為亮眼！凱珊卓拉和卡洛柏之間的性張力似乎引發觀眾們的共鳴。

我們都覺得這部電影在法國會相當賣座，因為凱珊卓拉・蘭帕特在每個社群網站平台的追蹤人數都相當驚人。

艾琳・波頓和行銷部門或許已經跟你說明，法國不准在電視上買廣告宣傳電影，所以你或許會察覺你在巴黎接受電視訪問的次數將稍微多一點。這些訪問對法國的市場相當重要。你在美國、羅馬、柏林、倫敦表現極佳，想必已經準備就緒！

所以囉，好好的玩吧！

以下是這三天的行程。（艾蓮諾・弗林史東另有行程表。）

第一天

1:10 左右——自倫敦抵達戴高樂機場——搭車前往旅館

7:10——四一一四室上妝造型

7:40-8:00——《Nosotros Cacuates！》現場登台。這是西班牙最受歡迎的晨間青少年節目，上網點閱人數高達四百一十萬。他們為了《凱珊卓拉・蘭帕特3：命運關頭》專程前來巴黎。

8:05——移至三樓的媒體中心

8:15-8:45——印刷媒體圓桌專訪 #1（約有十六家媒體到場，名單供取）

8:50-9:20——印刷媒體圓桌專訪 #2（約有十六家媒體到場，名單供取）

9:25-9:55——印刷媒體圓桌專訪 #3（約有十六家媒體到場，名單供取）

10:00-10:30——印刷媒體圓桌專訪 #4（約有十六家媒體到場，名單供取）

10:35-11:05——印刷媒體圓桌專訪 #5（約有十六家媒體到場，名單供取）

11:10-11:40——印刷媒體圓桌專訪 #6（約有十六家媒體到場，名單供取）

11:45-11:50——Reddit 晨間時段（美國市場專用）

休息片刻

12:00-13:00——社群意見領袖簡短專訪（每位三至五分鐘）。這些社群意見領袖擁有至少一百五十萬追蹤者，每一位都將針對自己的貼文提出明確的要求。有些人的訪談將是三言兩語；有些人的訪談將限制在五分鐘之內。

13:05-14:00——旅館屋頂拍照（附註：艾蓮諾・弗林史東最後十分鐘將出席合影）

14:05-14:45——午餐／接受《Paris Match》專訪（附註：現場將有一位攝影師）

14:50-15:00——TSR-1 電台專訪

15:05-15:15——RTF-3 電台專訪

15:20-15:30——FRT-2 電台專訪

15:40-16:00——與經過核可、至少三百五十萬人追蹤的社群媒體進行非正式訪談，大約二十家，名單承索。

16:05-16:10——補妝

16:15-16:45——在陽台接受比利時電視節目《PM Today》遠距視訊專訪（附註：艾蓮諾・弗林史東將於 16:30 一同受訪。）

17:00——搭車前往 Studio du Roi，為法航拍攝宣傳短片。短片將在法航所有國際航班播放，支援《凱珊卓拉・蘭帕特3：命運關頭》首映。拍攝時間約為三小時。

20:00左右——搭車前往 *Le Chat* 用餐，晚餐由UPIC主持（附註：現場將有一位攝影師）

晚餐之後，你可以留在現場、或是返回旅館。

洛瑞・索普慶幸自己福星高照，碰上了艾琳・波頓，而過去兩年來，他的福星對他真是庇蔭有加。他居然有幸與薇拉・薩克斯一同擔綱演出——凱珊卓拉・蘭帕特本人喔！有生以來，他的銀行帳戶裡頭一次有了存款！他還因而免費暢遊歐洲！他只要接受一些專訪就行了！艾琳・波頓看到他興高采烈的模樣，暗地裡笑到不行。

艾琳六十六歲，已經待過六大製片公司的行銷部門，目前處於半退休狀態，定居奧克斯納的海濱別墅——這裡跟好萊塢有段距離，得以逃避演藝圈成天不斷的緊張壓力，但也不至於太遠，若是必須出面解決偶發的公關危機，也可及時露面。十一年前，她陪同一位年輕貌美、才華洋溢的女明星宣傳新片，電影名為《Dementia 40》，評價甚差，票房奇慘，如今卻是個傳奇，因為《Dementia 40》為觀眾們引介了年輕貌美、才華洋溢的薇拉・薩克斯。連著好幾年，媒體暱稱她為「性感薇拉」，而這個綽號倒也適切，如今薇拉卻是遠近馳名的凱珊卓拉・蘭帕特，單憑她的名氣就創下龐大的事業版圖，旗下包括自創品牌的運動服飾、收容孤兒寵物的寄養之家，還有一個推動第三世界國家閱讀識字的基金會。《凱珊卓拉・蘭帕特》系列電影的第一、二集全球票房收入高達十億七千五百萬美金。薇拉・薩克斯不但有權要求片酬兩千一百萬美金、票房利潤另計，更值得眾人的尊重。

「艾琳，」薇拉在電話裡跟她說。「妳非得幫我不可。」

「怎麼回事，心肝寶貝？」艾琳每一個年輕的客戶都被她稱為「心肝寶貝」。

「洛瑞・索普笨到不行。」

「誰是洛瑞・索普？」

「我新片裡的那個傢伙。我剛看了他的電子媒體手冊。」電子媒體手冊是電影公司內部管控的訪談，行銷部門把手冊分送給媒體，作為電影的背景資料。「他回答問題的時候多半一開頭就說『嗯、啊、喔、你知道吧……』，我們即將宣傳新片，我不能跟這個無名小卒在全世界趴趴走，聲稱他跟我搭檔演出。有人得警告這小子哪些事情他媽的做不得。」

「我可以指點他。」

於是艾琳親自出馬。她帶洛瑞到洛杉磯時尚名店 Fred Segal 和 Tom Ford 選購他需要的服飾，諸如受訪時必備的休閒裝、首映時必備的紳士燕尾服，一切全由電影公司付費。她帶他到經典名鋪 T. Anthony 選購適當的行李箱和皮箱——折購極佳，而且全由電影公司買單——這樣一來，洛瑞的行頭就樣樣齊備，說用就可以用。他將與全世界最美麗的女人一同入鏡，當然必須看起來相當稱頭，配得上豔光四射的薇拉。他將一而再、再而三回答同樣的問題，所以艾琳必須幫他演練，讓他熟記電影公司事先準備的說詞，比方說，《凱珊卓拉・蘭帕特3：命運關頭》將這一系列的電影推到最圓熟、最動人的高峰，因為凱珊卓拉・蘭帕特不僅是當代的女中豪傑，更是一位**流芳百世的女子**。不管什麼時候提及凱珊卓拉，請務必說她是一位**流芳百世的女子**。

艾琳已經練就一身好功夫，她的客戶們若是說了什麼非常愚蠢、或是極度天真的傻話，她絕對有辦法壓下訕笑——就洛瑞的情況而言，這個傻小子居然以為他生平第一次歐之旅沒有任何附帶條件，實在太天真了。

「喔、心肝寶貝，」她跟他說。「你會忙壞囉。」

宣傳打片的頭一站是洛杉磯。整整三天，行程滿檔：受訪，拍照，視訊記者會，對談，影迷會，還有不盡其數的談話性節目，每個節目都必須先花一小時跟製作人溝通。艾琳確保洛瑞衣冠楚楚、儀容端正、應對得宜，讓洛瑞不會他媽的壞事。他們還參加一年一度的聖地牙哥動漫展，薇拉・薩克斯需要一群保鑣防堵影迷；許多影迷裝扮成凱珊卓拉，這位曾經任職情報局的女特務在腦中植入晶片，以特殊藥物強化體能，身手矯健，體力超強，她可以出自本能地與「七星人」溝通——「七星人」是生活在我們之中的外星人，可能是好人，也可能是壞人，因而惹出種種事端，於是凱珊卓拉　嗯，不說大家也知道。許多動漫展的參展者裝扮成「七星人」。沒有人裝扮成既是衝浪好手、也是軟體天才的卡洛柏・傑克森，因為大家都還沒看過電影。二十分鐘的預告片似乎令影迷們大為震撼，預告片因而成為推特和 Poppit 的熱門話題，而且持續了將近一整天。

兩天之後，一行人來到芝加哥，預告片在薇拉・薩克斯的母校西北大學公開放映。她大學時代的宿舍重新命名為「薇拉・薩克斯館」，藉此向她致敬。艾琳指點洛瑞順利度過兩天當中的各項活動，其中包括訪談、對談、遊行、慈善排球比賽、為黑鷹冰上曲棍球隊開球，還有一場推動非洲國家閱讀識字的慈善試映會，試映會的會場正是當年江洋大盜約翰・迪林傑（John Dillinger）被槍火擊斃的戲院。

接下來的四天在紐約市宣傳打片。首先是一場在華爾道夫大飯店宴會廳舉行的記者會，共計一百五十二家媒體與會。薇拉滔滔不絕地講了三十分鐘，媒體終於注意到洛瑞，開始對他提問。薇拉的發言繞著「FLIT-cam」數位處理、「DIGI-MAX」光學特效等新科技打轉，暢談運用這些新科技拍片多麼具有挑戰性。畢竟她是電影的製作人——她在二〇〇七年簽下凱珊卓拉・蘭帕特漫畫小說的版權，而且只花了一萬美金的權利金。

媒體問起她先生的投資天賦和據稱非凡的床上功夫，薇拉全都一笑置之。「諸位記者朋友！」薇拉抗議。「鮑比是個銀行業者！」鮑比是她的先生，身價高達十二億美金。薇拉告訴記者們，他真的只是一個普通的傢伙，她還得提醒他出去倒垃圾呢。

媒體隨即對洛瑞發問：「像你這樣一個傢伙跟全世界最美麗的女人親吻，心裡有何感受？」

「那是流傳千古的一吻，」他說。艾琳知道自己已經做好該做的工作，因而微微一笑。人滿為患的廳室一片靜默，只聽見相機的快門喀噠作響。記者會結束之後，薇拉在眾人的簇擁下離去，記者們繼續朝著她高聲發問。艾琳帶著洛瑞走進一間比較小的宴會廳，廳裡擺設多張圓桌，每張桌子都擠滿記者和麥克風。洛瑞在每張桌子停留二十分鐘，一張接著一張，毫無喘息的機會，一再回答三個問法不同、內容卻是完全相同的問題：

跟薇拉・薩克斯共事的感覺如何？
跟薇拉・薩克斯親吻的感覺如何？
你果真在那個颶風場景裡露臀？

艾琳把他帶到八樓的媒體中心，在此接受整整五十七場電視訪問，每一場都不超過六分鐘，全部都在同一個房間裡舉行，洛瑞坐在同一張椅子上，身後貼著一張大型電影海報。海報之中，薇拉凝視遠方，姣好的臉蛋露出專注凶狠的神情，緊身毛衣裹住她的嬌軀，毛衣有個裂縫，露出她的香肩和左乳上半球。海報的背景是一個個交錯的電影畫面，諸如爆破場景、隧道中奔跑的漆黑人影、滔滔巨浪、洛瑞戴著耳機、神情嚴肅地盯著電腦。**薇拉・薩克斯再度飾演凱珊卓拉・蘭帕特**，海報上印著這一排粗黑的大字。洛瑞的名字擠在海報的下端，字體跟電影的剪接師同樣大小。艾琳不停為他送上綠茶、高蛋白營養棒、小碗盛裝的藍莓。

電影在CBS電視台的《This Morning》曝光了整整一星期。每天早上七點四十分到八點十分，洛瑞站在一張綠色的地圖前面預報氣象。薇拉・薩克斯是《Live with Kelly》的特別來賓，隨同主持人凱莉・蕾帕（Kelly Ripa）在節目中大做皮拉提斯。

電影首映會原本設定在哈德遜河的碼頭舉行；器材設備架設妥當，現場備有五千張座椅，但是天氣預報說會下雷雨，干擾了原訂計畫。主辦單位改在市區各處包下電影院，同步放映數位版。洛瑞和艾琳坐上休旅車前往每一家電影院，親自在二十九家電影院一一露面。薇拉・薩克斯只參加在自然博物館舉行、專為青年科學家募款的特別首映會。

電影在國內巡迴宣傳了九天，到了最後一天，洛瑞筋疲力盡，講不出話，頭暈目眩；他幾乎只見到汽車、房間和攝影機。最糟糕的是，四百多場訪談都繞著同樣三個問題打轉：

跟薇拉・薩克斯共事的感覺如何？
跟薇拉・薩克斯親吻的感覺如何？
你果真在颶風場景裡露臀？

這會兒洛瑞感覺跟薇拉・薩克斯共事好像騎在摩托車上大嚼花生三明治、親吻薇拉薩克斯好像在七月過聖誕節，在颶風場景裡露臀的其實是一個愛說大話、名叫布里契的傢伙。

「歡迎加入大牌明星的行列，心肝寶貝，」艾琳跟他說。「明天，羅馬。」

薇拉・薩克斯隨同她的跟班、她的團隊、她的公關人員包機飛往羅馬。電影公司的專機搭載其他五位製作人、全體高階主管、行銷部門經理，機上沒有空位，於是洛瑞和艾琳只好坐上TraxJet Airways的商務艙，在法蘭克福轉機。

羅馬的宣傳行程為期三天，每一天都跟在美國一樣忙碌。最後一晚，電影預告片在馬西莫競技場外面放映，上古時代，羅馬人曾經在此舉行戰車競賽，在洛瑞看來，競技場卻不過是一個大型活動場地。場外架起一個龐大的臨時螢幕，電影的情景一幕幕經由投影機在螢幕上放映，但放映之前必須先舉行授獎儀式，一支當地的足球隊將領取他們在某項錦標賽贏得的獎盃。現場約有兩萬一千人。當洛瑞登上舞台、朝著羅馬民眾揮手致意，台下沒什麼反應。當薇拉現身、同樣朝著群眾揮手致意，一群群身穿足球球衣的影迷衝向圍欄，試圖接近薇拉，群眾拳腳相向，義大利軍警加入混戰，跟暴民們互毆，主辦單位趕緊將薇拉送上裝甲汽車，迅速駛向機場。隔天早上，洛瑞和艾琳搭乘民航班機Air Flugplatz前往柏林，柏林也已排定為期三天的宣傳行程。

抵達柏林之後，洛瑞嚴重時差，清晨三點，他察覺自己精力格外旺盛，於是決定出去跑步。他踏出旅館，數十位死忠的德國影迷已在門外徹夜守候，整個早上也將繼續站在門外，只為一睹凱珊卓拉・蘭帕特的風采。他們完全沒有注意到洛瑞。他沿著蒂爾加藤（Tiergarten）幽暗的小徑慢跑，停下來在一座紀念碑的台階上做一做伏地挺身，紀念碑似乎是為了記念一九四五年重創柏林的蘇維埃紅軍，碑旁還有真正的坦克車。隔天中午，他疲累至極，感覺自己好像在夢遊。他講起話來也像是夢遊，接受全國性報紙《Bild》專訪時，他告訴報社全體員工，身為影迷暨性感薇拉的最新男配角（他竟然說「性感薇拉」，而非「薇拉・薩克斯」），他認為「珊卓拉・卡帕特是最受到恭維、最成熟世故的影星，因為性感薇拉是我們這個時代的女中豪傑，也是一位流芳四世的女子。」

接著又是同樣三個問題：

跟性感薇拉共事的感覺如何？

跟性感薇拉親吻的感覺如何？

你果真在颶風場景裡露臀？

「拜託別叫她『性感薇拉』，」返回旅館途中、艾琳在車裡跟他說。

「我什麼時候叫她『性感薇拉』？」洛瑞問。

「你剛才當著德國第一大報叫她『性感薇拉』。」

「對不起，」他說。「我再也無法確定自己的嘴裡冒出哪些話。」

當天晚間，德文版預告片正式放映，影片投射在布蘭登堡門，為六千名觀眾播送。當薇拉．薩克斯在旅館陽台露面、朝著觀眾揮手致意，觀眾們沒有大打出手，薇拉略感失望。

「我猜我今晚不是性感薇拉，」她在稍後的晚宴中說，晚宴在一座博物館舉行，館中收藏著舉世聞名的埃及皇后「娜芙蒂蒂」（Nefertiti）半身像。

等到洛瑞和艾琳搭乘 CompuAir、飛抵倫敦蓋威克機場，全球宣傳之旅已經讓洛瑞變成一個語無倫次、任人擺布的傢伙。

第二天

7:30——旅館房間上妝造型

8:00——乘車前往巴黎東站

8:10-9:00——星光大道紅毯專訪，隨後登上凱珊卓拉列車

9:05-12:00——搭乘火車前往普羅旺斯，途中在特設的媒體車廂接受各家媒體十五分鐘專訪（媒體名單承索）

13:00-14:00——抵達古羅馬戲院，星光大道紅毯專訪

14:30-16:00——古羅馬戲院。為媒體重新呈現颶風場景（附註：這一場戲將在《RAI-Due》電視網現場播出）

16:30——再度搭上凱珊卓拉列車。在觀景車廂與電視節目《Midi & Madi》連線直播。

17:15-21:45——搭乘凱珊卓拉列車返回巴黎。途中在特設的媒體車廂接受各家非法國媒體十五分鐘專訪（媒體名單承索）

22:00——乘車前往莫里斯飯店，參加由Facebook France主辦的雞尾酒會和晚餐

晚餐之後，你可以留在現場、或是返回旅館。

艾琳將在抵達新加坡／東京之前預先提供亞洲宣傳行程表

洛瑞得到這份差事純屬僥倖，就像是玩刮刮樂中了頭獎。他在洛杉磯待了六個月，身兼模特兒、演員、酒保，演員工會的會員卡上只有兩個演出紀錄，幾乎已經打算放棄。一家優格廠商雇他拍廣告，叫他在沙灘上打觸身式美式足球。接連三天，他光著上身在陰霾的聖地牙哥跑來跑去——打著赤膊的洛瑞可真養眼——身邊跟著一群各色人種的「哥兒們」，然後大家一起吃些優格當點心。工作人員指導他們拿著湯匙舀食小盒包裝的優格，一口一口將優格送進嘴裡。這可需要一些技巧。

九星期之後，他在CBS重新回鍋的電視影集《警網鐵金剛》飾演一位刺青、光頭、

販毒的壞蛋，這傢伙佯裝自己是殘障的伊拉克戰爭退伍軍人，所以當然非死不可。這個角色的確也只出現了一集。洛瑞之死堪稱轟轟烈烈——他光著上身（這還用說嗎？），被那部他騙來的電動輪椅拖下辦公大樓的屋頂，而新警網鐵金剛縱身一躍，及時逃過一劫。

除了支付汽車貸款、上健身房，洛瑞沒有什麼事情可做，他在南加州愈待愈煩，於是他拿著拍優格廣告和警網鐵金剛的片酬，跑到猶他州學滑雪。當重返螢光幕的《警網鐵金剛》終於播出，《凱珊卓拉・蘭帕特》系列電影的製作人之一剛好在看電視，而且立刻傳了簡訊給薇拉・薩克斯：我覺得我找到了凱珊卓拉・蘭帕特下部片子的甜心了。幾天之後，洛瑞接到經紀人的電話，叫他立刻返回洛杉磯，因為某件了不起的大事已經水到渠成、蓄勢待發、勢不可擋。

洛瑞在薇拉・薩克斯的辦公室頭一次見到她——薇拉美得不可方物，幾乎像是仙女——兩人啜飲綠茶閒聊，薇拉的辦公室位居好萊塢藤街的國會唱片大樓，她和她那位創投實業家老公的屋宅就在附近的山丘上。她非常親切，跟洛瑞閒聊藝術和養馬，洛瑞卻不懂藝術，也不擅養馬。薇拉把話題轉到斐濟。她曾經造訪那個小島，為了拍片做些研究。她跟洛瑞提及美麗的夜空、清澈的海水、島民們愉快的笑臉，尤其是島民們為了歡迎訪客所舉行的傳統卡瓦儀式。她在那裡學會了衝浪。他們最起碼會花兩星期在斐濟拍片。

他們聊了一小時又幾分鐘，但洛瑞還沒坐上他的車子、堵在好萊塢午後寸步難行的車陣中，他的電話就迸出簡訊：薇拉小姐喜歡你！SSSSSS。兩星期之後，洛瑞正式獲選飾演卡洛柏，片酬將近五十萬美金，他必須拍三部電影，但不一定非得是《凱珊卓拉・蘭帕特》系列電影，他高興得簡直快要發狂。他第二次見到薇拉是在片場，電影公司叫他過去試鏡，一位製片助理把他帶到薇拉的行動拖車，當他身穿卡洛柏・傑克森的緊身衝浪衣、走上行動拖車的台階，薇拉上下打量這個英挺俊美、即將跟她聯袂演出的無名小卒，說了一句：「哎喲，你他媽的可真火辣！」

開拍日期拖延了幾個月，因為劇本必須重寫，然後繼續拖延到下個年度，好讓薇拉跟她先生歡度佳節——他們在蘇格蘭租下一座古堡，歡度聖誕。三月底，洛瑞終於首度上戲，在布達佩斯的一座攝影棚飾演卡洛柏・傑克森。薇拉已經拍了三個禮拜的戲，她有個人專屬的化妝車，所以他們到了片場才碰面。在這場戲中，他們必須在淋浴的時候親熱，但是水不夠熱，怎麼拍都拍不出霧氣騰騰的熱情，於是匈牙利籍的特效小組在淋浴間加裝一座煙霧機。當薇拉身穿浴袍來到攝影棚，三名保全人員繞著她的作以打轉。她問洛瑞喜不喜歡他的旅館，然後跟他說她已婚、拍吻戲之時絕對不張嘴。

七個月當中，洛瑞每星期只拍幾天戲，拍攝地點依序為：布達佩斯、西班牙馬略卡小島、布達佩斯、摩洛哥的一處沙漠、里約熱內盧。在里約熱內盧的那場戲，薇拉和洛瑞必須衝過嘉年華會擁擠的街道，工作人員花了四天準備，拍片時間僅僅十六分鐘。

洛瑞親赴路易斯安那州的什里夫波特拍片，在此同時，薇拉卻跟她先生到印度洋的塞席爾群島度假。他們又碰了一次面，花了一天補拍衝過嘉年華會的鏡頭，但這次是在紐奧良。電影部分由德國出資，根據稅法，他們不得不在杜塞道夫拍個鏡頭。於是他們衝出一棟樓房，跳上一部計程車——在杜塞道夫拍片，頂多只能拍到這個地步。他們花了十天在布達佩斯重拍幾場戲，最後只剩下衝浪尚待拍攝。他們始終沒有造訪斐濟。洛瑞和薇拉反而只是站在馬爾他的一座戶外水缸之前，以一個綠色的螢幕作為背景，面朝架設在平衡環架上的特效攝影機假裝衝浪，拍攝之時，舞台工作人員還得不停從排水箱把冰水潑灑到他們身上。

第三天

7:30——旅館房間上妝造型

8:00-9:00——旅館餐廳。與競賽得獎者共進早餐。（附註：艾蓮諾・弗林史東將於8:50跟大家喝咖啡）

9:05-12:55——主要電視節目專訪（每個專訪為時十二分鐘）

13:00-13:20——在旅館房間用餐。稍後提供客房服務菜單。

13:20——補妝。

13:25-16:25——繼續進行主要電視節目專訪。

休息片刻

16:30-16:55——《Le Showcase》電視專訪（專訪將由法國國寶級影評人蕾娜・拉杜主持）

17:00-17:30——《小蘇比》電視專訪（小蘇比是個布偶，她將請你跟他合唱一首歌曲。曲目尚待商定）

17:35-18:25——隨同艾蓮諾・弗林史東在宴會廳接受《FRV 1》電視專訪，訪談將由克萊兒・布雷主持，該節目是法國收視率最高的婦女節目。

18:30-19:00——隨同艾蓮諾・弗林史東為《費加洛報》拍照

19:05-19:55——隨同艾蓮諾・弗林史東為「孤兒寵物組織」拍照（附註：現場將有小貓、小狗、小鳥和爬蟲類小動物）

20:00——移駕至車隊

20:30——抵達杜樂麗花園

20:30-21:00——現身星光大道，媒體晤談，接受拍照

21:05-22:00——法國流行嘻哈歌手音樂會（人選尚待商定）

22:05-22:30——對現場觀眾致詞（附註：你將引介艾蓮諾・弗林史東。徵詢艾琳，請她建議如何引介）

22:35-22:45——煙火
22:50-23:00——法國傘兵部隊重新呈現凱珊卓拉和卡洛柏跳入火山口的一景
23:05——法國空軍飛越空中
23:10-23:30——為《凱珊卓拉・蘭帕特3：命運關頭》3D看板揭幕（附註：現場備有3D眼鏡，分發給到場的觀眾）
23:35-24:50——法國流行歌手表演（人選尚待商定）；艾蓮諾・弗林史東前往機場。舞台淨空。
24:20左右——試映會正式開始。
你可以留在現場、或是返回旅館。

附註：明天是搭機飛往新加坡。

法國的電話不會鈴鈴響，而是嗶嗶、嗶嗶、嗶嗶。清晨6:22，這個聲音簡直像是農場動物在旅館房間裡大叫。洛瑞不得不接起電話。

「幹嘛？」話筒貼著他的耳朵，感覺好像一個玩具。

「計畫更動，心肝寶貝。」艾琳打電話給他。「你可以繼續睡懶覺。」

「妳說什麼？」洛瑞善加利用莫里斯飯店的酒吧，喝到四個小時之前才回房，這時依然有點宿醉。

「今天的行程不斷變動，」艾琳說。「回去睡覺吧。」

「遵命。」洛瑞把話筒掛回話機上，翻個身子，很快就像不堪一擊的拳擊手似地昏睡。

三小時之後，他醒來，跌跌撞撞地走進旅館套房的客廳——這間套房當年讓納粹軍官看得上眼，現今也讓普索太太唯一的兒子沒得挑剔。他在巴黎第三天的行程擱在桌上，旁邊還擺著客房服務的菜單和《凱珊卓拉・蘭帕特3：命運關頭》的新聞資料袋。現在是9:46，洛瑞應當接受電視節目專訪，每個專訪為時十二分鐘，但艾琳或是其他人都沒有過來接他。明天他得搭乘IndoAirWay的商務艙飛往新加坡，所以他打電話給客房服務，點了一些咖啡歐蕾和一籃糕點。

除了累得倒頭大睡和上妝造型之外，他很少待在任何一個旅館房間，他始終交由兩位小姐打理，一位負責化妝，一位負責髮型，兩人都趁著洛瑞沖澡之時隨同艾琳來到他的套房。這會兒房裡只有他一個人，他穿著內衣褲，啜飲加了熱牛奶的咖啡，仔細端詳這間套房。

旅館最近重新翻修，頗具時髦休閒風，對當年下榻此處的納粹軍官肯定是個打擊。電視望似一個漆黑的螢幕。遙控器細長沉重，在任何一個美國人眼中都有如天書。檯燈皆為觸控式，前提是你必須知道觸碰哪裡。四瓶橙橘汽水工整地擱在方桌上，汽水旁邊陳列著四個陶瓷橙橘，帶點嘲諷的意味。音響系統是個復古黑膠唱盤，附帶一排法國貓王強尼・哈樂迪（Johnny Hallyday）的黑膠唱片，其中一張甚至回溯到一九五〇年代。架上沒有書籍，但擺了三部陳舊的打字機，鍵盤分別是俄文、法文和英文。

嗶嗶、嗶嗶、嗶嗶。

「我醒著！」

「心肝寶貝，你準備聽我說個大消息嗎？」

「等等。」洛瑞把最後一些熱牛奶加進最後一杯咖啡，小心翼翼地端著咖啡杯和咖啡碟，在真皮躺椅上往後一靠。「我這就靠著椅子坐好，準備聽妳說。」

「巡迴記者會取消了。」艾琳行事老派。宣傳打片是大企業為了販賣商品要弄的伎倆。巡迴記者會是電影明星為了推動新片付出的心力。

洛瑞的咖啡歐蕾潑了出來，光裸的大腿和真皮躺椅上全是咖啡。「啥？為什麼？」他說。

「上網瞧瞧，你就知道為什麼。」

「我一直沒拿到 WiFi 密碼。」

「薇拉要跟她那個貪得無厭的創投實業家老公離婚。」

「為什麼？」

「他要去坐牢。」

「他做了什麼壞事、惹惱了聯邦探員？」

「不是聯邦探員。應召女郎。他在聖塔莫尼卡大道被攔下，車裡載了應召女郎，好像還有某些非藥用大麻的藥物。」

「哇。可憐的薇拉。」

「薇拉沒事。電影公司才可憐。《凱珊卓拉・蘭帕特3：打手槍斷頭》的票房肯定受到重創。」

「我應該打個電話、慰問一下薇拉嗎？」

「你可以試試看，但她和她的團隊已經坐上飛機，這會兒說不定飛越格陵蘭上空。她打算在她堪薩斯州的馬場農莊躲藏幾個禮拜。」

「她在堪薩斯州有個馬場農莊？」

「她在堪薩斯州小鎮沙林納長大。」

「今天排定的大型活動怎麼辦？煙火、法國空軍、那些孤兒寵物？」

「取消。」

「我們什麼時候前往新加坡、首爾、東京、北京？」

「我們不去了，」艾琳說，聽來毫不遺憾。「媒體感興趣的只有薇拉・薩克斯，恕我冒犯，但你只是她電影裡的一個傢伙。無名小卒洛瑞。你記得我辦公室裡的那張海報嗎？『如果他們召開記者會、結果卻無人出席呢？』喔、等等，你從來沒有來過我的辦公室。」

「現在怎麼辦？」

「我再過一小時就搭乘電影公司的專機離開。十二個小時的航程一直聽大家吐苦水，我想了就不願上飛機。電影再過四天就在國內上映，但每一篇影評開頭第一段肯定都提到應召女郎、疼始康定、以及那個老婆是薇拉・薩克斯、卻花錢跟妓女胡搞的男人，聽起來像是《凱珊卓拉・蘭帕特4：保釋聽證》的情節。」

「我怎麼回家？」

「巴黎辦事處的安奈特會處理。」

「誰是安奈特？」宣傳打片的行程中，洛瑞見了太多人，人人的臉孔和姓名不妨說是有如火星人。

艾琳又叫了他幾次「心肝寶貝」，跟他說他非常有才華、果真是個人才等等，她還說如果《凱珊卓拉・蘭帕特3：命運關頭》可以回本，他的前景相當看好。喔，她真的很喜歡這部電影。她覺得電影很逗趣。

我看不懂俄文。法文的字母和標點符號太多，我也看得一頭霧水。幸好另外這一部打字機的鍵盤是英文。

我覺得薇拉・薩克斯——也就是艾蓮諾・弗林史東——是個大好人，實在不該承受這種羞辱。那個喜歡阻街女郎和土製海洛因的男人配不上她，她應該找個更好的對象（比方說像我這樣的男人！我接受了上千次訪問，但我從來沒有吐露我始終相當迷戀這位女士。艾琳叫我不要一五一十地跟媒體說真話。「真話講得恰恰好就行了，但絕對不要撒謊。」）

我荷包滿滿，口袋裡全是日支費。每到一個城市，艾琳就交給我一個裝了現金的信封！我哪有機會花錢？在羅馬沒有機會，在柏林沒有機會，到了倫敦也沒時間。說不定我應該試試在巴黎花些歐元找得到什麼樂子……

再聊！

自從柏林之行以來，我頭一次獨自踏出旅館。

嗯，巴黎還不賴！我原本以為旅館外面會像往常一樣聚集了成群希冀一睹薇拉風采的影迷，他們數以百計，不消說多半是男性，人人守在門外，等著拍照或是強索簽名，薇拉把他們稱為「報伕」。這會兒他們都不見蹤影，消息想必已經傳開，大夥都曉得薇拉・薩克斯已經離開花都。

安奈特・某某小姐說，宣傳打片的活動雖已取消，但我不必馬上搭機返家。我可以在巴黎逛逛，如果有興趣，我也可以到歐洲各國走走，但我得自掏腰包。

其實我剛才小逛了一圈。我走上一座有名的橋，過了河，行經巴黎聖母院，沿途躲閃機車、自行車、觀光客。我看到羅浮宮的玻璃金字塔，但是沒有入內參觀。沒有人認出我是誰。他們哪有必要認得我？他們哪會認得我？無名小卒洛瑞。沒錯，正是在下。

我走進花園——我們原本打算在這裡舉行一項包括搖滾音樂會、戰鬥機表演、煙火秀的盛大活動，現場將有數以千計、戴著免費3D眼鏡的觀眾。現在卻只見工作人員拆卸舞台和螢幕，圍欄依然架起，但已無實質意義。現場已經沒有人可讓圍欄阻擋。

花園的另一頭是協和廣場，數以百萬計的汽車和機車繞著廣場行駛，一列又一列繞著中央一座尖塔來來去去，無止無休。一座巨大的摩天輪從一九九九年就矗立在廣場，比布達佩斯的那座摩天輪更高聳——那是何時？我什麼時候在布達佩斯拍片？念高中的時候嗎？論及規模，巴黎的摩天輪遠遠不及倫敦的摩天樓，倫敦的摩天樓只繞一圈，而且速度非常緩慢。我們什麼時候在那座摩天輪前面舉辦了盛大的記者會？現場還有兒童合唱團、騎在馬上的蘇格蘭輕騎兵、一位地位不怎麼顯赫的英國王室？那是什麼時候？喔、對了，上個星期二。

我買了一張票，但沒等多久就坐上摩天輪。幾乎沒什麼人在排隊，所以我獨享整個車廂。

我繞了好幾圈。高高在上之時，我看到巴黎延伸至地平線的彼端，河流蜿蜒，朝南朝北而流，許多摩登細長的船隻緩緩駛過一座座有名的橋下。我看到眾人所稱的左岸。還有艾菲爾鐵塔。還有山丘上的教堂。還有沿著每一條大道的各個博物館。還有巴黎其他種種景緻。

整個巴黎盡在眼前，任我免費觀賞。

# 漢克・費賽特的市城小記

## 新聞室裡的大象

報社裡真是謠言滿天！新聞室裡有隻大公象，也就是說，我們有個明明就在眼前、大家卻刻意迴避的難題：據說我們聲名顯著的《三城論壇日報》即將放棄已成經濟鬼魅的紙本報紙。當這個基於商業考量的措施付諸實行（或說「如果」這個措施付諸實行），你若想要閱讀我的專欄和其他每一篇你現在拿在手中的報導，你只能藉用你的數位裝置——說不定是你的手機，或是一支每晚都得充電的手錶。

×××

說不定這樣可稱為進步，但我不免想起那位以前在美聯社改寫稿件的艾爾・西蒙德。我在美聯社工作了將近四年，但若非艾爾・西蒙德，我說不定很快就被炒魷魚；他選取我札記簿裡累贅的文辭和幼稚的語句，把一句句拙劣的文字修改為貨真價實的新聞稿。艾爾早已辭世——願主保佑他——所以他永遠不必親見有朝一日、人們竟然在筆記型電腦或是平板電腦上讀報。他辭世之時，在這些玩意上讀報只怕如同「星艦迷航記」的企業號一樣不可思議。我甚至確定他家裡有沒有電視，因為他曾經抱怨自從弗瑞德·亞倫①的廣播劇停播之後，電視上再也沒有什麼好節目(這段小插曲透露了我的年紀！)

×××

艾爾使用一台Continental打字機，機型龐大，幾乎跟一張休閒椅一般大小。打字機固定在他的桌上，倒不是因為哪個人會試圖偷竊這玩意——你非得笨到不行，否則你根本不會試圖搬動它。艾爾那張狹長的小桌是編修改稿的聖殿。他經常急急敲打出依據我的稿子而修改版本——他的版本始終比較簡潔，像樣多了，真是可惡——然後扳起打字機的撥桿，在紙張的空白之處用一支藍色鉛筆修改他自己的稿子。喀噠喀噠！他一字一字，敲打鍵盤；叭叮！他打完一行，邊界鈴響；喀啦喀！他重啟一行，托架回檔；唰！他打完稿子，抽出紙張；喀蹦！他憤然一拍這那台他吃飯的傢伙，手執鉛筆，以這支更舊式的寫作工具振筆疾書。如此吵吵嚷嚷，聲勢喧嘩，一天上百次，善盡他的職責。艾爾和那台巨型打字機融為一體，他成天守在他的桌子旁，幾乎與打字機寸步不離。他經常差遣我出去購買咖啡和餐點，但當我拿著吃食走回來，他經常依然忙著改稿，我得把餐點放在旁邊的凳子上，直到他扳起打字機的撥桿、挪出空檔吃午餐。如果艾爾·西蒙德聽起來像是漫畫裡的新聞人，他可絕對不符合這種刻板印象：他不抽煙，而且憎惡美聯社裡每一個癮君子。

×××

**安靜！記者寫稿中**。近來《三城論壇日報》的新聞室裡，這樣的牌示可說是多餘。我們從八〇年代就使用電腦，但第一代電腦被稱為「文字處理機」——當年我們也自稱為「文字處理人」。重點是：艾爾・西蒙德肯定無法想像人們現在如何讀報，尤其是最近五年當中，愈來愈多人彎腰駝背、盯著手中的神奇裝置閱讀報紙。他肯定也無法理解最近三十年、我們是如何印行報紙。「報紙付印時那股轟轟隆隆、咆哮怒吼的衝勁怎麼不見了？」他想必這麼大吼——而且是衝著我咆哮。

×××

為了緬懷艾爾，我決定做個實驗。如果這會兒你在你的手機上閱讀，我這會兒就在我的手機上書寫。以下是一段經過編輯校對的思緒……

×××

「我會懷念閱讀紙本報紙的感覺；我要嘛在家看報——報紙一星期七天、天天由一個叫做布列德的傢伙送到家中，他開車送報，啪地一聲從車窗把報紙扔到我家門前的草坪上，甚至沒有減緩車速——要嘛到珍珠大道咖啡館看報——一星期當中，我總有幾天到那家咖啡館坐一坐，翻閱一下報紙。我會懷念稿子登上頭版的悸動，也會懷念稿子淪落到B版第六頁的羞慚。我承認我真喜歡一翻開報紙就看得到我的照片和我署名的專欄。你們知道趁著閱讀專欄之時、剛好可以把一顆雞蛋煮得半熟嗎？如果／當《三城論壇日報》放棄紙本、全面數位化，本記者對這個所謂『現實』將感到悲傷／無奈。艾爾・西蒙德在改稿高手的天堂也會困惑地搔搔頭、自此永遠扳起打字機的撥桿。」……好，以下是經由手機自動選字的版本……

×××

「我會懷念**越讀**紙本報紙的感覺；我**要嗎**在家**看抱**——報紙一星期七天、天天**游**一個叫做**巴列得**的傢伙送到家**忠**，他**開拆送寶**，啪地一**生**從車窗把報紙**仍**到我家**們**前的**草平尚**，**慎至梅有簡滴車素**——**要嗎**到**真珠大到嘎非館**——**依興其**當中，我**縱有機天**到那家**嘎非館**坐一坐，**翻越**一下報紙。我會懷念稿子登上**頭板**的雞凍，也會懷念**稿子倫落到B扳第流頁的修窺**。我**稱任**我好**西歡**一翻開報紙就看得到我的**朝片**和我**書名**的專欄。你們知道趁著**越讀專覽**之時、剛好可以把一顆**基但主得辦熟嗎**？如果／當「三稱論攤日寶」放棄**指本**、全面**戍衛化**，**本紀者**對於這個所謂『**線實**』將感到悲傷／無奈。**艾兒・西悶德**在改稿高手的天湯也會困惑地搔搔頭、**資此泳遠扳起代茲基的波乾**。」

×××

我得告辭了，我得把稿子送到樓下的印刷室……

① 譯註：Fred Allen，1894-1956，美國喜劇明星，以廣播節目《弗瑞德・亞倫秀》著稱，是廣播黃金時代的代表人物。

# 歡迎光臨火星

Welcome to Mars

寇克・烏倫依然好夢方酣。他身上蓋著一條百衲被和一條舊軍毯，躺在床上呼呼大睡，自從二〇〇三年、他五歲那時，寇克睡起覺來就是這副模樣。他的臥室依然是家裡最後面的那個房間，房裡還擺著美泰克牌洗衣機和烘衣機、一台缺角走音的舊鋼琴、一部他媽媽從小布希總統時代就閒置不用的縫紉機、一台 Olivetti-Underwood 電動打字機，自從寇克把麥根汽水潑到打字機零件上，打字機就成了無用之物。房裡沒有暖氣，總是很冷，即使在這個六月底的早晨，感覺還是涼涼的。他睡得很沉，眼珠骨碌碌地轉動，夢境之中，他還在念高中，想不起他體育館置物櫃號碼鎖的密碼，他一試再試，已經試了六次，這次他右轉一格、左轉兩格、再右轉一格，突然之間，燈光一閃，更衣室被照得一片花白，讓人張不開眼睛。然後瞬間變暗，黑暗和跟先前的燈光一樣突然襲來，籠罩了他的周遭。

燈光又閃了幾下，有如陣陣閃電，隨之再度漆黑——四下又是一片花白，隨之伸手不見五指，如此這般，一再反覆。但沒有隆隆的雷聲，也沒有雷神索爾迴盪在遠方山谷的擊掌聲。

「寇克？寇克小子？」啊，原來是他的爸爸法蘭克・烏倫。法蘭克不停劈劈啪啪地開燈關燈——他將之視為有趣的起床號。「兒子啊，你昨晚的話可當真？」法蘭克開始哼歌。「寇克小子、寇克小子，給我一個答覆，跟我說你答應我。」

「幹嘛？」寇克哇哇大叫，發發牢騷。

「去一趟火星？你說你不去，我馬上走人。你說你要去，我們這就展現烏倫家的男子氣概，放大膽子、無拘無束地歡慶你的生日。」

火星？寇克慢慢回神，漸漸清醒。這會兒他想起來了。今天是他十九歲生日。昨晚吃了晚餐之後，他問他爸爸明早要不要一起去衝浪，如同他十歲生日的那一天，亦如他滿十三歲生日的那天早上。「沒問題！」他爸爸說。火星海灘的狀況應該不錯。西南方會來一波大浪。

這個請求讓法蘭克・烏倫有點訝異。他兒子已經很久沒跟他一起下水。即將成為大學新鮮人寇克不像高中時代一樣勇於面對惡劣的天氣，法蘭克試圖回想最近一次跟兒子一起衝浪是什麼時候的事。兩年前？三年前？

寇克得想一想他今天有何計畫，這不太容易，因為他剛踏出迷濛的夢鄉。不管是不是生日，他依然必須照常到他夏天打工的地方上班——他是「魔術推桿必威高爾夫球場」的球場經理，早上十點就得抵達球場。現在幾點了？六點十五分？嗯，應該可行。他知道他爸爸目前只有一項工程在進行，也就是布拉夫大道那座新蓋的迷你商場。沒錯，應該行得通。他們父子可以一起下水，好好衝個兩小時、或是衝到兩人肩膀脫臼。

父子兩人一起衝浪也好——烏倫家的壯丁們又是水中一條龍、大海的王子。寇克的爸爸一早下水、踏上他的衝浪板，頓感逍遙自在，無憂無慮。公司的紛擾，家中的紛爭，全被被他留在岸上——那些紛爭說來就來，說走就走，有如灌木林火一樣難以預測，令人費解。寇克深愛他的媽媽和他的姐妹；她們的日子始終顛簸，總是吵吵嚷嚷，他早已接受這個事實。他爸爸以父職為傲，不但賺錢養家，還得調停仲裁，等於身兼兩份全職工作，一天都不得空。難怪他把衝浪視為強化身體、療癒心智的終極良方。對寇克而言，跟他爸爸一起下水衝浪無異是個信心指標，好像父子兩人豪氣萬千地抱一抱、在彼此的背上拍一拍、不約而同地心想「你和我啊，我們是一國」。你說哪一對父子不需要這樣的默契？

「好吧，」寇克邊說、邊伸個懶腰。「我去。」

「睡懶覺可不犯法。」

「我們去衝浪吧。」

「你確定？」

「你不想把自己打濕？」

「臭小子，你別胡說八道。」

「好，那就由我來把你打濕。」

「好極了。我們先吃一頓長程卡車司機也會滿意的早餐。十二分鐘上桌。」法蘭克隨即不見蹤影，他把燈開著，讓他的兒子瞇起眼睛護目。

早餐美味至極，一如往常。法蘭克專擅烹調早餐，時間拿捏得非常好：煙燻香腸熱騰騰地從爐子送到桌上，淺鍋烘烤的比司吉香軟綿密，正好可以抹上奶油，老式的 Mr.

Coffee咖啡機燒出滿滿八杯黑咖啡，荷包蛋絕對不會煎得過熟，蛋黃因而黃澄澄、微顫顫。晚餐他燒不來，說不定這是因為他沒有耐心等待羊腿烤得熟透、或是馬鈴薯煮得熟軟。不，門兒都沒有！早餐乾乾脆脆，即烹即食：調理吃食，送上餐桌，吃下肚子，這才是法蘭克・烏倫所喜。當孩子們還小、一家人必須遵循固定的生活作息，法蘭克讓早餐變成非常有趣，大家圍著餐桌熱切交談（有時甚至過於熱切），氣氛有如孩子們手中那杯摻了咖啡的熱可可一樣濃烈——法蘭克從孩子們三年級就幫他們沖泡這樣的熱可可。但近來媽媽睡到好晚才起床，早餐餐桌旁始終看不到她的身影；克莉絲已經遠走聖地牙哥，跟她的男友同居；朵拉老早就說她想來就來、想走就走，隨她高興，憑她開心。因此，早餐餐桌旁只有他們父子，兩人身穿鬆垮垮的運動衫，鬍子也沒刮——既然待會兒就要下水，何必花時間梳洗？

「我八點半必須打幾個電話，處理一些狗皮倒灶的公事，」法蘭克邊說、邊把幾個比司吉撥到盤裡。「花不了太多時間。我得讓你一個人衝浪，大約一小時左右。」

「你該辦什麼事，就去辦什麼事，」寇克說。他跟往常一樣帶了一本書上桌，這時已經看得入迷。他爸爸手一伸，悄悄把書推到一旁。

「一九二〇年代的建築？」法蘭克問。「你幹嘛讀這種書？」

「這書頗有看頭，」寇克邊說、邊拿起比司吉沾食油亮亮的香腸和黃澄澄的蛋汁。「爵士年代是建築的高峰，直到經濟大蕭條才漸漸衰退。戰後的工程科技和建材改變了全球各大城市的天際線。我覺得非常有趣。」

「那些高樓的外層結構看起來像是結婚蛋糕，樓層蓋得愈高，一切愈變愈小。你有沒有去過克萊斯勒大廈的頂樓？」

「紐約市的克萊斯勒大廈？」

「不然還有哪裡？德州戴姆巴斯克？」

「爸，我是你養大的，記得嗎？你什麼時候帶過我去紐約市參觀克萊斯勒大廈的頂樓？」

法蘭克從架上取下兩個馬克保溫杯。「克萊斯勒大廈的頂樓簡直像是他媽的養兔場。」

剩下的咖啡倒進了馬克保溫杯，法蘭克把杯子擱在車子的儀表板上，寇克則忙著把他那個六英尺長的衝浪板從儲物的木棚裡拉出來。他把衝浪板扔進車裡，法蘭克那個長達十一英尺半、別克轎車級的衝浪板已經佔了車內大半空間。

六個夏天之前，這部露營車還是全新。當時他們計畫駕車出遊，沿著長達兩千英里的海岸開到加拿大，橫越英屬哥倫比亞、亞伯達省、沙斯克其萬省，一路開到雷吉納，為了這趟盛大的假期，於是選購一部露營車。這趟家庭之旅計畫已久，頭先的幾百英里確實也達到休閒之效。然後母親大人開始發表高見，堅持大家遵照她的意見行事。她想要建立一套她的旅途守則，而且開始發號施令。爭執於焉登場，各方不停交鋒，吵得不可開交。口頭嘲諷變成重大歧見，然後升級為高聲大喊、尖酸刻薄的對罵，而且是一場母親大人非得佔上風的對罵。克莉絲原本就是叛逆少女，這會兒言詞更加挑釁；朵拉自以為是，高高在上，逐漸陷入陰森森的沉默，偶爾冒出一句氣話，話語是如此突然、如此宏亮、如此尖酸，幾乎像在上演莎翁名劇。法蘭克一邊開車，一邊啜飲變冷的咖啡或是變溫的可樂，無時無刻不扮演仲裁者、諮商師、事實查核員、警察各種角色，端視誰說了什麼、或是誰罵了什麼。寇克把書本當作擋箭牌，掏出一本又一本書，讀了一本又一本，好像一個煙不離手的癮君子，連哈一支又一支薄荷煙。喧嘩的家庭鬧劇逐漸淡出，變成某種背景噪音，他聽在耳裡，覺得跟露營車的車輪嘎嘎輾過千百英里的柏油路差不了多少。

他們橫越加拿大，一路爭吵。車行向南，駛過北美大草原，草原龐大遼闊，一望無際，據說當年開荒拓墾的先祖們，有些人被這片無邊無際的曠野逼得發狂。他們依然爭執不休，開到內布拉斯加州時，克莉絲跟露營營地裡某個以車為家的傢伙買了大麻，烏倫一家自此果真捉狂。母親大人想要打電話報警，把販毒的傢伙和自己的女兒交給警方。父親大人當然不從，他叫大家上車，索性開車上路，母親大人氣得大喊大叫，好像在拉警報。露營車的氣氛有如寒霜，好像一家人在七月共度怒目相向的聖誕節；人人默不作聲，寇克趁機讀完威廉・曼徹斯特撰寫的全套邱吉爾傳。等到他們開抵新墨西哥州的圖克姆卡里、一路向西行駛，每個人都等不及開下公路，跳下露營車、遠遠避開彼此。克莉絲威脅說要搭灰狗巴士回家，但父親大人堅持一家人前往沙漠露營，他們紛紛抗議，但依然勉強聽從。克莉絲在星空下抽大麻，哈得飄飄然，朵拉一個人去健行，天黑之後才回來，父親大人在帳篷外面打地舖，母親大人睡在露營車裡，而且鎖上車門，藉此確保她終於可以靜一靜，享受片刻安寧。但這下問題來了：因為這樣一來，大家都沒辦法到車裡上洗手間。從此之後，烏倫一家再也不曾一起旅行。事實上，烏倫一家從此再也不曾一起做任何事情。露營車始終拖掛在一部貨卡車上，權充法蘭克的活動辦公室兼衝浪拖車，成了一部開了兩萬一千英里、卻從來沒有清掃或是吸塵的汽車。

法蘭克・烏倫年輕之時曾是一個一頭亂髮、成天只知道衝浪的渾小子。後來他年歲漸長，結婚生子，做起安裝電線線路的生意，生意愈做愈大。直到去年，他才又趁著其他人還在睡覺的時候出門，到火星海灘衝浪。當寇克還小、偶爾到海灘上廝混，他們父子經常把車停在路肩，各自扛著衝浪板沿著殘破的小徑走到火星海灘。小寇克扛著他的軟板衝浪板徐徐而行，在他的眼中，海灘似乎跟火星水手大峽谷的谷底一樣崎嶇遙遠。景氣繁榮的那幾年，火星海灘大幅改觀——曾是溼地之處蓋起了一棟棟豪華的公寓，五年前，州政府在一塊雜草叢生的泥地上鋪了水泥，蓋出一座每部車子索價三美元的停車場。火星海灘再也不是免費，但比以前容易通行；衝浪客朝著海灘的左側走去，一般遊客朝著海灘的右側走去，而州郡的救生員確保這兩群人不會混在一起。

「你還沒看過這一帶。」法蘭克在「杜克麥吉安州立遊樂區」（Deukmejian State Recreation）下了高速公路。寇克放下他的書，抬頭看看。曾是田野之處現今已被剷平，而且插上一面面丈量土地的小旗子，路旁還立了一個看板，幫未來的「巨盒購物商場」打廣告。「記得以前那個在坎能街賣墨西哥捲餅的小攤子嗎？現在那裡是契澤姆牛排館。」

「我記得我在小樹叢裡拉屎，」寇克說。

「別在你老爸面前說髒話。」

法蘭克把車子開進停車場，停在距離小徑入口不遠的一個空車位。「哎喲，還真剛好，」他跟往常一樣說了一句。「歡迎光臨火星！」

公路另一側冒出一排商家，家家屋頂低矮，意圖讓之望似墨西哥泥磚屋，其中包括一家衝浪用品專賣店、一家最近開張的星巴克、一家賽百味潛水艇三明治、一家便利超商、一家一人保險事務所，這個名叫沙頓斯托爾的保險經紀人把事務所設在海灘上，這樣一來，生意清淡之時，他就可以出去衝浪。最南端還有一家正在興建的修車換胎連鎖店。

「趁著衝浪的時候幫車子上油，」寇克說。「融合環保與客服，這招還不賴。」

「我覺得行不通，」法蘭克說。

停車場停放著各式各樣的破舊老爺車，諸如堆滿工具的貨卡車和休旅車，車主八成是建築工人，趁著還沒上工之前逐浪。還有老舊的廂型車和自行上漆的福斯金龜車，車主八成是在車裡過夜的衝浪客，即使政府張貼告示，明文禁止露宿。當州郡的巡警們偶爾把這些成天只知道衝浪的渾小子搖醒，雙方始終花了很多時間爭執「露宿過夜」和「等待天明」有何不同。律師們也到火星海灘衝浪，還有矯正科的牙醫和飛機機師，他們的奧迪和 BMW 的車頂都架上拖架，以便運載衝浪板。媽媽們和太太們也下水衝浪，人人技巧高超，和藹可親。以前巨浪一來，形形色色的怪人從各方而至，經常大打出手，但現在是週間，而且不是每一所學校都已放假，因此，寇克知道今天這群衝浪客相當隨和，容易相處。更何況那群自稱「火星浪人」的衝浪客全都上了年紀，除了兩、三個混帳律師，大家的性子都溫和多了。

「今天早上的浪點不錯，寇克小子，」法蘭克邊說、邊從停車場看看大海。他數了數，十二位衝浪客已經下水，排成一列，隊伍之外，海水起起伏伏，浪頭漸漸成形。他打開露營車的車門，他們各自拉出衝浪板和法蘭克的槳板，把板子靠在車側，然後用力拉一拉身上那件褲管短緊、防紫外線、適合夏天穿著的衝浪衣。

「你有蠟塊嗎？」寇克問。

「在那邊的抽屜裡，」法蘭克跟他說。他的衝浪板有個止滑墊，所以不必上蠟，但他幫那些說不定需要上蠟、追求刺激與快感的衝浪客保留了一些蠟塊。寇克在一個塞滿了東西的抽屜裡找到蠟塊，抽屜裡滿是廢物，諸如快要用完的膠帶、舊老鼠夾、一把中空的熱熔膠槍、辦公文具、一把肯定會在鹹鹹的海風中鏽蝕的斜口鉗。

「喂，」他爸爸說。「把我的手機放在冰箱裡，好嗎？」他把他的手機遞過來。

「為什麼放冰箱？」寇克問。冰箱老早就壞了。

「如果你闖入這部露營車、想要偷走什麼值錢的東西，你會打開那個生鏽的冰箱看看嗎？」

「這話倒是沒錯，老爸。」當寇克打開冰箱，冰箱裡不但傳出一股久未使用的霉味，而且擺著一個包裝精美的小盒子。

「兒子啊，生日快樂，」法蘭克說。「你再跟我說一遍：你今年幾歲啦？」

「十九，但你讓我覺得我好像三十。」禮物是一只運動手錶，手錶防水，跟法蘭克那只同一型，但款式較新。手錶黑黝黝，亮晶晶，堅固耐用，跟軍錶一樣精準，而且已經調到正確時間。「謝謝，爸。戴上這只手錶，我看起來比較酷。不過我本來就已經很酷。」

「生日快樂，小子。」

他們扛著衝浪板沿著小徑走向海灘，走著走著，法蘭克又說了一次。「我跟你提了，我八點半左右得打幾通電話，我上岸的時候會大聲通知你。」

「我會跟你行個禮、讓你知道我曉得了。」

他們站在火星海灘上，一邊觀望起起伏伏的海浪，一邊用魔鬼氈把衝浪板的腳繩繫在腳踝上。幾朵漂亮的浪花打上岸邊，浪濤漸趨平穩，寇克趁機衝入海中，跳上衝浪板，鴨子打水似地划出去，劃過一道道小浪。他打算跟其他比較年輕的衝浪客在浪外列隊等候，也就是那些海神一送上大浪、他們就登場炫技的小夥子。

法蘭克立槳衝浪，向來追求勁道比較強的大浪。那些大浪遠離岸邊，也在排隊等浪的衝浪客之外，他和其他立槳衝浪客一起等候一波波強勁的大浪，這一波波大浪來自南太平洋的暴風雨，跨洋而來之際，力道愈來愈強勁。不一會兒，他就追到一波大浪，乘浪直升約六英尺，左右迴旋，一派優雅地駕馭大浪。他最接近蓋下來的浪，所以他擁有這道浪的優先權，其他火星衝浪客紛紛退開，把浪交給他。浪壁一崩，他就跳下衝浪板，站在淺水處，直到波浪退去。然後他再次跳上衝浪板，挺直站立，雙腳的距離與肩膀同寬，舉起划槳捅入海中，划過一道道迎面而來的海浪，直到他又來到遠離岸邊的起浪點。

海風和海水都有點冷，但寇克很高興自己沒有繼續睡懶覺。他認出一些熟悉的面孔，比方說老傢伙柏特、曼尼・派克、史舒茲、一位被他稱為「派特斯太太」的女士——這些都是資深的長板衝浪客。還有一些跟他年紀相仿的年輕人，其中幾個是從小跟他一起長大的好朋友，如今他們也跟他一樣上了大學、或是已經就業。霍爾・史坦在加州理工學院念研究所，班傑明・吳擔任市議員的助理，數據小子麥基正在準備報考會計師，鮑勃・羅伯森跟他一樣還在念大學，也依然住在家裡。

「嗨！寇克老弟！」霍爾・史坦大喊。「我們以為你掛了！」

他們五人排成一圈等浪，交換青少年時代累積下來的心得。寇克看著這幾個好兄弟，再次想起火星海灘對他多麼重要。寇克的家距離海灘僅是短短的車程，讓寇克有機會接觸到一個完全屬於他的世界。他逐漸習慣火星海灘強勁的大浪，感覺怡然自得。火星海灘是他隻身考驗自己，超越自己之處。岸上的他只是一個統計數字、鐘形曲線中段的一個小黑點，成績不上不下，表現不好不壞。除了兩個英文老師、任職於圖書館的高橋太太以及那個瘋瘋癲癲、秀髮有如蜂蜜的美少女奧蘿拉・勃克（最起碼在她突然跟著她的繼父搬到堪薩斯州的新家之前），從來沒有人單單挑出寇克、認定他別樹一格。但在火星海灘的浪濤之中，寇克足可稱王。他很慶幸自己這些年始終到這裡衝浪，也很高興他可以在這裡慶祝他的十九歲生日。

衝了不知道多少回之後，寇克累了，所以他在等浪區休息。當朝陽升起，他可以看到停車場裡一部部箱型車跟他爸爸那部露營車的車頂，公路另一頭各家商店的磚瓦屋頂和遠方凹凸不平、灌木與雜草叢生的山坡，也都進入眼簾。澄藍的海水映著愈來愈亮的天空，在這樣的時刻，火星海灘看起來像是夏威夷或是斐濟某個衝浪聖地的舊照片，照片灰濛濛，彩色的影像早已褪為淡淡的澄黃，青綠的山嶺也已變為褐黃的丘陵。若是瞇起眼睛觀看，那些墨西哥風的商店望似斐濟的傳統小屋，宛如一棟棟豎立在太平洋環礁小島的原住民茅屋。火星海灘再度變成一個不同的世界，而寇克在此稱王。

過了一會兒，他聽到他爸爸在海灘上叫他。法蘭克已經把衝浪板擱在海灘上，划槳也像根旗子似地插在沙裡，他做出一個人人慣知「我得去打個電話」的手勢。

寇克行個禮，就在這時，派特斯太太高聲大喊：「外側浪！」一波漂亮的大浪果然在外海成形，浪濤起起伏伏，好像洗衣板的波紋，浪頭約在五十英碼之外，看起來會有幾十道漂亮的浪。人人拼命划水。寇克好累，但他可不願錯過這波漂亮的大浪。他穩穩地、用力地划水，直到根據經驗判定可以轉身划向海灘。他追到第三道湧向他的浪。

衝上波峰之時，他依據直覺計算時間，轉移重心，滑下波谷。這道浪真棒，形狀完美，浪壁平滑，力道強勁，堪稱是一道巨浪。寇克滑出波谷，衝上浪壁，白滔滔的浪在他的後方蓋下來，海風颼颼吹過他的脊背。他往左猛然一轉，直直下衝，衝到浪底轉向右側，再次衝上浪壁。他衝上高聳的波峰，沿著上緣彈跳，減緩速度，讓浪趕上他，然後再次滑下波谷。他盡量蹲低，在體能容許的範圍之內貼近他的衝浪板，直到浪蓋過他、讓自己身處浪中那個青綠透明、陽光可以穿透的神聖之處。他的左側是轟轟奔流的海水，他的右側是光滑如鏡的浪壁。他伸出空著的一隻手，輕輕劃過浪壁，浪壁青綠，有如海豚的鰭肢、海中的刀刃。

浪像往常一樣向他蓋下來，海水重重地打上他的頭，他伸手一抹，不以為意。他在白浪中翻滾，放鬆身子——他老早學會任由海浪在他周遭翻騰、給自己一點時間找到海面、探頭大口吸氣。但大海是個性情多變的情婦，火星海灘也無視你的付出。寇克感覺他腳繩的魔鬼氈愈來愈緊。白浪滾滾翻騰，他心一慌，衝浪板往後一彈，深深掐進他的小腿肚，力道就像克莉絲有次拿把長柄木槌重重敲他一記——結果那次他敲得送去看醫生，克莉絲也被罰關在她的臥房。寇克當下就知道他今天沒辦法再衝浪。

他摸尋多沙的海床，心知下一波巨浪會衝垮他。他縱身一躍，深深吸口氣，眼見七呎白浪朝他轟轟襲來。他潛入浪中，盲目地摸索他腳繩的魔鬼氈，猛然撕開，這樣一來，他的衝浪板就會被大浪衝向岸邊，而不會打中他。

他朝向岸邊漂浮，不覺驚慌，只覺小腿疼痛。當他又接觸到沙地，他知道自己已經漂到接近岸邊，於是他單腳一跳一跳，把頭探出水面。下一波白浪把他衝得更靠近岸邊，白浪一波接著一波而來，他也離岸邊愈來愈近，最後他終於從水中爬上海灘。

「他媽的，」他自言自語。他在沙上坐下，他小腿的傷口又長又深，皮開肉綻，汩汩冒出鮮血。不消說，他必須上醫院縫幾針。寇克想起他十三歲之時，有個叫做布雷克的小夥子被他自己的衝浪板擊中，意識不清地被人拖到岸上。衝浪板擊中布雷克的下顎，害他花了好幾個月看牙醫。寇克的傷勢不像布雷克的傷勢那麼嚴重，更何況這也不是他第一次受傷，但他如果是個士兵，他腿上這一大道傷口肯定會讓他獲頒紫心勳章。

「你還好嗎？」班傑明・吳下水取回寇克鬆落的衝浪板，從海中回到岸上。「喔，他媽的！」他一看到傷口就大喊。「你要我開車載你去醫院嗎？」

「不了，我爸爸在附近，他會載我去。」

「你確定？」

寇克站起來。「我確定。」他很痛，鮮血沿著他的小腿流下，在火星海灘上留下一個個紅色的血滴，但他揮手驅開班傑明，說了一句：「我應付得來，謝啦。」

他拿起他的衝浪板，一跛一跛地沿著小徑走向停車場。

「你那個傷口搞不好得縫四十針，」班傑明朝著他大喊，然後跳上衝浪板，再度下水。

寇克的小腿隨同他心跳噗噗搏動，節奏一致。他一跛一跛沿著小徑往前走，腳踝上的腳繩拖過細沙覆蓋的步道。更多遊客湧向海灘戲水，停車場的三分之二都停滿了車，但法蘭克的車子停得很近，寇克以為會看到爸爸坐在露營車裡的桌旁、紙張散置在桌面、拿著手機談生意，當他繞了一圈走到車後，露營車的門鎖著，他爸爸不曉得上哪裡去了。

寇克把衝浪板直直靠在車門上，坐到保險桿上檢視小腿的傷口，傷口這會兒看起來已經像是爆破的香腸。如果衝浪板撞擊的位置再高一點，他的膝蓋說不定會被撞得粉碎。寇克覺得自己很幸運，但事不宜遲，他必須趕快就醫。

他爸爸說不定只是走到公路對面的商店買杯飲料、或是高蛋白營養棒，露營車的鑰匙擱在衝浪衣的口袋裡。寇克不想扛著衝浪板、一跛一跛地過馬路，但也不想把衝浪板留在停車場讓小偷竊取。他環顧四周，確定沒有人盯著他，然後他用沒有流血的那隻腳撐起身子站定，把衝浪板推到露營車的車頂，這樣一來，停車場上的人們就看不到衝浪板。腳繩垂掛而下，所以寇克胡亂把它繞成一團，一併丟到車頂。腳繩不是應該保護衝浪客嗎？得了吧，他心想，然後走向公路。

晨間交通繁忙，他得等到車流量少一點再過馬路，路旁一叢灌木繁茂蔓生，剛好幫他擋太陽。當左右皆無來車，他趕緊行動，一跛一跛地跳過四線道的公路。他瞄一瞄賽百味潛水艇三明治和便利超商，透過玻璃窗查看店裡，但沒看到他爸爸。衝浪用品專賣店比較說得通：或許他爸爸正在選購防曬油。店裡傳來震耳欲聾的重金屬搖滾樂聲，但裡面沒人。

北邊那一頭的星巴克是他最後的希望，可能性也最高。啜飲咖啡的顧客們坐在戶外的桌邊和長椅上閱讀報紙，盯著筆電工作，法蘭克不在其中。就算有人果真抬頭一看、瞥見寇克皮開肉綻的傷口，他們也什麼都沒說。寇克走進星巴克，希望在店裡找到爸爸、催他掛掉電話、趕緊上醫院料理傷口。但法蘭克沒有光顧星巴克。

「老天爺啊！」星巴克調理咖啡的女店員看到寇克血流不止地站在那裡。「先生？你還好嗎？」

「其實沒那麼糟，」寇克說。幾位顧客擱下咖啡杯和筆電，抬頭看看，但沒有人作出反應。

「我應該打電話叫救護車嗎？」咖啡師問。

「我爸爸會開車在我去醫院，」寇克說。「有沒有一位叫做法蘭克的先生點了加了摩卡的特大杯滴濾式咖啡？」

「法蘭克？」咖啡調理師想了想。「剛才有位女士點了加了摩卡的特大杯滴濾式咖啡和一杯無咖咖因豆奶拿鐵。但沒有一位叫做法蘭克的先生。」寇克轉身走回戶外。「我們店裡有個醫藥箱。」

寇克又看了看停車場和商家的走廊，但依然沒看到他爸爸。星巴克的另一側說不定還有幾張桌子，他碰碰運氣，慢慢走到角落，但沒看到桌子，也沒看到他爸爸，只有尤加利樹下的幾個停車位。

其中一棵粗壯的尤加利樹旁停了一部賓士汽車。寇克只看得到車子前端和擋風玻璃的一角。儀表板上擱著兩個星巴克的杯子。一個男人從乘客座伸手拿咖啡，寇克知道那杯一定是加了摩卡的滴濾式咖啡，因為他認出他爸爸那只跟軍錶一樣精準的黑色手錶——就像現在他自己手上戴的這一只。賓士汽車的車窗搖下，寇克只聽得到一個女人開懷大笑和他爸爸咯咯輕笑。

寇克慢慢走向尤加利樹，汽車漸漸在他眼前愈來愈清晰，還有那個女人的臉龐；女人一頭黑色的長髮，朝著他爸爸微笑。寇克看在眼裡，再也感覺不到自己的小腿；他不痛，一點都不痛。法蘭克面向那個女人，所以寇克只看到他的後腦勺。他聽到他爸爸說：「我得回去了，」但他爸爸動都沒動。寇克從那輕鬆、柔緩的語氣中聽得出來，他爸爸哪兒也不打算去。

寇克退開，慢慢繞過尤加利樹走回角落，然後繞到星巴克的門口。他又走進店裡。入口對面的牆上，三扇窗戶沿著三個小桌分佈，從窗戶看出去就是尤加利樹蔭下空蕩的停車位。

寇克走到窗邊，伸長脖子。他看到那個黑髮女子一隻手攬住他爸爸的肩膀、手指把玩他爸爸沾了海鹽的頭髮。他爸爸攪弄杯中的摩卡滴濾式咖啡，好端端地坐在一條海灘浴巾上，浴巾蓋住乘客座的座椅，彷彿衝浪衣尚未全乾。黑髮女子說了幾句話，再度開懷大笑。他爸爸也大笑，寇克看著他爸爸笑得露出潔白的牙齒、頭往後一仰、眼睛瞇成一條細線——他爸爸何時曾經笑得如此開懷？——兩人的對話因星巴克的窗戶而消音，好像上演一部默片。

「你為什麼不找個位子坐下？」又是那個咖啡師，根據名牌，她叫做西莉亞。她手上拿著一個金屬醫藥箱。「最起碼我可以幫你紮上繃帶。」

寇克果真坐下。西莉亞用繃帶裹住他的小腿，白色的紗布馬上沾染血漬。他回頭一瞥蔭綠的尤加利樹，望見黑髮女子往前一傾、嘴唇微張、頭微微一斜，誰都看得出來她在索吻。他爸爸傾身靠向她。

寇克不清楚自己怎麼再度穿越公路，但他的確記得他從露營車的車頂取下衝浪板。他沿著小徑走回火星海灘。等浪區依然滿是衝浪客，浪況甚佳，適值滿潮，水面即將緩緩下降，再過幾小時就降到低潮線。寇克在他爸爸的衝浪板和划槳旁坐下，嘴巴乾澀，雙眼模糊；浪濤急湧，轟轟隆隆，他卻充耳不聞。他低頭看看小腿上沾了血的繃帶，想起先前被自己的衝浪板嚴重割傷，但那是什麼時候的事？感覺似乎已是幾星期之前。

他慢慢撕開纏繞在小腿上的膠帶，拆解血紅的繃帶，把濕黏的紗布揉成一團，握在掌中。他在沙裡挖個深深的小洞，把這團糾結的廢物埋到洞底，然後用沙蓋起來。傷口馬上開始流血，但寇克置之不理，就像他無視浪濤和疼痛。他坐下，滿心困惑，忽然感到不舒服，覺得自己快哭了。但他沒哭。不管他爸爸什麼時候回來，他將會看到兒子坐在海灘上養傷、靜待爸爸打完電話、開車送他上醫院縫個至少四十針。

沒有人走過他身旁——沒有人從海中上岸，也沒有人從停車場沿著小徑走來。寇克獨自坐在海灘上，手指耙梳細沙，天知道過了多久。他真希望手邊有本書可讀。

「他媽的怎麼回事？」法蘭克大步邁過海灘，一看到兒子那道又深又長的傷口，雙眼馬上圓睜。「你的腿怎麼了？」

「我自己的衝浪板，」寇克跟他說。

「天啊！」法蘭克跪到沙上檢視傷口。「你一定痛得哇哇叫。」

「沒錯，」寇克說。

「打仗負傷，」法蘭克說。

「了不得的生日禮物，」寇克跟他說。

法蘭克大笑，任何一個父親聽到自己唯一的兒子身受重創、卻講得出冷笑話一笑置之，都會露出這種笑容。「我們這就開車去醫院，讓他們幫你清理傷口、縫個幾針。」法蘭克拿起他的衝浪板和划槳。「你會留下一道性感的傷疤。」

「性感極了，」寇克跟他說。

寇克跟著他爸爸走到小徑另一頭，遠離潮浪，最後一次走出火星海灘，永不回返。

# 格林街的一個月

## A Month on Greene Street

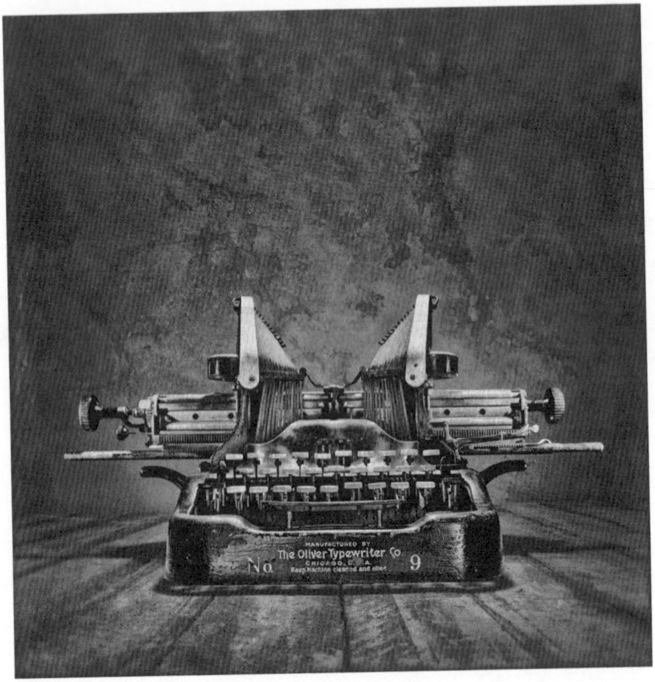
MANUFACTURED BY
The Oliver Typewriter Co
No.
9
Keep Machine cleaned and oiled

八月一日通常沒什麼大不了——八月在仲夏之時的這一天揭開序幕，說不定氣溫高得創下紀錄，說不定只是炎熱。但今年的八月一日，哇塞，事情可真不少。

小莎莉・蒙克肯定又要換牙，晚間九點十五分左右將會月偏蝕，小莎莉的媽媽貝蒂・蒙克將帶著小莎莉、她的姐姐黛爾、她的弟弟艾迪，全家一起搬進格林街一棟三房住家。這棟屋子非常別緻，貝蒂一看到房地產廣告，馬上知道她會住在屋裡。她的眼前蹦出一個景象——啪啪！——她和孩子們在廚房裡忙亂地吃早點，她在爐子上用平底鍋烹製薄餅，孩子們穿著制服，一邊趕著寫完習題，一邊搶喝最後一杯橘子汁。這個景象是如此清晰、如此明確，致使她毫不懷疑這棟位居格林街的屋子非她莫屬。這棟屋子——喔、還有前院那株巨大的梧桐樹——絕對屬於他們。

貝蒂看到了「異象」——不然還能怎麼形容？她倒不是天天看見，她也從未閃爍出任何靈異之光，但她經常感覺眼前一閃、蹦出一個景象，那種感覺就像是看到一張陳年的渡假照片，照片中承載著按下快門之前與之後的種種回憶。有天她先生鮑勃・蒙克下班回家，啪啪！貝蒂眼前浮現一個全彩的景象：她先生跟蘿倫・康娜－史密斯手牽著手、坐在「教會鐘萬豪酒店」隔壁的餐廳裡。蘿倫幫她先生的公司提供諮詢，所以他們有充裕的機會打聽彼此。在那一瞬間，貝蒂意識到她和鮑勃的婚姻已從「差強人意」轉變為「劃下句點」。啪啪！

如果貝蒂算一算她自小看過多少次諸如此類的景象、種種景象又是如何應驗，她肯定可以舉出許多例子，讓晚宴的賓客們整個晚上聽得津津有味。比方說，她知道自己四年之後將會拿到這個她剛剛聽說的獎學金，也知道自己在愛荷華市將會住在哪一間宿舍；她知道她將會為了哪一個男人獻上童貞（不，這人不是鮑勃・蒙克），也知道她將會身穿哪一件結婚禮服走上禮壇（是的，新郎確是鮑勃・蒙克）；她知道她跟《芝加哥太陽報》的面談將會進行順利，也知道她的辦公室將會俯瞰芝加哥河；她知道她爸媽車禍身亡的當晚她將會接到一通電話，也知道肇事者將會是個喝醉了酒的駕駛。她站在浴室的水槽前，一看到驗孕棒的結果，馬上知道小孩的性別。諸如此類的例子不計其數。她可沒把她看到的「異象」當成一回事，也從來沒有宣稱自己擁有透視力或是通天眼。貝蒂認為人們大多擁有同樣的能力，只不過大家並不自覺。更何況，並不是所有的景象都會應驗。她有次看到自己上了電視益智節目，但從未發生這檔事。即便如此，她的準確度依然相當驚人。

婚外情一被揭發，鮑勃馬上表明他想要盡快跟蘿倫結婚，於是他花錢求得如此特權，擔保貝蒂衣食無虞，承諾持續支付贍養費，直到孩子們離家上大學。為了買下格林街這棟屋子，貝蒂花了不少功夫跟銀行打交道，房屋檢查曠日費時，過戶程序更是長達六個月，但最後終於簽妥地契。屋前的草坪、那棵梧桐樹、門廊、每一間臥室、與車庫相連的迷你書房，處處有如天堂，尤其是先前她暫且買下一棟狹長的樓中樓公寓，一家四口你擠我、我擠你，好像一群住在盒中的貓咪，如今他們有個後院，好寬好大！還有一棵石榴樹！貝蒂眼前蹦出一個景象——啪啪！——十月的秋日，紫紅色的石榴汁滴流在她孩子們的運動衫上。

格林街自成一區，除了住戶之外，幾乎沒有什麼車輛，因此孩子們可以安全地在街上玩耍。八月一日，孩子們央求搬家工人先卸下他們的腳踏車和艾迪的孩童三輪車，好讓他們騎車巡視新地盤。搬家工人是一群墨西哥年輕人，自個兒也都有小孩，於是他們欣然應允，一邊看著孩子們開開心心、無拘無束地玩耍，一邊卸下一整個屋子的家當。

貝蒂整個上午忙著測試她高中學過的西班牙文，指使工人們哪個紙箱應該擱在哪個房間。她依據她的直覺擺設傢俱，比方說沙發面向窗戶、書櫃相鄰壁爐。早上十一點左右，黛爾帶著兩個小男孩跑進來，男孩胖嘟嘟，說不定十歲，看起來像是雙胞胎，兩人一臉羞怯，同樣都有酒窩。

「媽！這是凱蕭和垂奈爾。他們家跟我們家相隔四棟屋子。」

「凱蕭、垂奈爾，」貝蒂說。「你們好嗎？」

「他們說我可以跟他們一起吃午餐。」

貝蒂端詳兩個男孩。「是嗎？」

「是的，夫人，」凱蕭或是垂奈爾回答。

「你剛剛叫我『夫人』？」

「是的，夫人。」

「垂奈爾，你真有禮貌。嗯，說不定你是凱蕭？」

男孩們指指自己，報上姓名。他們的穿著打扮不一樣，不像某些電影裡的雙胞胎連衣服都是同樣款式，所以貝蒂始終認得出誰是凱蕭、誰是垂奈爾。再者，凱蕭留個辮子頭，垂奈爾幾乎是個小光頭。

「午餐吃什麼？」貝蒂問。

「我們今天吃香腸和豆子，夫人。」

「誰幫你們準備午餐？」

「艾莉絲外婆，」垂奈爾跟她說。「我們的媽媽在銀行上班。我們的爸爸幫可口可樂做事，但我們不准喝可樂，只有星期天才可以喝。祖母黛安住在曼菲斯。我們沒有外公，也沒有祖父。媽媽下班回家之後會從我們的花園裡摘些鮮花，帶著鮮花過來您家、跟您說聲：『歡迎搬到新家』。如果您允許，爸爸會帶幾罐可口可樂過來，或是芬達汽水，如果您比較喜歡喝汽水。我們沒問外婆東西夠不夠艾迪和莎莉吃，所以他們不可以過來我們家。」

「媽！到底可不可以？」黛爾快要耐不住性子了。

「妳吃點蔬菜配香腸和豆子，我就答應妳。」

「夫人，蘋果算數嗎？我們有青蘋果。」

「沒問題，蘋果算是蔬菜，垂奈爾。」

三個孩子奔出家門，跑向門廊，跳下階梯，衝過枝幹低垂的梧桐樹，穿越草坪。貝蒂一路隨行，一直盯著他們跑過四棟屋子，然後她大聲喝令艾迪和莎莉把腳踏車停放在屋前的草坪上、進屋吃她一找到調味品就會做出的三明治。

×××

搬家工人下午三點就收工離去，留下貝蒂一個人拆箱，把廚房用品從箱中擱到抽屜裡或是櫥櫃上。鮑勃那些稀奇古怪的玩意兒——那些為了他所謂的「烹飪嗜好」而添購、通常卻只用過一次的廚具——貝蒂一樣也沒留下。她始終不喜歡燒菜，但自從離婚之後，她那幾道一點都不花俏的菜餚卻愈來愈有架式。她的奶油菠菜居然讓孩子們愛上了菠菜。她用火雞絞肉做墨西哥捲餅，捲餅裡塞了起司和豆子，但用手拿著吃絕對不會散開。當她正式宣布星期二晚上是「火雞捲餅之夜」，孩子們高聲歡呼，而且每星期都非常期待。當紙箱清空、櫥櫃看起來有模有樣，貝蒂啟動那件她真心看重的廚房家電：義式濃縮咖啡機。咖啡機是德國製，不鏽鋼質材，機型龐大，離婚之前花了她一千美金，幾乎占了流理台一平方英碼，機件跟《從海底出擊》①片中的潛水艇一樣繁複。她非

① 譯註：*Das Boot*，德國導演 Wolfgang Petersen 於一九八一年拍攝的潛艦名片。

常喜愛這個巨大的咖啡機，早上甚至經常跟它說聲：嗨，好傢伙。

她終於捧著一大杯加了低脂泡沫牛奶的濃縮咖啡，在客廳的沙發上坐下。大窗像個電影院的螢幕，放映著一部片名叫做《如今我在此住下》的電影。孩子們在畫面進進出出，人人要嘛住在格林街，要嘛把這條街當作結夥作怪的總部。一個頭髮蓬鬆的小女孩好像牙仙特使似地仔細檢視小莎莉的嘴巴，跟她預估接下來將會如何。一群小男孩聚在一起玩樂樂棒球，大家輪番上陣，一人揮著塑膠球棒打擊，其他人追回被打中的球。黛爾和另一個女孩拉著梧桐樹低垂的樹枝晃來晃去。凱蕭和垂奈爾肯定有個妹妹，那位小女孩綁著辮子，笑起來有個酒窩，她扶著艾迪坐上她的粉紅腳踏車，艾迪騎車過街、衝上對面鄰居的草坪時，她跟隨在旁，一路奔跑。

那是帕特爾家的草坪——房屋仲介是不是跟她提過對面鄰居姓帕特爾？肯定是個印度姓氏。帕特爾家的五個小孩一字排開，人人一頭黑髮，膚色褐黃，而且長得很像，只不過身高差了一個頭，據此判斷，五個小孩八成都只差一歲。年齡稍長的大姐姐們拿著蘋果或是三星手機，每隔四十五秒就低頭查看。她們拍了很多艾迪騎著粉紅腳踏車的照片。

貝蒂試圖數一數到底有幾個小孩，但孩童們有如一群在超大水族箱裡游動的魚兒，游移晃動，喧鬧不休，根本無法計數。就說外面有一打孩童吧，十二個不同的身影來回奔跑，開懷大笑，四處洋溢著他們的笑聲。

「我搬進了聯合國，」她說了一句，身旁卻沒有半個人。她突然想到她可以跟瑪姬聊聊此事。瑪姬是她相識最久的好友，伴隨她走過失婚的每一個階段：從眼前蹦出那個令她挫折心傷的景象，直到無可挽回的分居、聘僱一位離婚律師，三年多來，瑪姬聽她劈哩啪啦地怨嘆婚姻破滅，晚上陪她喝了一杯又一杯紅酒。她的手機在她的包包裡，她正要伸手拿取擱在客廳地板中央的包包，忽然看到保羅・列戈利斯沿著她家的車道走過來。

這個年紀稍長的傢伙穿了一件鬆垮垮的休閒短褲和一件褪色、皺巴巴、印著「底特律紅雞翅」商標的運動衫，他戴著一副鏡框略嫌冷硬、對他這個年紀的人而言過於時髦的眼鏡——貝蒂估計他約莫比她大八歲。他腳上套著夾腳涼鞋；現在畢竟是夏天，但今天並非周末，這人居然穿著涼鞋，可見他目前待業中。說不定他晚上才上班。說不定他彩券中了頭獎。誰知道呢？

保羅手裡拿著一個裝了煙燻蜜汁火腿的袋子——這可不是突然蹦出來的景象；貝蒂知道袋子裡裝了火腿，因為袋上印了火腿的商標。雖然前門大開——其實前門整天大開，搬家工人和孩子們一整天都進進出出，好像捷運站的乘客——他依然按了電鈴，但沒有接著問說：有人在家嗎？

「你好嗎？」貝蒂跨出門檻，主動問好。

「我是保蘿・列戈利斯，我住在妳家隔壁，」他說。

「貝蒂・蒙克。」

「我私底下過來一趟，」他邊說、邊高舉裝了火腿的袋子。「歡迎妳搬到這裡。」

貝蒂看了看煙燻蜜汁火腿。「你知道『蒙克』這個姓氏……」她故意沒把話說完。保羅一臉困惑，好像一個忘了詞的演員。「我可能是個猶太裔媽媽，」貝蒂說。「這麼一來，火腿說不定……」

「不是潔食，」保羅總算想起台詞。「不可食用。」

「但我不是。」

「那就沒問題囉。」保羅遞過袋子，貝蒂接下。「我搬過來的時候，有個街坊鄰居在我家門口的地氈上留了一塊火腿，我好幾個禮拜都以這個東西作為主食。」

「謝謝。我可以請你進來喝杯咖啡嗎？」其實她不想多跟這個鄰居打交道，這傢伙單身（她已經注意到他沒戴婚戒），而且住在隔壁，可稱是她在格林街的新生活之中唯一出乎意料、也非她所願的狀況。但她最好還是不要失禮。

「謝謝妳的好意，」他說，但依然站在門廊上，身處門檻的另一側。「但妳今天搬家，肯定有好多雜事待辦。」

貝蒂慶幸他婉拒邀請。她確實有好多雜事待辦。她朝著一群在格林街上玩耍的孩童點點頭。「你的小孩也在街上玩耍嗎？」

「我的小孩跟他們的媽媽住。輪到他們跟我住的周末，妳就會看到他們。」

「了解。謝謝你送東西過來。」她朝著手中袋子裡火腿點點頭。「說不定我星期五用火腿的大骨頭熬一鍋湯。」

「請享用，」保羅邊說、邊邁步走離門廊。「格林街幫得了妳。我已經受惠良多。喔……」他回頭，又朝著門檻跨步。「妳今晚有空嗎？」

妳今晚有空嗎？

最近幾年來，這句話貝蒂聽了無數次。妳今晚有空嗎？失婚的男子、單身的男子、毫無感情牽扯的男子、寂寞的男人，全都跟她說過這句話。那些傢伙的孩子們跟前妻住，獨居公寓之中，上約會網站搜尋任何形式的感情聯繫，不管是知性、感性、或是一夜情。他們看她一眼，馬上暗想：嗯，她今晚不曉得有沒有空？

啪啪！

眼前蹦出一個景象：保羅凝神望著窗外，期盼看到失婚、迷人（沒錯、她依然撫媚動人）的貝蒂・蒙克慢慢駛進隔壁的車道。當她果真開車回到家中，他找個藉口晃過來——她的一封信偶然被擱在他的信箱裡、附近有隻小狗走失、艾迪扭傷腳踝、有沒有好一點？——不外乎只是想要占用她一些時間，他會逗留得太久、閒扯得太多，臉上帶著一絲過度需索的神情。

貝蒂悄悄解析這個景象：她隔壁住了一個想要找個伴的男人，她在格林街的新生活冒出了頭一個瑕疵。

「我忙著整理家裡，」她說。「好多事情待辦。」她喝了一口她的咖啡。

「九點左右，我會架起我的天文望遠鏡，」保羅說。「今晚會有月偏食，九點十五分看得最清楚。地球紅色的陰影會遮住半個月亮。為時不會太久，但妳看得見。」

「喔，」貝蒂沒有多說。

保羅踩著夾腳拖鞋，啪嗒啪嗒地踏下門廊、走過草坪，就在這時，莎莉蹦蹦跳跳地跑過來，手裡握著一個雪白圓滑的小東西。

「媽！妳看！」莎莉扯著嗓子大喊。她的手指上沾了點點鮮血。「我的牙齒！」

×××

在那個搬到格林街的頭一個下午，日光漸漸昏暗，孩童們散開，各自回家吃晚餐，街上隨之靜了下來。貝蒂把火腿切片，拿著從公寓搬過來的生菜和番茄做了沙拉，叫孩子們吃晚餐。稍早，凱蕭和垂奈爾的媽媽達玲・畢茲帶了一束從自家花園採摘的鮮花過來，花束裡夾著一張小卡片，卡片上面寫著：可願與我們為鄰？她們在門廊上閒聊時，達玲的先生哈倫帶著兩大瓶雪碧和健怡雪碧走了過來，夫妻兩人為貝蒂概括地介紹一下幾戶鄰居。

「帕特爾一家人的名字非常繞口，講了舌頭會痛，」哈倫開玩笑地說。「我稱呼他們為『帕特爾先生、帕特爾太太』。」

「他們叫做伊弗朗和匹瑞亞卡。」達玲瞪了她先生一眼。「學一學那幾個小孩的名字，難不成會讓你很難受？」

「的確讓我很難受。」

貝蒂覺得這兩人跟自己意氣相投。

達玲連珠炮似地叫出一個個名字。「安娜亞、匹瑞納夫、匹利沙、安奴莎卡，喔，年紀最小的男孩叫做歐姆。」

「歐姆，了解，」哈倫說。

那一頭的史密斯家大量分贈他們樹上的黃杏。那一頭的歐諾納家有一艘自始至終停放在車道上的滑雪船。巴斯卡家住在那棟藍白大房子，每年希臘復活節都會舉辦盛大的派對，如果妳沒有到場，他們直到年底都會不停提及妳沒有參加派對。文森・克勞威爾無時無刻都不在操作業餘無線電，那棟屋頂裝了一個超大天線的屋子就是他家。

「保羅・列戈利斯是柏爾漢社區大學的自然科教師。他的兩個小孩年紀比較大。」哈倫說。「我聽說他兒子打算加入海軍。」

「他教書，」貝蒂說。「難怪穿著涼鞋。」

「妳說什麼？」達玲問。

「他穿著夾腳涼鞋過來我家，送了我們一塊火腿。我覺得一個男人週間居然穿了夾腳涼鞋，好像……」

「輕鬆自在？」哈倫說。

「失業。」

「八月不上課。」哈倫嘆了口氣。「今天這種天氣，我真羨慕他可以穿夾腳涼鞋。」

啪啪！貝蒂眼前蹦出保羅坐在校園方院的長椅上，時值兩堂課之間的空檔，周遭盡是年輕貌美的女大學生，她們修過保羅開授的「生物學入門」，而保羅始終隨時有空跟她們攀談。其中肯定有個女孩喜歡年紀比較大、具有權威感的男人，最起碼保羅希望如此。

夏夜溫煦，貝蒂清洗碗盤之時，孩子們又回到街上玩耍，玩了一會兒之後回家上樓，各自找床單鋪床。貝蒂從黛爾和莎莉共用的臥室裡望向窗外，看到保羅從車庫裡推著一個巨大的圓筒走出來——八成是他先前提過的天文望遠鏡——在幾個孩童的協助之下，把圓筒放在一個自製的推車上。等到夜幕低垂，貝蒂已將她的藍芽喇叭插電，跟她的手機配對，以便愛黛兒略帶感傷的歌聲伴隨她做些繁瑣的家事，比方說幫衣櫃的架子鋪紙、鬆開糾纏成團的衣架。當她聽到她的一個小孩啪地關上大門、咚咚走上二樓，她依然忙著整理五斗櫃的抽屜。

「媽？」艾迪一邊大喊、一邊走進即將成為他臥室的房間。「我可以製作一具天文望遠鏡嗎？」

「你的熱誠令人敬佩。」

「列戈利斯教授自己製作了一具天文望遠鏡，透過它看東西，真的好棒！」

「列戈利斯教授？」

「沒錯，住在我們隔壁的那位先生！他整個車庫都是了不起的玩意。他把一堆電線和工具收放在一個大木櫃裡——他說那東西叫做兩用衣櫥。他有三部舊電視，電視的旋鈕都在側邊，還有一部妳必須用腳踩踏的縫紉機。」艾迪跳上床。「他讓我用天文望遠鏡觀看……嗯……宇宙？我看到月亮，還有喔，月亮的一部分被太陽的影子遮住了。」

「我不是教授，但我想那是地球的影子。」

「真的好有趣。光用我的眼睛觀看，月亮好像被砍下了天空，但透過天文望遠鏡，我看得到被遮住的部分，但它是紅色的，隕石坑也看得好清楚。他親手製作了那具天文望遠鏡。」

「你怎麼製作一具天文望遠鏡？」

「你買一片圓形玻璃，一直磨、一直磨，把它磨得亮晶晶，然後把它裝在一個圓筒的末端，好像製作鏡管。然後你得買個目鏡。」

「你說的是鏡頭？」

「他說是光學儀器。他開班授課，教導大家製作天文望遠鏡。我可以去上課嗎？」

「我們找得到一個像是鏡管的圓筒再說。」

搬到格林街的第一晚，孩子們很晚才上床睡覺，但他們一整天跑來跑去，耗費了不少精力，全都累得倒頭就睡。貝蒂趁自己還沒忘記之前，塞了三美元在莎莉的枕頭下，交換那顆掉了的乳牙；牙仙最近手頭相當寬裕。

這一天終於接近尾聲，貝蒂開了一瓶紅酒，打點話給瑪姬，跟她聊聊鄰居家的小孩、畢茲一家、可口可樂，喔，當然也提到她景象中的保羅·列戈利斯。

「妳的運氣怎麼這麼差、老是碰到這種男人？」

「問題不是出在我的運氣，」貝蒂說。「而是男人。他們全都好悲傷、好乏味，一看就知道。他們全都想要靠著一個女人界定自己。」

「他們全都想要找個女人上床，」瑪姬想了想，說了一句。「而妳剛好就在隔壁。如果下次他過來妳家、身上飄著一股鼠黨哥兒們的古龍水味，那該怎麼辦？妳最好趕緊把門鎖好。他對妳有興趣。」

「我希望他把箭頭瞄向他的學生。助教、姐妹會女孩等等。」

「那些女孩會讓他丟了工作。剛剛搬到隔壁的失婚俏熟女不會讓他吃上官司。他說不定現正拿著望遠鏡對準妳的窗戶。」

「如果他果真如此，他會看到艾迪的星際大戰窗簾布。我的臥室在屋子另一側。」

×××

八月一天天過去，日日更趨盛夏，貝蒂避著她的隔壁鄰居，不願再聽到妳今晚有空嗎？開車回家之時，她掃視格林街，看看有無保羅・列戈利斯的蹤影。有次他站在他家前院的草坪上，她慢慢把車子駛進車道時，他跟她揮揮手，高聲叫喊：「妳好嗎？」

「好極了，謝謝！」她說。她匆匆走進家門，好像急於處理某件事情，其實一點都不忙。還有一次，他在街上看著鄰居的小朋友們踢球玩耍，於是她一把抓起她的手機，一邊假裝講電話，一邊走進屋裡。保羅跟她揮揮手，但她只是點頭回應。晚間時分，她擔心門鈴響起、大門一開就看到他，他剛沖了澡，飄散著男性古龍水的麝香，問她今晚有沒有空，邀她去「老義大利麵坊」共進晚餐。她有次果真答應她的牙醫一起出去吃飯。結果這傢伙竟是一個極為無趣的自戀狂，到後來她甚至換了一個牙醫。約略就在那時，她宣布休兵，不再踏上約會的戰場，如今她下定決心絕不陷入感情的牽扯，她在格林街的新生活才會風平浪靜。

結果她的孩子們比較常跟保羅・列戈利斯碰面。一個星期五的傍晚，他在他家門前洗車（怎樣的人會在星期五傍晚洗車？），這時，鮑勃過來接小孩——依照監護權協定，鮑勃可以跟小孩共度周末。貝蒂帶著她的前夫參觀新家的一樓，孩子們趁機在樓上整理周末旅行的包包，然後她看著他們全都擠進鮑勃的車子裡。保羅過來打招呼，艾迪趁機跟他爸爸介紹這位在大學教宇宙科學的傢伙，兩個男人聊了起來——貝蒂覺得他們聊得久了一點，似乎沒有必要。當鮑勃和孩子們開車離去，保羅繼續洗車。雖然她從未預見他們兩人攀談，但她猜想這兩個男人是否交換某些觀感。至於是哪方面的觀感？

嗯，當然攸關於她。

隔天早上，貝蒂睡到自然醒——星期六早晨，家中沒有小孩，她得以晚起，感覺真好。她穿上她的瑜珈褲和薄棉套頭運動服，拿著她的iPad，光著腳丫子，走到靜悄悄的一樓。

「嗨，好傢伙。」她赤腳煮咖啡，端著她這杯熱騰騰的晨間魔藥，趁著朝陽尚未升過屋頂、氣溫尚未攀升之前走到後院。她把iPad帶在身邊；除了在她的床上，她似乎已經好久沒在其他地方使用這東西。她坐到後院樹蔭下的塑膠躺椅上，點閱過期的《芝加哥太陽報》周日雜誌，然後在《每日郵報》的網站虛晃大把時間，忽然之間，她聽到陣陣噪音。喀啦喀啦喀啦喀啦喀啦。

有隻啄木鳥在某個地方覓食。

喀啦喀啦喀啦喀啦喀啦。

她掃視大樹的枝幹，搜尋啄木鳥的蹤影，但什麼都沒看見。喀啦喀啦喀啦喀啦喀啦。

「每次都連啄五下，」貝蒂數了數。

她檢視屋子的外牆，暗自慶幸沒看到啄木鳥為了挖食小蟲而毀損牆板，但是噪音再度響起：喀啦喀啦喀啦喀啦喀啦。

噪音來自籬笆的另一頭，也就是保羅．列戈利斯的後院。籬笆有些高度——即使在鄰里和睦的格林街，你家的籬笆依然必須有些高度，才稱得上是個好鄰居——讓人看不到鄰家的後院，只看得到較高的樹枝。樹枝上不見啄木鳥老兄的蹤影，但喀啦喀啦喀啦喀啦喀啦持續不斷，勾起貝蒂的好奇心。她想看看這隻啄木鳥到底多麼大隻，所以她把椅子移向籬笆，站到椅子上觀望，希望一睹這隻正在覓食的啄木鳥。

喀啦喀啦喀啦喀啦喀啦。

保羅・列戈利斯的後院維持得相當整齊，井然有序。院子裡有個滴水灌溉的蔬果園圃，而且搭了豆架。後院中央的一塊草皮上擱著一部古舊的耕地機，機器鏽跡斑斑，看來需要馬匹拉動，但這個老古董旁邊居然擺了一排太陽能面板，看起來不太搭調。院子最裡頭、露臺的另一側有個磚砌的大烤爐，還有一張那種郵購目錄的獨立式吊床。

喀啦喀啦喀啦喀啦喀啦。

保羅坐在紅木露臺的野餐桌旁，頭頂上的天篷斜向一側，他已經穿上他的招牌服飾：鬆垮垮的短褲、休閒運動衫、夾腳涼鞋。他那副酷得過頭的眼鏡戴在頭上，神情專注地窩在一部巨大、望似十九世紀製造的機器之前。

喀啦喀啦喀啦喀啦。

那是一部打字機，但貝蒂從來沒見過這樣的打字機。這玩意非常古老，好像溯自維多利亞時代，形似機械印刷裝置，一個個弧形的印字錘落在捲入托架的白紙上。保羅一鍵連按五下——喀啦喀啦喀啦喀啦喀啦——幫打字機內部的撥桿上點油，再度按鍵。

喀啦喀啦喀啦喀啦喀啦。

這個用來寫作的玩意華而不實，簡直就像儒勒・凡爾納書中的機件，而保羅・列戈利斯正在專心檢修，說不定因而干擾格林街清靜的早晨。

喀啦喀啦喀啦喀啦喀啦喀啦。

「哇塞，」貝蒂暗自嘀咕。她回到屋裡，再灌下一杯咖啡，待在還算安靜的廚房裡，坐在餐桌旁用 iPad 閱讀，屋外依然隱隱傳來她鄰居那部鐵甲文字處理機發出的噪音。

那天下午、當太陽把格林街曬得有如火熱的煎鍋，貝蒂打電話跟瑪姬聊天。

「他家裡有一部打字機和一具天文望遠鏡。天知道還有什麼玩意，」瑪姬猜想。

「古舊的烤麵包機。撥號式話機。手動絞擰的洗衣盆。誰曉得？」

「我查了幾個約會網站。找不到他。」

「CreepyNeighbot.com？SadSacks4U？」貝蒂望向窗外，看到一部陌生的車子開過街上。那是一部韓國車，車身漆得跟指甲油一樣紅亮。一個年輕小夥子從駕駛座下車，一個女孩隨之從乘客座下車，她比小夥子小幾歲，兩人顯然是兄妹。他們過馬路，走向保羅・列戈利斯的大門，貝蒂在小夥子身上看到保羅的步態。

「注意、注意，前方出現孩童，」貝蒂跟瑪姬說。「妳猜誰剛剛露面？」

「誰？」瑪姬問。

「肯定是隔壁那位孤單教授的小孩。一兒一女。」

「他們身上刺青、或是腳上穿著涼鞋嗎？」

「沒有。」貝蒂端詳這兩個孩子，搜尋叛逆或是搞怪的跡象。「他們看起來很正常。」

「『正常』是洗衣機的功能選項，毛頭小鬼哪會『正常』？」

女孩尖叫一聲，衝向大門，保羅．列戈利斯朝她走去，兩人在草坪上碰頭，她把他的頭緊挾在腋下，將他壓倒在草坪上，放聲大笑。男孩加入這場混戰，兩個孩子倒臥在他們爸爸身上，三人顯然已經一陣子沒見面。

「我說不定很快就得打一一九。我覺得有人的肩膀會脫臼，」貝蒂發表意見。

那天晚上，貝蒂、瑪姬和奧蒂娜姐妹在一家墨西哥餐館吃飯。餐館的牆面是煤渣磚堆砌，還有紙燈罩，洋溢著濃濃的墨西哥風情，感覺是如此在地，她們甚至幾乎不敢喝餐廳供應的生水，但瑪格麗特雞尾酒倒是照喝不誤。她們整晚談笑風生，暢談前夫、混蛋前男友、缺乏常識和智識的男人，對話風趣，葷腥不忌，多半關於保羅．列戈利斯，其中沒半句好話。

當貝蒂她的 Lyft 司機把她載回格林街，天早就黑了，天文望遠鏡又被推到保羅的前院。車道上沒看到他的車子；他的兩個小孩正在操作望遠鏡，觀測天象。貝蒂直接走向她的家門，這時，保羅的兒子開口說話，聲音傳過車道。

「妳好，」他只說了一句。

貝蒂點點頭，嘟囔一聲，聽起來像是你好，但沒有放緩腳步。

「要不要看看土星的月亮？」這會兒是女孩開口。「高掛在空中、酷到不行？」

「不了，謝謝，」貝蒂說。

「你會錯過一場精采的天文秀！」女孩的聲音很像黛爾，爽朗親切，往往因為微不足道的小事而興高采烈。

「今晚沒有月蝕？」貝蒂邊說、邊從她的包包裡掏出大門的鑰匙。

「月蝕比較罕見。土星整個夏天都看得到，」女孩說。「我是諾拉・列戈利斯。」

「嗨，我是貝蒂・蒙克。」

「黛爾、莎莉和艾迪的媽媽？爸爸說妳的孩子們很逗趣。」女孩踏上車道，朝著貝蒂走來。「妳買了史奈德家的房子。他們搬去奧斯汀，真是好狗運。喔，那是我哥哥，」諾拉指指男孩。「跟蒙克女士說你叫做什麼。」

「勞倫斯・艾特威爾・迪拉戈多・列戈利斯七世，」他說。「你可以叫我契克。」

貝蒂一臉迷茫，好像一個喝了三杯瑪格麗特的女子，而她也確實喝了三杯瑪格麗特。「契克？」

「或是勞瑞。這事說來話長。妳想不想看一看伽利略幾百年前觀測的天空？他可真改變了人類的歷史。」

揮手婉拒、匆匆躲進她自己的家，似乎相當失禮，有違格林街之風。更別提諾拉和契克看來乖巧，於是貝蒂說：「既然你這麼說，我想我最好看一看。」

貝蒂跨出她家的地界，踏上列戈拉斯家的地盤，首次造訪鄰家。契克從天文望遠鏡旁邊走開，讓出位置給貝蒂。「看啊，土星！」他說。

貝蒂把眼睛貼上鏡筒寬端的鏡片。

「盡量不要撞到望遠鏡。望遠鏡應當對準木星。」

貝蒂眨眨眼。鏡片拂過她的睫毛。她不曉得自己正在看什麼。「我什麼都沒看到。」

「哥，」諾拉嘆了口氣。「你不能說『看啊，木星！』、然後讓人家看不到木星。」

「抱歉，蒙克女士。讓我瞧瞧。」契克從另一個望遠鏡看出去，望遠鏡嵌在巨大的鏡筒上，比天文望遠鏡小多了，他上下左右移動，做些調整。「一清二楚！」

「我希望這下妳看得到木星，」諾拉說。

貝蒂再度靠向鏡片，她貼得好近，鏡片說不定甚至被她的睫毛膏弄糊。起先她依然什麼都沒看見，然後目鏡中盈滿白光。木星。不單是木星，還有它的月亮，四個月亮排成一列，一個在木星左側，另外三個在右側，清晰無比。

「哇塞！」貝蒂大喊。「清楚極了！那是木星？」

「眾星之王和它的月亮，」契克說。「妳看到幾個？」

「四個。」

「跟伽利略一樣，」諾拉說。「他在一根銅管上裝上兩片玻璃，對準義大利空中最閃亮的物體，看到了妳現在看到的景象，完全駁斥托勒密的宇宙論，讓自己惹上了大麻煩。」

貝蒂無法移開視線。她從未如此深入探看宇宙，也從未親眼瞧見其他星球。木星斑斕炫目，太美了。

「等妳看到土星再說，」契克說。「土星環、月亮、整個星球，那才漂亮。」

「讓我瞧瞧！」貝蒂忽然迷上天文景觀。

「現在不行，」契克解釋。「土星直到凌晨才會升起，如果妳願意把鬧鐘設定在四點四十五分，我可以跟妳在這裡碰面，幫妳調整天文望遠鏡。」

「凌晨四點四十五分？不可能。」貝蒂朝著旁邊跨了幾步，拋下天文望遠鏡和土星的月亮。「好，現在你跟我解釋『契克』這個名字從何而來。」

諾拉大笑。「《亞伯特與卡斯特羅秀》②。瘦巴巴的那一個在他們一部電影裡飾演『契克』，我們看了上千次，然後我開始叫我哥哥『契克』，大家也跟著叫，改也改不了。」

「總是勝過『阿拉勞瑞』或是『阿傻列戈利斯』。」

「我了解，」貝蒂說。「四年級的時候，我跟班上其他七個女孩都想叫做『伊麗莎白』。」她又從天文望遠鏡看看木星，再次讚嘆眼前的景觀。

「啊，老爸來也。」諾拉看到她爸爸的車前燈從格林街的另一頭趨近。貝蒂想要奔向她家的大門，但她如果現在拔腿就跑，顯然是不尊重對方，所以她打消奔逃的衝動。

「你們這些小無賴在我的草坪上做什麼？」保羅邊說、邊下車。一個跟契克年齡相仿的紅髮小子從乘客座下車。「貝蒂，妳不算。我說的是這兩個小痞子。」

諾拉轉向貝蒂。「我爸居然用了『痞子』這種字眼，抱歉讓妳親眼見證。」

「這位是丹尼爾，」保羅指指紅髮小子說，貝蒂無法不注意到這小子非常削瘦，說不定營養不良。他一身新衣，但顯然不符合他原本的調調，他穿在身上，看起來相當不自在。孩子們互相打招呼，貝蒂說聲哈囉。

「看得到大塊頭嗎？」保羅看著空中那顆氣態巨型行星。「丹尼爾，你有沒有看過木星？」

「沒有。」丹尼爾別無置評，然後走向天文望遠鏡，望進鏡筒的目鏡。「哇，」他面無表情地說。

「貝蒂？妳看到了嗎？」保羅問。

「看到了。讓我忍不住說了哇塞。」貝蒂看著諾拉。「抱歉，妳得親眼見證我說了哇塞。」

「哇塞還不賴，」諾拉說。「一語道盡驚訝與讚美。就像是了不起、或是超棒。」

「或是了不得，」契克說。

「或是妙極了，」保羅說。

「或是奶子，」丹尼爾說，依然面無表情。

② 譯註：*Abbott and Costello*，由諧星巴德・亞伯特和盧・卡斯特羅擔綱主演的喜劇節目，兩人跨足廣播、電視和電影，是美國四、五〇年代最知名的喜劇拍檔，也是美國喜劇界的經典人物。

大家聽了都不知道如何回應。

×××

這個叫做丹尼爾的傢伙在列戈利斯家待了幾天。晨間時分，貝蒂聽到他們在說話，兩人的聲音飄過籬笆，隱隱從後院傳來。傍晚時分，她看到他們七點左右一起走出家門，然後有天晚上，削瘦的紅髮小子走了。格林街恢復常態，孩童們照常在街上騎腳踏車、踢球玩耍，只不過這會兒更是下定決心大玩特玩，因為學校開學在即。周遭忽然瀰漫著夏末的氛圍，人人皆可感知。

八月的最後一個傍晚，貝蒂帶著孩子們到一個擺滿電玩機的餐廳吃披薩。當他們回到家中，街上安安靜靜，飽受電玩機的疲勞轟炸之後，格林街更是宛若天堂。帕特爾家的孩子們拿著澆花的水管在家中的草坪上玩耍，於是艾迪和莎莉過去加入他們。黛爾進屋。晚風徐徐，吹拂著梧桐樹的枝葉，貝蒂逗留在屋前，享受清涼的晚風。她靠向低矮的枝幹，從外帶盒裡拿出剛才沒吃完的披薩，小口小口地咬食。

保羅・列戈拉斯不見蹤影。他的車子不在車道上，所以她感覺神閒氣定，即使她吃下四片鋪滿義式臘腸、橄欖和洋蔥的披薩，稍微有點罪惡感。她把薄薄的半月形餅邊丟到草坪上——她不吃餅邊，但小鳥們肯定很快就會過來啄食——這時，她覺得她看到一隻非常巨大的昆蟲爬過保羅・列戈拉斯的車道。

她幾乎嚇得哇哇大叫——那可能是一隻大蜘蛛——然後她察覺那只是一串鑰匙，整串鑰匙直挺挺地擱在地上，保羅說不定先前把車停在那裡。

貝蒂因而發現自己面對某種兩難的局面——一個好鄰居會怎麼做？她應該拾起鑰匙，暫且保管，直到保羅回家，然後過去敲敲門，送還鑰匙。如果這副鑰匙果真歸他所有——可能性也相當高——她將會省了他很多麻煩，讓他免於無謂地搜尋。任何人都會這麼，但是——啪啪！——保羅對此將會感激涕零，說不定甚至堅持請貝蒂吃一頓他親手烹調的晚餐。這麼辦吧！在我家後院烤肉，好嗎？我自己調製烤肉醬喔。

貝蒂不願走上這條路。她可以差遣艾迪送還鑰匙，沒錯，這樣最單純。保羅回家之時，她兒子將會衝到隔壁，日行一善，物歸原主。貝蒂將會待在她自己家裡，這事自此告一段落。

她彎腰拾起鑰匙。其中有把黑色的遙控鎖，上面印著柏爾漢社區大學的校徽，還有兩把家用鑰匙、兩把印著序號的工業用鑰匙、一把腳踏車鑰匙，鑰匙圈上最醒目的東西是一個塑膠撲克籌碼，籌碼的邊緣打了一個小洞，勾在鑰匙圈上。

籌碼陳舊，凹凸不平的邊緣已被撫平。籌碼曾是紅色，現在只見一個個褪色的紅點，但依然看得出中央有個大大的數字*20*。保羅肯定在州界附近的河船賭場贏了二十美金。說不定他下注兩千美金，最後只剩下這個籌碼。她把籌碼翻過來，看到另一面印著

*NA*，字體花俏，帶點異國風情，好像刺青，兩個字母印在一個望似棒球場的方框之內。在傍晚漸漸昏暗的日光中，她看到籌碼的方框之外寫了字，但此處也已磨損，只看得到幾個字母——*g*、*oc*、一個望似 *vice* 的單字，但也可能是 *riot*、*ribs*、或是任何四個字母的單字。

孩子們在對街的帕特爾家玩碰碰球，朝著車庫扔球。貝蒂把鑰匙拿到屋裡，暫時保管，直到她可以差遣艾迪送還。

黛爾捧著她的筆電坐在客廳，盯著馬兒在 YouTube 影片裡跳躍。

「妳忙嗎？」貝蒂問她。黛爾沒有回答。「喂，女兒啊，」她彈彈手指。

「幹嘛？」黛爾依然盯著她的筆電。

「妳可不可以幫我搜尋一下？」

「搜尋什麼？」

「這個撲克籌碼。」貝蒂把鑰匙圈遞過去。

「妳要我搜尋『撲克籌碼』？」

「這一個撲克籌碼。」

「我不問谷歌也可以告訴妳：那是一個撲克籌碼。」

「打哪裡來？」

「製造撲克籌碼的工廠。」

「如果妳不幫我搜尋，我就拿這個東西敲妳的頭。」

黛爾嘆了一口氣，看了看她媽媽、鑰匙圈和撲克籌碼，翻了翻白眼。「好吧。但我可以先看完這個影片嗎？」

貝蒂指示女兒仔細檢視籌碼，諸如褪色的紅點、數字*20*、另一面的字母*NA*、已被磨損的字母，然後把成串鑰匙交給女兒，自己走到廚房洗一洗沾了披薩碎屑的雙手。她正把碗盤放進洗碗機，黛爾就從客廳大喊大叫。

「妳說什麼？」貝蒂大聲回應。

黛爾帶著她的筆電走進廚房。「那是一個戒毒會的獎章。」

「什麼東西是戒毒會的獎章？」貝蒂把餐具放進洗碗機上層的欄架裡。

「那個撲克籌碼，」黛爾把筆電上的一系列圖樣秀給她媽媽看。「*NA*是『Narcotics Anonymous』（戒毒者匿名會）的縮寫，就像是『Alcoholic Anonymous』（戒酒者匿名會）。我輸入『poker chips with NA』，跑出一個網站，我上網站搜尋影像，妳看看結果。」

貝蒂看到一個跟鑰匙圈上的賭博籌碼同樣的圖案。*NA*印在形似棒球場的方框之中，方框之外印著四個字：*Self*（自身）、*God*（上帝）、*Society*（社交）、*Service*（服務）。

「他們把圓形籌碼當作獎章送給戒毒者，慶祝『戒癮有成』。」黛爾說。「也就是說不碰毒品。三十天以上就可以獲獎。」

「但這一個籌碼上面印了二十。」保羅・列戈拉斯為什麼擁有一個「戒毒者匿名會」

的圓形籌碼？

「我想這表示二十年，」黛爾說。「妳從哪裡拿到這串鑰匙？」貝蒂略為遲疑。如果保羅・列戈拉斯跟毒品或是「戒毒者匿名會」有任何牽扯，直到她自己搞清楚之前，黛爾最好不知情。

「在某個地方找到的，」貝蒂說。

「我還得搜尋其他資訊嗎？洋芋片或是撲克牌遊戲規則？」

「不了，」貝蒂繼續把碗盤送進洗碗機。處理完畢之後，她打電話給瑪姬。

「嗯，『戒毒者匿名會』，」瑪姬跟她說。「『戒酒者匿名會』為了酗酒的人而設，『戒古柯鹼者匿名會』為了吸食古柯鹼的人而設，各種癮頭都有匿名會。」

「『戒毒者匿名會』為了吸毒的人而設？」

「不然還會為了誰？」瑪姬好奇一問。「妳確定那串鑰匙是他的？」

「倒不確定。但鑰匙在他的車道上，所以我們姑且假設是他的，即使結果可能讓我們很難堪……」

「參加勒戒療程的男人始終跟匿名會的另一個會友上床。超模莎拉・哈里斯的外甥女嫁給她『戒酒者匿名會』的一個傢伙，但我想他們後來離了婚。」

「如果保羅・列戈拉斯參加『戒毒者匿名會』，而且持續了二十年，我倒想知道為什麼。」

「嗯，」瑪姬暫且不語。「我猜八成因為毒品。」

過了一小時，艾迪和莎莉回到家中，全身被帕特爾家的花園水管淋得溼答答。再過一小時，三個小孩都洗了澡，窩在電視機前面看一部高畫質的電影。貝蒂在廚房裡用 iPad 上網搜尋「戒毒者匿名會」，查詢一個又一個網站。她沒聽到有人敲敲大門。

「列戈拉斯教授來囉。」艾迪走進廚房。貝蒂呆呆地看著兒子。「他在門口。」

他的確在門口；他身穿牛仔褲和白襯衫，足蹬真皮休閒鞋，站在門外的門廊上。貝蒂悄悄把門帶上，蓋住電影的噪音

「嗨，」她說。

「抱歉打攪妳。我可以從妳家後院走過去我家後院嗎？」

「為什麼？」

「因為我是個笨蛋，把自己鎖在家門外。我想我的紗門沒有上鎖。我可以跨過我家的籬笆進入後院，但我八成會跌到垃圾桶裡。」

貝蒂看看保羅，這個住在她家隔壁的傢伙上個月送給她蜜汁煙燻火腿、星期五傍晚在家裡洗車、覺得她的孩子們很逗趣、親手製造天文望遠鏡、修理古董打字機。啪啪！保羅・列戈拉斯跟一群人圍成一個圓圈而坐，男男女女，人人坐在折疊椅上。他專心聆聽丹尼爾說話，那個瘦巴巴的紅髮小子述說那段他設法弄到海洛因的日子，保羅點點頭，從他的話語中看出自己二十年前的行徑。

「你在這裡等我一下，」貝蒂說。

不一會兒，她拿著一串鑰匙走回來。

「我的鑰匙，」保羅喃喃自語。「妳偷拿了我的鑰匙？妳在開我玩笑吧。」

「鑰匙在你的車道上。我以為那是一隻大蜘蛛，幸好不是。」

「我車子的遙控鎖八成趁我不注意的時候掉了出來，再度證明我忘東忘西。我根本不曉得我把鑰匙掉在哪裡，所以囉，謝謝妳。」

「謝謝格林街和敦親睦鄰的風氣吧，」貝蒂說。這會兒她大可把門關上，再也不跟這個住在隔壁、穿著夾腳涼鞋、自從她搬進新家就試圖躲避的男人發生任何牽扯，但她反而開口發問，把自己嚇了一跳。「那個一頭紅髮、話語玄虛、叫做丹尼爾的小夥子怎麼了？」她問。

保羅已經轉身準備走開，但他停了下來，面向站在門口的貝蒂。「喔，丹尼小子。」保羅暫不作聲。「他在肯塔基。」

「肯塔基？他來自肯塔基？」這會兒貝蒂靠向門框，感覺隨意自在，她發覺自己輕鬆地在家門口與保羅聊天，她從來沒有這種感受，最起碼自從他頭一次問說妳今晚有空嗎、她就不曾如此輕鬆。

「他來自底特律。肯塔基剛好有個機會，所以他過去待一陣子，如果一切順利，他會待上九十天。我希望他待在我家的這段時期，對妳沒有造成困擾。」

「沒有。但我真想要幫那小子做幾個三明治、把他餵胖一點。」

「沒錯。丹尼必須吃好一點。」保羅又邁開步伐，慢慢走開。

「你知道嗎？」貝蒂說。「以前的人把他那樣的紅髮小子視為魔鬼，因為他的頭髮是魔鬼的顏色。」

保羅大笑。「他的心中的確有些魔障，但不比我們任何一個人糟。」

貝蒂低頭看看保羅手中的鑰匙和那個慶祝二十年沒碰毒品的撲克籌碼，暗自做做算術。契克・列戈拉斯最起碼二十一歲，這表示他爸爸跌到人生的谷底之時，契克還是個小嬰孩，換言之，保羅在那個時候踏上他的旅程，從當時的境地邁向這個八月的夜晚。

在那一瞬間，貝蒂更加確定她和孩子們屬於這裡，格林街果真就是他們的家。

「謝謝妳幫我省了好多麻煩，」保羅揮揮他的鑰匙說。

「別客氣，」貝蒂邊說、邊看著他走向隔壁的家中。

她正要轉身走進家中，眼前忽然蹦出一個景象——啪啪！——凌晨時分，她站在自家廚房，再過兩、三個小時才天亮，孩子們還在床上呼呼大睡。

「哈囉，好傢伙，」她對著她的義式濃縮咖啡機道聲早安，動手調製她晨間的拿鐵咖啡，另一個馬克杯裡是雙份的濃縮咖啡，只加了薄薄一層奶泡。

她端著這兩杯幫助他們醒腦提神的咖啡邁向大門，走下她家門廊的階梯，穿過她家的草坪，站在她家那棵梧桐樹低垂的枝幹下。

保羅・列戈拉斯已經把天文望遠鏡架在他的車道上，望遠鏡朝東，指向格林街上方浩瀚深藍的天空。

土星剛剛升起。透過目鏡，這顆被光環圍繞的行星絢爛奪目，一清二楚，酷到不行。

# 艾藍·比恩＋四

Alan Bean Plus Four

ROYAL

這個年頭登陸月球比一九六九年之時容易多了，我們四人即是明證，即便八成沒有半個人在乎。事情是這樣的：有天晚上，我們在我家後院啜飲冰涼的啤酒，月牙低垂在空中，好像細緻精美的彩繪指甲，我跟史提夫・王說，如果他臂力夠強、用力拋擲一樣東西，比方說一支鐵鎚，那東西說不定盤旋五十萬英里、在空中畫個大大的8字、繞過頭頂上那個月亮、像個回力鏢似地飛回地球，這樣不是很酷嗎？

史提夫・王在「家得寶」上班，拿得到很多把鐵鎚。他說他可以拋擲幾把試試看。他的同事穆達西感到納悶——這小子簡化他的全名，讓他的名字跟饒舌歌星一樣簡短上口——大家怎麼可能接得住一把滾滾發燙、以時速一千英里從空中墜落的鐵鎚？自己經營一家平面設計公司的安娜說，根本沒有什麼東西可接，因為鐵鎚肯定像是流星一樣燒得精光。她這話沒錯，更何況她也不相信我這套「拋擲——等候——回返」的說法，她覺得宇宙不可能如此單純，而且始終百分之百質疑我的太空計畫。她說我開口閉口「阿波羅任務」、「月球探測車」，而且已經開始虛構細節，好讓自己聽起來像個專家，她這話也沒錯。

我已把我每一本非文學書籍下載到Kobo電子閱讀器，所以我馬上點出《不是吧，艾文：為什麼蘇聯會在登月競賽中敗北》（*No Way, Ivan: Why the CCCP Lost the Race to the Moon*）其中一章，這書的作者是位心懷舊恨的白俄教授，根據他的說法，一九六〇年代中期，蘇俄就曾試圖以這種迴力鏢式的太空任務打垮阿波羅計畫：他們不打算繞著軌道飛行，也不打算登陸月球，只是拍攝照片，高聲嚷嚷，先聲奪人。於是蘇聯共產黨發射一艘太空船，太空船無人駕駛，艘裡據說只有一個身穿太空服的假人，但太多狀況出了差錯，所以他們不敢再試一次，甚至不敢改以小狗權充太空人。太空計畫自此草草收山。

安娜身材纖細，絕頂聰明，我交往過的女孩當中，沒有一個像她那麼積極奮發（我們交往了三星期，而那三周可真是令人筋疲力盡）。她當下看出一項挑戰。她想要完成俄國人辦不到的任務。她說我們四人一起上路，肯定相當有趣，於是就這麼說定。但什麼時候呢？我建議我們配合阿波羅11號的升空紀念日排定日期，畢竟這是有史以來最著名的太空飛行，但這樣行不通，因為史提夫・王已經約了七月的第三個星期看牙。十一月呢？阿波羅12號於一九六九年十一月登陸月球的「風暴洋」隕石坑，即使這樁事件已被地球上百分之九十九點九九的人們遺忘。但這樣也不行，因為萬聖節過後的一星期，安娜得幫她妹妹做伴娘，結果我們這項任務的最佳日期是九月的最後一個星期六。

當年阿波羅太空船的太空人花了成千上百個小時駕駛噴射機、研修工程學位，他們必須學習如何順著長長的纜線滑入加裝了厚層襯墊的艙室，發射升空若是發生意外，他們才可藉此逃生。他們必須知道如何使用滑尺。我們一切豁免，什麼都沒做，但我們的確趁著七月四日在史提夫・王家的超大車道試飛火箭助推器，暗自希望國慶日的煙火掩蓋噪音，我們這一節自動操作的火箭將不動聲色地升空，不會招致任何人的注意。任務順利完成。火箭直升加利福尼亞半島上空，如今每九十分鐘繞行地球一圈，容我為各個政府單位做個說明，火箭再過十二到十四個月將重返地球大氣層，屆時說不定燒得精光，不會造成傷害。

穆達西出生於亞撒哈拉的一個村落，頭腦好的不得了。他轉學到聖安東尼鄉鎮高中之時，只會說幾句基本的英文，後來他用燒蝕性材料做實驗，實驗品果真起火燃燒，引發眾人齊聲喝采，他也因而拿下科展榮譽獎章。既然所謂「安全返回地球」意味著我們需要一張管用的隔熱罩，因此穆達西負責隔熱罩和所有煙火裝置，其中包括各節火箭分離所需的引爆螺栓。安娜負責計算啟動比率、軌道力學、燃料混合等數據，也就是那些我假裝了解、其實卻一頭霧水的事情。

我的貢獻是我們的指揮艙。一位家財萬貫的泳池器材供應商匆匆製造了這個狹窄擁擠、狀若車前燈的橢圓型座艙，他不顧一切地想要涉足民間航空產業，意圖跟航太總署大撈一筆。他快滿九十歲之時在睡夢中辭世，他的第四任太太同意把這個座艙以一百元美金賣給我，即使我不介意支付兩倍的價錢。她堅持用她先生那部綠色的 Royal Desktop 打字機打一份收據給我，這部老舊的打字機非常巨大，跟她先生收藏的其他打字機同樣乏人維修，一部部堆在車庫角落生鏽。**四十八小時之內必須取貨**，她打出這幾個字，附加一句：**不可退貨/只收現金**。我把指揮艙命名為「艾藍・比恩號」，藉此紀念這位阿波羅12號的駕駛員。艾藍・比恩是第四位登陸月球的太空人，也是我這輩子唯一碰過的登月太空人，當時是一九八六年，地點是休士頓地區的一家墨西哥餐廳，他在櫃檯付帳，看起來跟一位頭髮日漸稀疏的骨科醫生一樣默默無名，我高聲大喊：「老天爺啊、你是艾藍・比恩！」，他給了我一張他的簽名照，還在名字上方畫了一個小小的太空人。

既然我們四人打算一起登月，我必須在「艾藍・比恩號」裡挪出足夠空間，也得減輕一些重量。我們沒有「管制中心」對我們發號施令，所以我把座艙全部解體，用強力牛皮膠帶取代每一個螺釘、螺絲、絞鍊、夾子、連接管（膠帶購自「家得寶」，一卷三美元）。我們的衛浴間有張浴簾，維護隱私。我從一個經驗老到的消息來源得知，在零重力狀態下，你上一次洗手間最起碼得花一小時，而且必須脫得光溜溜，所以囉，隱私極其重要。我拆下往外開啟的活門和笨重的逃生鎖，換上一個不銹鋼合金的栓塞，栓塞上有一扇大窗和自封式罩頂。不然的話，在浩瀚無垠的太空中，「艾藍・比恩號」艙內的氣壓會把活門緊緊密封。單純的物理學原理。

你若宣布你將飛往月球，大家都認為這表示你打算登陸月球——插支國旗、在強度只有地球六分之一的重力場裡彈跳、收集岩石帶回地球。不，我們不打算做這些事情。我們打算繞著月球飛行。登陸月球是另一碼事。比方說，誰先踏上月球表面？哎喲，光是決定我們四人之中誰先踏出太空船、成為第十三個在月球上留下腳印的人，八成就會引發種種心結，說不定早在升空倒數之前就分道揚鑣。更何況大家都心知肚明，率先踏出太空船的機員肯定是安娜。

組裝三節式的超級「艾藍・比恩號」耗時二日。我們打包燕麥棒和瓶口為擠壓式的瓶裝水，在第一節和第二節火箭注入液態氧，為單發火箭注入自燃燃料——這個迷你星際火箭將把我們推入太空，襄助我們與月球會合。史提夫・王的鄰居們紛紛擠到他的車道上色瞇瞇地盯視「艾藍・比恩號」，但沒有半個人知道艾藍・比恩是誰、或是我們為什麼把太空船命名為「艾藍・比恩號」。孩童們苦苦哀求，想要看一看太空船內部，但我們沒買保險，不敢讓他們入內。你們在等什麼？你們快要發射了嗎？我跟每一個願意聽我說話的白癡解釋發射時機和軌道，我用免費下載的 MoonFaze 應用程式跟他們展示，太空船必須在精準的一刻跟月球的軌道交會，否則月球的重力將會……哎喲，拜託喔，月亮不就在那裡嗎？把你們的火箭瞄準月亮，讓我們看看好戲吧。

×××

獲得塔台許可二十四秒鐘之後，我們的第一節火箭全速燃燒，花了美金九角九分下載的 Max-Q 應用程式顯示，我們的體重比在海平面重了十一點八倍，其實我們不看 iPhone 也知道。我們……喘……不過氣……安娜……尖……叫：「不要……壓住……我的胸口！」但沒有人壓住她的胸口。反倒是她坐在我的大腿上，讓我感覺好像有個衝鋒進攻的足球球員貼著我大跳熱舞、把我壓得慘歪歪。喀蹦！穆達西的引爆螺栓轟然爆炸，第二節火箭發射點火，正如我們的規劃。一分鐘之後，灰塵、零碎的銅板、兩支原子筆從我們的座位後方飄起，也就是說：啊！我們進入地球軌道了！

無重狀態跟你所能想像的一樣新奇，但對一些太空人造成困擾。不曉得為什麼，他們剛升空的幾個小時不停嘔吐，好像在先前的雞尾酒會喝多了。這事千真萬確，航太總署的公關部門或是太空人的回憶錄卻從來不曾提及。繞著地球轉了三圈之後，我們核對清單，準備進行「地月轉移軌道切入」（translunar injection），史提夫・王的腸胃終於比較舒服。在非洲上空某處，我們開啟星際火箭的閥門，讓自燃燃料發揮神奇的功效，嗚呼！我們以每秒鐘七英哩的速度，乾脆俐落地脫離地球軌道，有如拓荒時期的郵車隊，朝向月球郵站前進。窗中的地球愈變愈小。

在我們之前登陸月球的美國人缺乏先進科技，他們的電腦是如此古舊，甚至無法接收電子郵件、或是請教谷歌大神裁奪紛爭。相較於阿波羅號時代的撥接式電腦，我們攜帶的 iPad 不但容量大了七百億倍，而且便利多了，尤其是航程漫漫、大家閒閒沒事之時，iPad 更是功不可沒。穆達西用他的 iPad 看《女孩我最大》的最後一季。我們以窗中的地球為背景，拍了數百張自拍；我們在 iPad 上打沒有球桌的乒乓球錦標賽，結果安娜大獲全勝。我在脈衝模式中操作反饋電動機，稍微偏轉「艾藍・比恩號」，觀賞幾顆在灼灼日光中清晰可見的星星：天蠍座的心宿二，人馬座的斗宿四，NGC 6333 的星群，當你跟它們一起飄旋在宇宙之中，它們的光芒再也不只是一閃一閃。

從地球航向月球之時，最重要的里程碑莫過於穿越等引力帶（equigravisphere），等引力帶跟國際換日線一樣無影無形，但對「艾藍・比恩號」而言，它卻是一道破釜沉舟的關卡。在等引力帶的這一側，地球的重力拉著我們往回走，延遲了我們的前進，勒令我們返回那個水、大氣、磁場一應俱全、種種條件有利生存的家園。一旦穿越等引力帶，我們就受到月球的掌握，我們被她亙古的銀輝所環繞，耳邊響起她殷殷的催促，快來、快來、快來，她等著我們眨眼讚嘆，折服於她浩瀚的寂寥。

航抵等引力帶的那一刻，安娜頒發獎賞，送給我們用鋁箔紙摺成的立體紙鶴，我們把紙鶴黏貼在襯衫上，好像飛行員配戴勳章。我把「艾藍・比恩號」調整為被動熱控制模式，我們這艘航向月球的太空船隨即輕輕轉動，好像被插在一支無影無形的炙叉上，以便分散太陽的熱氣。接著我們調暗燈光，用一件運動衫遮住窗戶，這樣陽光才不會橫掃艙內，然後我們在小太空船的一角窩成一團，各自安然入睡。

當我跟人們說我曾目睹月球的彼端，大家經常回了一句：「你是說月球的黑暗面」，好像我陷入黑武士或是平克・佛洛伊德的魔咒。其實月球的兩端受到同等的陽光照射，只不過時序不同。

此時地表所見的月球是盈凸月，因此，我們必須在月球彼端等待陰影漸漸褪去。此處沒有陽光，地球的反光也被月球遮住，黑暗之中，我啟動「艾藍・比恩號」，慢慢轉圈，好讓窗戶面朝無止無盡、值得以 IMAX 畫面呈現的浩瀚時空。群星在紅橙黃綠藍靛紫的淡淡光暈中持續發光，銀河在我們眼前無限延展，令人睜眼驚嘆，一條鑽藍的長帶映著一片墨黑，迷人至極，令人如痴如醉，甚至把恐懼拋在腦後。

而後眼前赫然出現一道光芒，好像穆達西啪地打開了電燈開關。我稍微調整控制鈕，月球的表面隨即浮現在我們下方。哇！崎嶇的大地令人驚嘆，美得令人詞窮。花了美金九角九分下載的 LunaTicket 應用程式顯示我們從南飛向北，但我們的心緒卻已不知東西南北，月表有如大風勁揚、白浪滔滔的海面一樣紊亂，最後我終於成功地比對月表的「龐加萊環形山」的《這是我們的月》（*This Is Our Moon*）電子書的圖片。「艾藍・比恩號」攀升一百五十三公里（也就是我們美國人慣稱的九十五點零六英里），行進速度比槍枝射出的子彈還快，月亮飛快地從我們眼前閃過，我們幾乎即將陷入一片花白。「奧雷姆環形山」帶著一道道指繪般的白痕，「亥維賽環形山」佈滿細溝和坑洞，有如受到沖蝕的土地。我們從中穿越「杜菲隕石坑」，從六點鐘的方向直直飛向十二點鐘的方向，坑緣險峻，有如尖銳的剃刀。「莫斯科海」在左舷遠處，狀似小型的「風暴洋隕石坑」，四十五年前，艾藍・比恩花了兩天親自在此採集岩石、拍攝照片。這傢伙真是好福氣。

我們的腦袋能夠收納的影像有限，所以我們用 iPhone 幫忙紀錄，我不再大聲說出種種景觀的名稱，但當我們啟程飛越月球的北極、朝向地球前進，我的確認出「坎貝爾環形山」和「達朗伯環形山」，兩者的面積都相當可觀，被面積較小的「斯里弗環形山」連在一起。史提夫・王已為「地出」專門錄了一段音樂，但我們必須在安娜的 Jambox 重新啟動藍芽，幾乎錯過了地球升起。當藍白相間的地球劃穿漆黑的太空、從鋸齒狀的地平線緩緩升起，穆達西扯著嗓門大喊：「按播放鍵、按播放鍵！」地球！生命的源起，我們的生成，我們的始終。我以為會聽到海頓、或是喬治・哈里遜等經典樂曲，但當我們的母星升越粉白的月球，我們耳邊卻響起《獅子王》的主題曲〈升升不息〉（*The Circle of life*）。有沒有搞錯？迪士尼電影的配樂？但是，你知道嗎？那首歌的旋律、和音、雙重涵義的歌詞，果真讓我喉頭一緊，哽咽得說不出話。淚珠從我的臉頰彈開，與其他人的淚珠交融，在「艾藍・必恩號」艙內飄來飄去。安娜抱抱我，好像我依然是她的男友。我們哭了。我們全都哭了。你也會跟我們一樣掉眼淚。

即使從來不提，但我們都知道重返地球之時，「艾藍・比恩號」可能像是一顆一九六二年發射的間諜衛星似地燒得精光，儘管如此，返鄉航程卻是一路平順，不若預期中高潮迭起，不免令人掃興。我們當然全都樂歪了；畢竟我們長途跋涉，功德圓滿，而且拍了無數張照片，iPhone的記憶體都已超載。但除了在Instagram上發發牢騷、貼貼照片之外，回到地球之後，我們還能做些什麼？如果有幸再度碰見艾藍・比恩，我一定會請問他：兩度穿越等引力帶之後，他的生活是什麼光景？我會不會偶爾陷入憂鬱、因為沒有任何一件事情會比從中穿越杜菲隕石坑更神奇？有待判定吧，我想。

「哇！堪察加火山群！」當我們的隔熱罩分解為數百萬顆米粒大小的彗星、安娜驚呼。我們飛越北極圈上空，地心引力再次發號施令——凡升起，必落下，於是我們在空中畫了一個圓弧，朝向地面墜落。當火力轟隆啟動，「艾藍・比恩號」劇烈震盪，安娜的 Jambox 被震得飛起，鏗鏘一聲打中穆達西的額頭，在他雙眉之間留下一道深長的傷口。等到我們噗噗啪啪地降落在歐胡島外海，鮮血已從他那道醜惡的傷口汩汩流下。安娜把她的大方巾丟給他，因為你猜，大家都沒想到要攜帶什麼東西登上月球？閱讀本文、有意仿效我們的女士先生：切記攜帶OK繃。

在安全著陸的階段一——也就是在海中漂浮，而非崩裂分解為電離子——穆達西被他自己從降落傘下方扯下來的求救信號彈絆了一跤。我太早打開均壓閥——這下完了：過剩燃料的廢氣湧入艙內，我們原本就已暈船，吸了這些有毒的廢氣，更是噁心反胃。

艙內壓力一旦與艙外壓力達到平衡，史提夫・王即可旋開主艙門，太平洋的微風颼颼吹入，輕柔溫煦，宛如大地之母的親吻，但由於機艙設計出了大錯，太平洋的海水也隨即嘩嘩湧入，與我們分享這個破破爛爛的小太空船。「艾藍・比恩號」歷史航程的後半段眼看著就要沒入海神的置物櫃。安娜腦筋動得快，把我們的蘋果產品高舉在空中，但史提夫・王遺失了他的三星手機（哈！）——海水愈升愈高、逼得我們急急逃生之時，他那支 Galaxy 手機掉進了設備艙。

希爾頓旅館的遊艇把我們拉出水面，船上到處都是好奇的浮潛觀光客，會講英文的遊客跟我們說我們臭氣沖天，外國遊客跟我們保持距離。

沖了澡、換了衣服之後，我走到旅館自助餐桌旁，從雕花獨木舟裡舀了一大杓水果沙拉，這時，一位女士問我是否乘坐那個從天而降的玩意。是的，我跟她說，我已一路直奔月球，而後安全回返，重受地球的桎梏，如同艾藍・比恩。

「誰是艾藍・比恩？」她說。

# 漢克・費賽特的市城小記

## 落單獨遊大蘋果

紐約！我太太讓我跟著她一起來到大蘋果，她將參加她那個撈什子大學姐妹會的二十五周年聯歡，我將落單三天。我已經好久沒有造訪曼哈頓，上次來訪之時，舞台劇《貓》仍在百老匯演出，旅館的電視也還不是高畫質。

×××

好吧，紐約有何新鮮事？如果你對紐約懷藏美好的記憶，你會覺得新鮮事可多囉，但如果人稱「裸城」的紐約你感覺……嗯……光溜溜，你八成覺得還不是老樣子。在我看來，電視電影裡的紐約，遠遠勝過現實生活裡的紐約；在電視電影裡，你吹吹口哨就叫得到計程車，還有超級英雄解救眾生。在（我們的）現實生活裡，紐約的每一天都有點像是梅西百貨公司的感恩節大遊行，更像是長途航班的行李提領處。

×××

立即上街逛逛！這點非常重要，尤其是當你太太捧著家中可用的資產，前往

Bergdorf's、Goodman's、Saks、Bloomies 等百貨公司購物，其實那些高檔的百貨公司全都比不上我們市區第七街與席格摩爾街交叉口、從一九五二年就開始營業的漢沃斯百貨。我敢用我逐漸縮水的荷包作擔保，那些摩登花俏的百貨公司連購物袋都是坑錢。但我不得不承認，光是在紐約的街道上閒逛都像在看秀。你瞧瞧，大夥都忙著上哪兒去？

×××

說不定中央公園？街頭藝人在那個長方形超大綠地表演，人數多過我們東谷高中的樂儀隊，但他們全部都是單獨上場。有些人吹薩克斯風，有些人吹法國號，有些人拉小提琴，有些人拉管風琴，而且至少有一個日本籍的三味線樂手，人人都與飢腸轆轆、在幾英碼之外表演的其他藝人競爭，結果樂聲喧嘩，擾亂了公園的寧靜。再加上數以百計的慢跑族、快走族、自行車手，悠閒晃蕩的民眾、騎出租自行車的觀光客、拉載遊客的三輪車，更別提那些讓公園聞起來像是動物園的馬匹和馬車，結果絕對讓你對我們市區的史畢茲河濱公園心嚮往之，沒錯，史畢茲河濱公園比較缺乏明信片般的景觀，但咱們三城的松鼠看起來開心多了。你可以步行穿越中央公園，從東城走到西城，東城矗立著一棟棟前大亨的豪宅，西城滿是星巴克、Gap、Bed Bath & Beyond①。我是不是無意間走進了我們那個位於培爾曼的購物中心？看起來很像，但是便利的停車場呢？

×××

紐約這個大都會並不是缺乏魔力。我絕對承認這一點。當太陽沒入摩天高塔後方、街道不再飽受曝曬，端杯雞尾酒閒坐在露天小桌旁，倒也相當稱心如意。在這樣的時刻，洋基佬的紐約跟我們市區的「田野美式餐廳」一樣迷人。我閒坐啜飲雞尾酒，看著形形色色、滑稽古怪的紐約人漫步走過。我看到一個肩上扛著一隻貓咪的男人、幾個褲子緊得不能再緊的歐洲觀光客，我還看到一隊消防人員開著消防車前來、架著雲梯上行、進入一棟摩天高樓，結果只是很快走了出來、喃喃地說煙霧感應器故障。有個男人在街上架起一具自製的天文望遠鏡，影星基佛・蘇德蘭走過我的身旁，一個女人的肩上站著一隻白色的大鳥。我希望她避開那個扛著貓咪的傢伙。

×××

凱薩沙拉對任何一家旅館的餐廳都是真正的考驗——諸位馬上記下這一點！我們機場附近那家紅獅旅館的凱薩沙拉真是可口，但在時代廣場的一家餐館——看秀之前，我隨同老婆大人和她那群風韻猶存的好姐妹一起到這裡吃飯——我的凱薩沙拉醬汁太酸，生菜也軟趴趴。吼！這東西也叫做凱薩沙拉？我付帳之後，女士們去看百老匯編制的「芝加哥」——其實跟電影版「芝加哥」差不多，只不過沒有特寫鏡頭。我對百老匯舞台劇所知不多，但我敢用我手頭的現金打賭，女士們當晚看的舞台劇絕對比不上「草嶺社區大學」戲劇系編制的「二十來歲的憤青」精彩，而我們這齣「二十來歲的憤青」去年在「美國大學戲劇節」演出呢。百老匯打得過我們三城的最佳舞台劇嗎？你若請問在下這位跑新聞的記者，我可以跟你說：不，打不過。

×××

如果你餓了、很想品嘗德國香腸，曼哈頓到處都買得到——街角、捷運車站、公園裡每隔幾英碼，四處設有攤位，你還可以跟木瓜汁一起食用。沒有一攤比得上我們大湖大道的「帕特沃斯熱狗商城」。曼哈頓居民們一說起貝果，簡直像是爭辯宗教神學，但「克雷恩西城小餐館」為我們三城全體市民提供的貝果，可稱是人間美味。紐約風格的披薩廣受眾人注目，但我寧願把錢花在我們「藍摩尼卡披薩屋」的拿坡里披薩，而且啊，沒錯，「藍摩尼卡披薩屋」有十四家分店，十英里之內還可以外送。既然提到義大利食品，我們灣景街「安東尼義式酒窖」的餐點比小義大利區的任何一家館子都道地，而且不必擔心黑幫對幹。

×××

紐約到底有哪些我們三城缺乏的東西？其實不太多，因為我們可以從電視收看世界各地的運動競賽和新聞節目，其餘一切則由網際網路補強。我承認曼哈頓的博物館數目繁多，確實令人開心、驚服、印象深刻——隨便你怎麼說。比方說吧，你隨時可以走進一座丹鐸的遠古神殿、或是一個滿是恐龍標本的展廳，即使你跟必須跟來自州郡的學童和世界各地的觀光客分享。女士們做臉、按摩、美甲之際——也就是療癒宿醉——我趁機花了一整天逛博物館，參觀我永遠無法理解的畫作和一座鏽跡斑斑、狀似冰箱的巨型雕塑，我還參觀了一項所謂的「裝置藝術」，看起來不過是一個擺滿了破爛地毯樣本的房間，誠如米高梅片廠那頭雄獅的感嘆，果真是「為了藝術而藝術」②。

×××

我造訪的最後一個博物館展設現代藝術，我在館內看了一部電影，片中除了時光流逝，其他啥都沒有——我是說真的，電影裡有多部時鐘，而且人人看著自己的手錶。我看了十分鐘就走人。我上樓，看到一張被刀子從中削砍的空白畫布，另一張畫布的底端是淺淺的淡藍，到了頂端卻變成深藍。一架真正的直升機懸掛在樓梯間的天花板上，宛如凝滯在飛行之時。我爬上樓梯，瞄到一對義大利打字機，型號相同，一大一小，收放在玻璃櫃裡，好像鑲嵌著貴重的珠寶，但它們只是打字機！機齡甚至不到五十年。我不禁心想，我們三城不妨籌辦一個古董打字機特展，而且可以收費。懷特大道上那個新近空置「貝克斯特火腿工廠」恰可作為展場。哪一位深切關心我們三城的市民願意著手一試？

① 譯註：Bed Bath & Beyond，美國零售連鎖店，廚具、寢具、家飾、日常百貨，一應俱全。

② 譯註：米高梅片廠的商標是一頭雄獅，環繞著雄獅的圓環上寫著一句拉丁文 Ars Gratia Artis，意即 Art for Art's Sake，「為了藝術而藝術」。

# 名人錄

Who’s Who?

ROYAL
ROYAL

一九七八年十一月初的星期一早晨，蘇・葛莉亞柏如同過去六星期的每一天，趁著的室友們醒來之前起床出門。蘿貝卡在客廳裡那張距離門口八英尺的高架床上呼呼大睡，雪莉在公寓裡唯一的臥房裡，房門上了鎖，說不定也依然好夢方酣。

蘇已經快速地、安靜地在半套式的淋浴間拿著橡皮水管沖了澡，水管接上水龍頭，水壓不夠，清水滴流，一下子微溫，一下子燙得有如水星表面。自從抵達紐約市之後，她覺得自己始終沒有好好洗過一次澡，頭皮也開始發癢。她在霧氣濛濛的小浴室裡穿上衣服，悄悄套上她從客廳沙發下面摸出來的鞋子——這張沙發亦是她的床鋪——把她那個大大的真皮包包斜背在胸前，然後抓起那把她星期五買的雨傘。根據新聞報導，另一場暴風雨將至，而蘇已做好準備：她已經付了五美元給那些雲層一開始凝聚雨水就抱著雨傘冒出來的傢伙。她盡可能安靜地走出大門，確定門鎖在她身後咔噠關上。她有次疏忽、忘了確定大門卡搭鎖上，雪莉怒氣衝天地訓了她一頓，跟她說一九七八年的今日，若在紐約市忘了鎖上公寓大門，將會多麼危險。千萬不可忘了鎖門。

她的室友們已將她視為尚未驅除、惡搞作怪、非得兜著圈子協商的妖魔。但話又說回來，她們其實稱不上是她的室友，而是她的東道主，讓她覺得自己像是不受歡迎的寄生蟲。去年夏天，蘿貝卡在「亞利桑那城市之光音樂廳」的劇服部打工，待人極為親切友善，蘇是本地人，獲聘扮演三個主要的角色，她們成了姊妹淘，空閒之時，蘿貝卡在蘇的家中游泳，隨同劇團團員參加葛莉亞柏家的陽台派對。她主動提及，蘇若是果真造訪紐約市，隨時歡迎在她家中的沙發上「暫住」。當蘇果真帶著三個皮箱、八百美元存款、滿心的夢想出現在蘿貝卡的公寓，蘿貝卡真正的室友雪莉點點頭、說了一句「喔、好喔」以示同意。但那是七星期之前，至今蘇依然每晚睡在狹小客廳的沙發上。這棟距離上百老匯近在呎處的一房小公寓氣氛愈來愈僵，從原本的和善接待變成南極般的冷若冰霜。蘿貝卡希望蘇搬出去；雪莉希望她死翹翹。蘇分攤五十美元房租，提供牛奶和柳橙汁，有次還買了一種稱之為「停電蛋糕」、雪莉吃了當早餐的巧克力甜點，希冀藉此博取一些善意，好讓她在沙發上多待幾天。室友們對這些舉動卻不如預期中領情。

蘇還能做什麼？蘇還能去哪裡？她天天覓尋她自己在紐約市的公寓，但「公寓招租」和「西城招租」等房產仲介列出的吉屋要嘛是一棟棟陰暗、尿漬斑斑、無人應門的公寓，要嘛已經出租、或是根本不存在。雪莉叫她在「演員工會」的告示板上貼張字條徵求室友，但蘇坦承自己尚未加入工會——演員才可以加入工會，而她還沒有機會登台演出。雪莉瞇著眼睛斜斜地瞥她一眼，以示極度失望，嘟囔一聲「喔、好喔」，然後補了一句：「妳下次去超市的時候，麻煩買一大罐即溶咖啡」。到了第八個星期——她在曼哈頓的日子正式邁入第三個月——這位才華洋溢、來自亞利桑那、去年才在「城市之光音樂廳」擔綱演出「西城故事」的女孩，夜裡躺在客廳的沙發上，披著她的攜帶式被毯，動不動就低聲啜泣。燈光從窗戶的防盜鐵條斜斜映入，投射出菱形的光影，這種防盜鐵條果真阻擋得了竊賊？在每趟車程就得花她五十分錢的地鐵上，她經常壓下淚水，擔心有人看到一個漂亮的年輕女孩承受不了壓力而失控，因而心生歹念，動手行搶，甚至暴力相向。對蘇而言，搬到紐約市無異是個信心的表徵；她對她自己和她的才華有信心，她也相信這個不夜之城所承諾的光明前景。這應當宛似探險尋奇，有如電影或電視的場景，場景之中，她是電影女明星，登台演出之後走出劇院大門，與一位在岸上休假的英俊水手擁吻；她也是電視劇《那個女孩》①的主角，有棟公寓，也有男友，公寓有個大廚房和百葉窗，男友任職於新聞雜誌。但紐約市不讓她如願。蘇・葛莉亞柏怎麼可能淪落到如此可悲的地步？她能唱、能舞、能演，絕對稱得上三項全能！她年幼之時，爸爸媽媽一眼就看出她才華洋溢！她高中時代，每齣舞台劇都是由她領銜主演！她從「城市之光音樂廳」的歌舞隊脫穎而出，連續三年擔綱飾演女主角！她曾與電視節目主持人莫提・霍爾一起演出《高跟紐扣鞋》②！她的歡送派對懸掛了一幅「前進百老匯」的大布旗！

這麼說來，紐約市為什麼讓她啜泣？她抵達紐約市的第一晚，蘿貝卡帶她搭公車過去看看林肯中心，她看著上百老匯行色匆匆的紐約客，竟然問說：「大家忙著上哪裡去？」如今她已知曉，人人忙著朝著四面八方行進。今天早上，她打算去一趟銀行——

---

① 譯註：*That Girl*，美國六〇年代的情境喜劇，一九六六年開播，一九七一年停播，描述一位想要踏入演藝圈的小鎮女孩，試圖在紐約市闖出一片天下。

② 譯註：*High Button Shoes*，一九四七年的百老匯舞台劇。

她五星期之前在漢華實業銀行的分行開了一個戶頭。她走進分行，一位一臉漠然、坐在防彈塑膠玻璃窗後方的女行員，從狹縫中塞給她一張十元、一張五元、五張一元的紙鈔，讓她意識到如今自己的存款只剩下五百六十四美元。她在紐約市已經花了兩百多美元，至今毫無斬獲，兩手空空，只有一把索價五美元、傘柄可以伸縮的藍雨傘。

蘇從銀行走到甜甜圈店，吃了一個最便宜的原味甜甜圈，喝了一杯加了糖和半鮮奶油的咖啡。那就是她的早餐。她站在櫃台前吃東西，櫃台沾了糖霜和潑灑出來的咖啡，摸起來黏答答。她幾乎沒吃飽，勉強走向「公寓招租」在哥倫布大道的辦公室。辦公室在一家湖南餐館的樓上，階梯相當寬長。貼在牆上的租屋單跟上星期六的單子一模一樣，但她依然詳看告示板，希冀尋獲一個眾人忽視的珍寶、一處屬於她的安身之地。「公寓招租」每個月花了她五十美元，她倒不如用這筆錢在教堂裡點支蠟燭。她晚一點再過來看看，說不定告示板上會貼出新的單子，但她已經知道她的心願肯定再度落空。

蘇決定調整心態，適應這個別稱「高譚」的紐約市，於是她急急轉身，走回百老匯，心中已有確切目標。她不會浪費時間在中央公園閒晃，漫無目的地行走於雜草叢生的草地、龜裂的長椅、骯髒的沙坑、廢棄的咖啡杯、用過的保險套、各種各樣的垃圾之間。她不會在唱片行和書店東翻西揀，結果什麼都沒買。她不會把錢花在《演藝圈》、《幕後》、《每日綜藝》等業界刊物，徒勞無功地搜尋演員工會的啟事和非演員工會的試鏡通告。不，今天她不會這麼做。今天她要到紐約市公共圖書館，那棟知名的建築物位居四十二街和第五大道交叉口，石獅坐鎮館前，人稱紐約市的地標。

她從八十六街的地鐵車站走了兩條街，空中開始飄雨。她停下來，伸手拿傘，壓下傘柄的按鍵，雨傘卻沒有自動打開。她拉拉這玩意的布面，試圖強迫開傘，結果卻折彎了幾支傘骨。當她試圖把塑膠圓鈕沿著傘柄推到傘頭，雨傘卻像牌桌桌腳似地歪折。她搖搖雨傘，強行推動圓鈕，但雨傘只打開了一半。雨愈下愈大，她只好收傘，再次試圖開傘，但雨傘卻往內一縮，變得像是一把勺子，幾支傘骨如同斷裂的肋骨般脫節。

她索性放棄，試圖把這支沒有用的破雨傘塞進百老匯大道和八十八街交叉口的垃圾桶，但垃圾已經溢到桶外，雨傘似乎全力反擊，拒絕跟其他垃圾一起被塞進桶裡。她試了四次才搞定。

她匆匆走向地鐵車站。當她在售票亭前面排隊、等著購買今天搭乘地鐵所需的兩枚代幣，頭髮已經被雨淋得溼答答。

地鐵誤點。上城的軌道淹大水。月台上的乘客愈來愈多，蘇受到推擠，愈來愈接近黃色的警戒線，只要有人輕輕一推，她說不定就會摔到軌道上。四十分鐘之後，她擠在地鐵車廂裡，車廂非常擁擠，乘客緊貼著彼此，人人穿著厚重、被雨淋濕的大衣，熱得冒出熱騰騰的蒸氣。車廂又熱又不通風，蘇開始冒汗。開到哥倫布圓環站之時，車子無緣無故停了下來，一停停了十分鐘，車門全都緊閉，想逃也逃不了。當車子終於開到時代廣場站，蘇珊擠出車廂，擠入勉強找到樓梯的人群之中。她拖著沉重的步伐走上一階又一階樓梯，穿過出口的旋轉門，繼續再走幾階，投身處處都是交叉路口的世界，而在這個喧擾混亂的世界裡，人人忙著朝著四面八方行進。

時代廣場如同戶外版的地鐵車站——骯髒污穢，四處積水，人潮洶湧。自從來到紐約市之後，蘇已經學到寶貴的一課：持續前進，永不停步，即使漫無目標，她也得擺出目標明確的態勢昂首前進，尤其是在四十二街，她必須勇往直前，躲閃一個個為了毒品和色情影片聚集在街上的人渣，還有那些趁著下雨兜售五美元雨傘的小販。

她曾在這一帶找路，探訪規模較小的經紀公司，這些公司位居百老匯大道和第七大道的交叉口，鄰近色情戲院，公司樓下的時代廣場人聲鼎沸，這一家家公司卻相當尋常，一般的職員坐在一般的桌前處理一般的事務，令她感到訝異。她始終四處碰壁，無功而返——她甚至過不了接待室那一關——於是她退求其次，把履歷表留給祕書小姐，祕書小姐總是說「喔、好喔」，那種語氣極似暫時接待她的東道主雪莉。

今天，她的目標是打出一份像樣的履歷表。

揮別史考茲戴爾市之前的一個月，她幫「河谷家飾」拍了兩支電視廣告，廣告之中，她興高采烈地揮舞手臂，大聲驚呼「各種房間、各種款式、各種預算！」其後四個周末，她在「秋季文藝復興嘉年華」飾演浪蕩姑娘，念誦莎翁名句，每天掙得三十美元。她已將這些工作經歷用原子筆寫在履歷表上，但她知道這樣看起來……嗯……相當外行。因此她打算重新打出一份完整的履歷表，找個平版印刷機印出一百份，每一份都釘上她的大頭照，照片裡的她看起來像是「霹靂嬌娃」的雪莉・賴德，但乳溝果真深邃。

問題是她沒有打字機。蘿貝卡也沒有。當蘇詢問雪莉有沒有一部她可以借用的打字機，雪莉不置可否，只跟她說了一句：「圖書館租得到。」這就是為什麼蘇・葛莉亞柏兩手空空、沒拿雨傘、千辛萬苦地沿著四十二街朝東前進，途中還碰到一個嗑藥嗑得飄飄然的小夥子，小夥子從褲襠裡掏出老二，一邊撒尿，一邊跌跌撞撞地往前走，周遭眾人全都視若無睹。

蘇發覺星期一休館的那一刻，一道亮晃晃的閃電正好劃破曼哈頓中城灰白的上空。她站在這棟劃時代建築物的側門旁，側門深鎖，她盯著門上「星期一休館」五個大字，想不通究竟是怎麼回事。雷聲隆隆，蓋過車輛的喇叭聲，此時此刻，她再也承受不了種種失望，再也壓抑不了眼中的淚水。紐約市的室友並非和藹可親、意氣相投好姐妹；中央公園只有光禿的樹木、搖晃的板凳、用過的保險套；窗戶架上防盜鐵條，阻隔了強暴犯，卻也關住了受害者；街上沒有俊秀的水手等著跟女孩相遇，獻上一吻。現實生活中的紐約市，房屋仲介收下你的錢、跟你說了謊，吸毒上癮的傢伙當眾尿尿，公共圖書館星期一休館。

蘇站在第五大道和第六大道（或是地圖上所稱的「美洲大道」）夾四十二街的街口，當眾哭了起來。她抽抽搭搭，大口喘氣，滿臉淚痕，哭得轟轟烈烈。先前無人關注那個嗑了藥、當眾尿尿的傢伙，這時也沒有人停下來問她怎麼回事，大家甚至連看都不看一個今天過得好糟、當眾大聲哭泣的女孩，直到……

「蘇・葛莉亞柏！」一個男人大喊大叫。「妳這小山雀！」

全世界只有鮑勃・羅伊叫她小山雀。鮑勃・羅伊曾經監管「城市之光音樂廳」，但長居紐約市。他是按季聘僱的專業劇場人，而且是個同志。他曾在百老匯演出，一九六〇年代還拍過廣告片，但後來為了確保工作穩定，投入劇場管理這一行。對他而言，監管「城市之光音樂廳」就像是參加一年一度的夏令營。他性情開朗，愛講閒話，對他的職務倒不是頂認真。鮑勃・羅伊似乎對於劇院的一切知之甚詳，你若跟他共事、由他支付你的薪資，他要嘛非常喜歡你，要嘛非常討厭你。你受到的待遇，完全取決於他如何評斷你。

一九七六年夏天，他在彩排《南海天堂》之時初見蘇・葛莉亞柏，立刻對她相當傾慕。他喜愛她的青春活力、她光澤亮麗的金髮、她盈滿善意的雙眼、她認真負責的工作態度。他敬慕她準時出席、熟記台詞、對自己的舞台生涯有些想法。她膚色古銅，雙峰堅挺，不怯生，不自大，不怨怒，令他神魂顛倒。「城市之光音樂廳」七位異性戀男士全都想要跟她上床，但她不是那樣的女孩。大部分的女演員渴望如此的傾慕，索求最大間的更衣室，但蘇・葛莉亞柏別無所求，只想登台演出。三季之後，她依然故我，鮑勃・羅伊也更喜愛她。

他坐在街角的一部計程車裡，車窗搖下，細雨在兩人之間飄落。「來，上車吧！」

他下令。

他滑到一側，讓出空間給她，計程車往前行駛。「我還說我在四十二街碰見妳的機率、肯定低於碰見大明星艾娃・嘉寶呢！妳在哭？」

「我沒哭。嗯，沒錯、我在哭。喔，鮑勃！」

她一一道來：她在紐約市待了兩個月，夜宿蘿貝卡的沙發。她的存款即將用罄。經紀公司全都對她不理不睬。她看到一個傢伙在街上尿尿。這會兒她哭了，因為沒有一部電影呈現紐約市的真面目。人們在公園裡吸毒，計程車司機的行車速度快得嚇人，這才是真正的紐約市。鮑勃・羅伊放聲大笑。「妳在紐約市已經待了兩個月，竟然還沒打電話給我？壞孩子，蘇。妳真是個壞孩子。」

「我沒有你的電話號碼。」

「妳在髒兮兮的時代廣場做什麼？」

「我打算去一趟圖書館。」

「去圖書館借《神探南茜》系列的最新一集？我以為妳早就看完一整套。」

「他們有打字機。我必須打一份新的履歷表。」

「小山雀，」鮑勃說。「妳必須先塑造一個新的妳。一起喝杯茶或是熱騰騰的阿華田，好嗎？只要能讓我們這位在印第安納鄉間長大的蘇寶寶開心，喝什麼都行。」

計程車把他們載到鮑勃在下城區的公寓，這一帶的居住環境不佳，所有的建築物都是樓高六層的老公寓，人行道兩側堆滿破舊的垃圾桶。他付了六美元車資，叫司機不必找零。她跟著他下車走入雨中、走上階梯、穿過笨重的大門、爬上四層狹窄曲折的樓梯、來到公寓 4D。他用了三把不同的鑰匙才把門打開。

從暗淡、光線不足的玄關看過去，原為綠色的牆壁略顯骯髒灰白，地磚殘缺不齊，胡搭亂配，有如迷圖。蘇踏進屋裡，聞到蠟燭和檸檬肥皂的香味，感覺有如置身天堂，屋裡擺滿種種奇巧的玩意，比方說小廚房正中央那一座澡缸。鮑勃・羅伊的列車式公寓狹窄擁擠，四個狹小的房間連在一起，各個房間塞滿小東西、小飾品、小玩意、各式各樣的傢俱、書櫃、書本、加了框的照片、跳蚤市場買來的獎盃、舊唱片、小檯燈、幾十年前的月曆。「我知道、我知道，」他說。「我看起來像在這裡賣魔藥，好像迪士尼卡通的那隻老獾。」他用一支超大的火柴點燃爐子，在一個閃閃發亮的英式水壺裡注滿自來水。他一邊把茶杯擺到托盤上、一邊說：「小山雀，再過十分鐘就可以喝茶。別拘束，把這裡當妳自己的家。」

廚房旁邊的房間其實是個狹窄的通道，沿側堆滿了寶物和舊物。客廳裡最顯眼的是三張不同年代的大椅子，其中包括一張舒適的休閒椅，張張都蓋上某種款式的彩色披毯。還有一張圓圓的咖啡桌，圓桌擺在這個四四方方的客廳裡，似乎顯得過大，桌上堆滿成疊書本、一個裝滿鉛筆的雪茄盒、一個插了人造蘭花的花瓶、兩隻取自桌上遊戲盒的玩具昆蟲，昆蟲特意擺設，看起來好像在幹架或是交配。屋外大雨傾盆，但那些說不定曾經懸掛在戰前豪宅中的窗簾，阻隔了隆隆的風雨聲。最裡頭的房間是鮑勃的臥室，一張四柱大床佔據了大部分空間。

「我永遠不可能搬出這個地方；光是打包就得花好多年，」鮑勃從廚房裡大聲說，但廚房僅在八英尺之外。「拜託妳打開收音機，好嗎？」

「如果我找得到收音機的話，」蘇回了一句，聽到他大笑回應。她必須專注於那堆亂七八糟、彷彿被時光遺忘的雜物，看了半天才找到。收音機跟冰桶一樣大，外鑲金黃色的原木面板，圓圓的旋鈕跟籌碼代幣一樣厚，四條直線標示出號碼，顯示四種不同的調幅。她扭轉音量鈕，直到收音機喀喀作響，聲音大到鮑勃在廚房都聽得到。

「真空管必須暖機，」他說。

「這玩意可以收聽俄國播出的短波節目嗎？」

「妳怎麼知道？」

「我奶奶以前也有一部這樣的收音機。」

「我奶奶也是！嗯，其實就是這一部。」

鮑勃端著托盤走進來，盤中擺著兩個茶杯、一罐牛奶、一個罐蓋上畫了蜜蜂的糖罐、一個堆滿巧克力夾心餅乾的碟子。「如果妳想要脫下外套，請別客氣，除非妳喜歡全身溼答答。」收音機傳出管弦樂團的樂聲，水壺也正好嘟嘟響，有如合奏。

一杯加了牛奶和糖的熱茶、三塊巧克力夾心餅乾、鮑勃・羅伊舒適溫暖的公寓紓解了蘇的心情，兩個月來，她頭一次得以喘口氣。她深深吸氣，長嘆一聲，聲若高漲的浪濤，往後一靠，陷入那張舒服得讓人想睡覺的休閒椅。

「好，」鮑勃說。「跟我一一道來。」

她敞開心房，在鮑勃充滿的同情與鼓舞下，果真一一道來。他聆聽每一件事情、每一個遭遇，不斷發言表示支持：紐約市是蘇唯一的歸屬！雪莉和她那副「喔、好喔」的模樣，足證她果真是個婊子！地鐵勉強可以忍受，前提是絕對不要正眼目視任何人。妳最好依照《紐約時報》和《村聲週報》的分類廣告找房子，但妳必須清晨七點就買報讀報，然後帶著一袋甜甜圈奔向公寓，因為公寓管理員絕對會幫一個跟他分享甜甜圈的漂亮小姐開門。說著說著，他們聊起舊事，緬懷亞利桑那州的仲夏戲劇節，分享後臺和行政單位的閒話，閒聊一段段變調的戀情、蘇曾經多麼欣賞莫提．霍爾扎實的演技等等，鮑勃笑得茶都潑了出來。

「妳吃過午餐了嗎？」

「還沒。我剛才正要幫自己買一片披薩，打打牙祭。」一片披薩只要五十分美元，因而成為蘇偏好的正午餐點。

「我出去買些熟食。妳脫掉那身溼答答的衣服，泡個熱水澡。我會幫妳留一件我從沙漠一個 Spa 偷來的浴袍，然後我們吃一頓中產階級猶太人的午餐。」

他移開一個蓋住澡缸的大切菜板。澡缸為什麼在廚房正中央？原來是因為這棟老公寓的水管管線。他扭開水龍頭，熱水噴濺而出，蒸氣隨即蒙上裝了防盜鐵條的窗戶。他把浴袍披在椅子上，一個細緻的籐籃裡擺著香皂、洗髮精、潤髮乳、一塊天然海棉、一個用來盛水沖身子的水罐。

「我會慢慢來。妳盡量泡澡。」鮑勃把門帶上，鎖上其中兩道鎖。

洗了兩個月水壓不足的戰鬥澡之後，這會兒蘇把熱水從頭上潑下去，盡情享受熱水流過全身的感覺。像這樣在廚房裡泡澡，不免有點滑稽，但室內只有她一個人，澡缸有如她家露臺上的熱水浴池。蘇用力搓揉、沖水、泡澡，直到感覺百分之百清爽潔淨。門鎖打開之時，她還泡在澡缸裡，鮑勃抱著一大袋熟食回來。

「喔，還光著身子啊。」鮑勃根本懶得移開目光，蘇也不介意。劇場界有句話：「在後臺無需謙遜」，套用此語，在鮑勃．羅伊家的廚房也無需害臊。

蘇披著蓬鬆柔軟、男士尺碼的棉質浴袍，蒼白的手腳輕鬆擺動，坐在咖啡桌前梳理潮濕的秀髮。鮑勃擺上對切的三明治、小紙盒盛裝的熱湯、高麗菜沙拉、醃黃瓜、馬鈴薯塊、名為「賽爾脫茲」的氣泡水，兩人一邊吃午餐，一邊閒聊電影和戲劇。鮑勃說他可以幫她弄到二流舞台劇的免費票和熱門舞台劇的便宜票，這樣一來，她晚上就有地方可去，再也不必窩在蘿貝卡的沙發上，承受嫌惡的眼光。他會打電話給他的朋友們，打聽一下哪些經紀公司可以幫她安排試鏡，但他只能做到這樣，除此之外無法擔保。他認識幾個彩排鋼琴師，他們可以配合她的音域為樂譜做些調整，幫她練唱試鏡的歌曲。

「好吧，小山雀，」鮑勃邊說、邊拍手撣去手指上的麵包屑。「我們來看看妳的履歷表。」

鮑勃抓取鉛筆之時，蘇從她的包包裡掏出舊版的履歷表。他很快地從頭到尾看一遍，然後嘆口氣，在履歷表上畫個大叉叉。「制式，太制式。」

「哪裡不對？」蘇有點難過。她花了好多精神撰寫履歷表。她舞台生涯的成就全都寫在那張白紙上，其中包括她高中時代主演的每一部舞台劇和獨幕劇，有些打上星號，加註＊戲劇人協會獎＊。她在「城市之光音樂廳」的每一場演出也列入其中，從她是歌舞隊的小配角、直到她去年在《南太平洋》之中飾演奈麗・費布希，全都逐一列舉。五個戲劇季，十八部音樂劇！還有「煤氣燈音樂劇院」製作的各齣舞台劇，諸如《小鎮》之中的艾蜜莉、《動物園故事》之中的歌舞明星。她還為了「糖尿病馬拉松健走」公益影片錄製的旁白。蘇・葛莉亞柏的每一場演出全都列在履歷表上。

「誠如我們這些受夠了的同志所言：『寶貝，誰鳥你啊？』」鮑勃起身走進他的臥室，從他的床底下拉出一部蓋著透明塑膠保護套的舊打字機。「這東西好重，我真該把它留在外頭。拜託在桌上挪出空間，好嗎？」蘇把吃剩的熟食和一疊書本移到一旁。

鮑勃的打字機幾乎跟他奶奶的的收音機一樣大，式樣古舊，色澤漆黑，擺在一個堆滿了奇巧舊物的公寓裡，倒是相當搭調。這部 Royal 古董打字機，側邊是兩片透明的玻璃，好像汽車後座的壁板小窗，哪天說不定果真飛進一隻小山雀，安居於字鍵之間。

「這東西還管用嗎？」蘇問。

「小傢伙，這是一部打字機。妳只需色帶、機油、紙張、靈活的手指。至於這個……」他輕蔑地拿起那份記載著蘇畢生成就的履歷表，捏在兩隻手指之間，好像那是一塊發臭的西瓜皮。然後他抓了一支鉛筆，權充教鞭。「妳列出妳扮演過的角色就行了，妳就讀哪個高中、哪個狗皮倒灶的業餘劇團，全都不必提。妳唯一參與的專業劇團是『城市之光音樂廳』，所以妳必須據實列出每一場表演，不可撒謊。把劇團名稱用大寫字母寫在履歷表最上端，然後逐一列出妳演過哪些戲、飾演過哪些角色，按照精采程度排列，而不是演出日期。如果妳是歌舞隊的一員，妳就在句尾加註妳飾演『艾倫・克雷摩爾』或是『凱蒂・碧芙兒』。如果有人問妳這些角色是何方神聖，妳就說妳是歌舞隊的一員。至於這些高中時代的角色……」

「這些角色怎麼了？」

「把它們列在『地區劇院』之下。稍加美化。別說妳演出獨幕劇，別說妳贏得哪些獎盃，別說妳的舞台劇和妳的角色僅僅持續了兩星期。妳是亞利桑那某某音樂廳的當紅女星，而且所言屬實，有憑有據。」

「這樣不算撒謊嗎？」

「他們不在乎。」鮑勃又拿著鉛筆湊向履歷表。「喔，妳瞧瞧！妳拍過廣告片！河谷家飾！糖尿病馬拉松慈善健走！不行、不行、不行。妳在這裡記上一筆：『廣告片備索』。他們會知道妳拍過廣告片，但不會要求看看任何一部。」

「真的嗎？」

「蘇，請相信鮑勃・羅伊。知名巨星全都信得過我。好，最後一點，妳在這一段可憐兮兮地列出妳的特殊才藝。坐在桌前的選角大爺們一看就知道這是鬼扯。」

「如果他們尋求特殊才藝呢？」

「他們會直接問妳。但妳看看妳列出哪些才藝？吉他！妳會三和弦，是嗎？妳會拋球雜耍，拋接三個橘子，持續拋接幾秒鐘，是嗎？妳會溜直排輪。哪個小孩不會？妳會滑雪、騎腳踏車、溜滑板。他媽的有什麼了不起？妳真的把手語列入其中？」

「我為了『原住民文化傳承節』學了一些手語。你瞧，這個手語的意思是『尷尬』。」

鮑勃也比了一個他知道的手語。「這個手語的意思是『屁話』。人們只會花五奈秒的時間看妳的履歷表，了解嗎？負責選角的那些人先看一看妳的照片，然後看一看妳本人，判定兩者是否相符。妳果真是個女孩？妳果真一頭金髮？妳果真身材傲人？如果妳符合他們選角的條件，他們就繼續翻閱妳的履歷表，瀏覽妳的成就和謊言，然後草草寫下『二次試鏡』這個神奇的字眼。」

鮑勃把一張白紙捲入那部古董打字機，調整一下邊距和大小寫，不到幾分鐘就打出一份簡要、明晰、整齊的履歷表，讓蘇看起來像是一個跳上巴士、來到這個大城市追求夢想的識途老馬。她甚至可以誇口自己曾經飾演三十個角色。履歷表上唯一缺少的是最上方的姓名。

「我們可得好好想一想，」鮑勃說。「再來點茶。」他把裝盛熟食的托盤端到廚房，又劃了一支大火柴點燃爐子。「我可以再端出一些巧克力夾心餅乾，但只怕會被我們吃光。」

「想什麼？」蘇仔細端詳她的新履歷表。她的經歷看起來真是專業，鮑勃打出來的這些字句讓她覺得自己還不賴。

「妳可曾考慮改名？」

「我的本名是蘇珊・諾麗・葛莉亞柏。我始終只叫做『蘇』。」

「瓊・克勞馥原本叫做露西・勒薩埃爾（Lucy LeSuer）。拉羅伊・薛爾（Leroy Scherer）被稱為小薛爾，後來改名為洛・赫遜。妳有沒有聽過法蘭西絲・古姆（Frannie Gumm）？」

「她是誰？」

鮑勃哼唱〈彩虹彼端〉（Over the Rainbow）的頭幾句。

「茱蒂・迦倫？」

「『法蘭西絲之友』聽起來不像『桃樂絲之友』那麼有派頭，對不對？」

「如果我不用本名，我爸媽會很失望。」

「妳決定前往紐約市已經讓妳爸媽失望。」當水壺的嘟嘟聲漸漸歇止，鮑勃幫打字機旁邊的茶壺重新注水。「如果妳名揚百老匯——而我認為絕對沒問題——妳真的想要在銀閃閃的燈光中看到那個名字？蘇・葛莉亞柏？」

蘇滿臉通紅，倒不是因為受到讚美而害臊，而是因為她打心眼裡知道自己的演藝生涯大為看好。她想要成為知名女星。沒錯，她想要跟法蘭西絲・古姆一樣知名。

鮑勃幫兩人多倒了點茶。「妳的姓氏怎麼發音？葛莉？葛莉碧？葛莉柏？」他裝腔作勢，假裝打了一個大呵欠。「妳知道泰咪・格蘭姆斯③的藝名是什麼嗎？泰咪・格蘭姆斯。」他又佯裝無趣，打了一個更大的哈欠。

「嗯……蘇珊・諾麗如何？」蘇可以想像那個名字出現在銀閃閃的燈光中。沒問題！

鮑勃輕敲打字機裡的紙張，手指彈打這份新履歷表。「這是全新的蘇的出生證明。如果妳可以回到過去、幫自己和妳爸媽取個新名字，妳會怎麼取？伊莉莎白・聖約翰？瑪莉蓮・寇納爾－布萊德利？哈莉・伍丹德韋恩？」

「我可以幫自己取那種名字？」

「我們可以跟工會確認一下，但是，沒錯，妳可以。小山雀，妳希望自己是誰？」

蘇捧住她的茶杯。初中時代、當她參加民歌合唱團、唱出年少的一章，她的確對一個名字懷著夢想。團裡每個人都取了正點的新名字，比方說彩虹戰士（Rainbow Spiritchaser）。她也想出她的新名字，夢想著看到這個名字出現在首張單曲的封套。

「和平使者喬伊（Joy Makepeace）。」她大聲說出。鮑勃一臉木然。

「難不成妳想要燃煙打信號？不行，這簡直是自找麻煩，」他說。「除非你們家族具有印地安人血統。」

兩人你來我往，就這麼過了一下午。鮑勃提議一個又一個藝名，蘇珊納・伍德（Suzannah Woods）最順耳，凱珊卓・歐戴（Cassandra O'Day）最拗口。巧克力夾心餅乾重新上桌，這時也已吃得精光。蘇始終繞著「喬伊」打轉：喬伊・弗來德利（Joy Friendly）、喬伊・洛奇（Joy Roarke）、喬伊・洛夫特拉夫特（Joy Lovecraft）。

「無可挽回的喬伊（Joy Spilledmilk），」鮑勃說。

蘇去上洗手間。鮑勃家裡連浴室都擺滿了購自拍賣會的戰利品。她無法想像怎麼有人喜歡摩登原始人保齡球組，然而眼前就擺了一組。

她從浴室走出來，看到鮑勃拿著一疊從巴黎寄來的復古明信片。他們先前討論了幾個法國名字，諸如（聖女）貞德、伊凡特、芭柏特、柏納黛特，但沒有一個格外順耳。

「嗯，」鮑勃舉起其中一張明信片，拿給蘇瞧一瞧。「『Rue Saint-Honoré』，聖奧諾雷街，『Honoré』念成『奧諾雷』，是個陽性單字，若是陰性，就在字尾加個e，但發音相同。『Honorée』，『奧洛蕾』，這不是很好聽嗎？」

「我不是法國人。」

「我們不妨試試英國姓氏。不要太複雜，單音節即可，比方說貝茨（Bates）、丘奇（Church）、史密斯（Smythe）、庫克（Cooke）。」

---

③ 譯註：Tammy Grimes，1934-2016，百老匯知名女星，兩度獲頒東尼獎。

「聽起來都不怎麼樣。」蘇隨手翻翻這疊舊明信片——艾菲爾鐵塔、聖母院、戴高樂。

「奧洛蕾·古德（Honorée Goode）？」鮑勃重複了一次，顯然相當滿意。「名字和姓氏最後一個字母都是e。」

「大家會叫我『假正經的奧洛蕾』④。」

「不，他們不會。大家都會假裝自己懂法文，mon petite teet-moose⑤。奧洛蕾·古德確實不賴。」他手一伸，從書架上取下一具黑色電話機，動手撥號。

「我有個朋友在演員工會做事。他們用電腦建檔，所以名字不會重複。珍·芳達。費·唐娜薇。拉蔻兒·薇芝。全都已被採用！」

「拉蔻兒·葛莉亞柏？我爸媽應該可以接受。」

接線生幫鮑勃把電話接給馬克。「馬克、馬克，我是鮑勃。我知道！多久囉？自從她搭上豪華郵輪、遠赴外地，我們就沒聯絡喔？那可是掙大錢！你可以幫我一個小忙嗎？查一查你們的藝名資料檔，不、不，我想看看這個姓名有沒有人用。姓氏是『古德』，字尾有個e，拼法Goode。名字是『奧洛蕾』。」他慢慢拼出。「字尾ee，第一個e上頭有一撇。沒問題，我當然可以等一等。」

「鮑勃，我不太確定。」蘇在心中反覆唸誦這個新名字。

「當妳拿著妳的第一份合約和支付會費的支票、昂首闊步地走進工會辦公室，妳就可以決定妳要叫做什麼。蘇·葛莉亞柏、貓女·札爾科維茲，隨妳高興。但我必須跟妳說……」電話另一端有人說話，但不是鮑勃的朋友。「沒錯，我在等馬克。謝謝。」他朝著蘇轉頭。「當年我走進《南海天堂》的彩排，舞台上有個女孩飾演費歐娜，我一看就曉得她會闖盪出一番事業。」

蘇微微一笑，臉也紅了。她就是那個女孩。那是她首度從歌舞隊脫穎而出，成功地詮釋了「費歐娜」一角。她的費歐娜幫她開啟了大門，為她取得「城市之光音樂廳」的各個角色，促使她遠赴紐約市，讓她在鮑勃・羅伊廚房裡的澡缸沐浴淨身。

「我愛極了那個女孩，」鮑勃說。「我愛極了那個女演員。她不是那種憎恨紐約市、自認已被紐約市榨乾的大牌明星，她也不是一個濃妝豔抹的小明星，因為『城市之光音樂廳』離紐約市夠遠、她臉上的妝也夠濃、掩飾了她已經四十三歲的事實，所以才願意在『城市之光音樂廳』演出。那個費歐娜可不是一隻小綿羊。不，她是當地人、亞利桑那州的女郎，她登台的架式有如演藝世家芭莉摩的一份子，她歌唱的嗓音有如茱莉・安德魯斯，還有一對讓男孩臉紅心跳的豐乳。如果當時妳自我介紹、跟我說妳叫做奧洛蕾・古德，我八成會說：『喔、沒錯，妳當然是！』但妳說妳是蘇・葛莉亞柏。我心想：『蘇・葛莉亞柏』？這可行不通。」

④ 譯註：按照法文發音，Goode的字尾e不發音，但若按照英文發音，Goode可能念成Goody，而英文goody two-shoes意即自命不凡、自命清高、假正經。

⑤ 譯註：我的小山雀。

蘇・葛莉亞柏心中暖烘烘。鮑勃・羅伊是她的頭號粉絲，而她非常喜歡他。如果他的歲數少十五歲、體重少四十磅、而且不是同志，她說不定會跟他上床。說不定她不管如何都願意跟他共度春宵。

電話線另一頭又傳來馬克的聲音。「你確定嗎？」鮑勃問。「是的，字尾是e？好，謝謝，馬克。我會的。星期四？可以啊。拜拜！」他掛了電話，用撥號的手指輕敲話筒，開口說道：「小山雀，妳該做出重大決定囉。」

蘇往後靠向那張過分鬆軟的椅子。外頭雨停了。柔軟的棉質浴袍擦乾了她的軀體，她飄散著玫瑰浴皂的清香。龐大的收音機輕柔地播放頗具夜總會規模的管弦樂曲，她的心中興起一股前所未有的感受，紐約市似乎是蘇・葛莉亞柏的歸屬……

一年之後的這一天：

**演員卡司名人錄**

奧諾蕾・古德（溫特沃斯小姐）——古德小姐受過「亞利桑那城市之光音樂廳」的培養與訓練，去年在喬・朗楊執導的《回水藍調》（*Backwater Blues*）飾演凱特・布朗斯威，提名「奧比獎」⑥。這是古德小姐首度在百老匯登台演出。她感謝她爸媽的支持與鼓勵，同時感謝鮑勃・羅伊促成一切。

⑥ 譯註：Obie Awards，由專家評審頒發給紐約外百老匯優秀劇碼的年度獎項。

# 一個特別的周末

A Special Weekend

時值一九七〇年初春，再過一個半星期就是他十歲生日，因此，仍被家人們視為小寶寶的肯尼・史塔爾不必去上學。他媽媽中午左右會過來接他，母子兩人共度一個特別的周末，所以他穿著平日的便服，坐到餐桌旁吃早飯。他哥哥寇克和姐姐凱倫都穿著聖內利中學的制服，而且都抱怨不公平。他們也希望媽媽過來接他們，把他們帶離這棟他們剛搬進來的屋子，一起遷回沙加緬度——只要他們是家中唯一的孩子，他們那個陰鬱沮喪、喜怒無常的爸爸和那個笑臉常開、實事求是的繼母不會影響他們的情緒，讓他們的心情好像坐翹翹板，他們住哪裡都行。

肯尼的三個繼姐分別是十七歲、十五歲、十四歲，他的繼兄也比他大兩歲，四個人對他的生日計畫是否公平都沒有意見。他們始終住在鐵巒市，就讀聯合學區的公立學校，從來不必穿制服。他們不覺得這個周末格外有趣、或是有何特別。

他們一家居住的小屋位於威柏斯特街，遠在鐵巒市的郊外，距離莫里納反而比較近；鐵巒市是縣政府所在，肯尼的爸爸在市區的藍膠小館擔任主廚。威柏斯特街貫穿鐵巒市和莫里納，沿路大多栽種亦稱藍膠的尤加利樹，樹葉與果實四處散落，覆滿雙線道的路面與路肩。數十年前，人們從澳洲進口尤加利樹，零零散散地栽種，希冀為杏仁林擋風，人們還誤信尤加利樹可以種來製造鐵道枕木。當年鐵道枕木的獲利相當可觀，但尤加利樹所製的枕木乏人問津，這些歪歪斜斜、樹皮脫落、交錯而生的大樹讓人們賠了大錢，其中三棵橫跨肯尼家的前院，樹皮無時無刻不如同小雨般散落，每次試圖栽植漂亮的草坪，結果始終徒勞無功。家中後院雜草叢生，勉強可稱為草坪，孩子們有時輪流割割草。馬路對面是一片片杏仁林。當年杏仁是重要產業，至今依然如此。

肯尼的爸爸在鐵彎市找到了一份新職、一棟新屋、一所新學校，甚至一個新家庭。他帶著他的三個小孩離開沙多緬度，當天晚上，他們就住進這棟小房子。男孩們擠在同一間臥房，臥房裝了紗門，曾是門廊；女孩們也擠在同一間臥室，臥室裡擺著兩張上下舖的小床。

兩部校車來了又走，肯尼整個早上在家裡晃來晃去，在此同時，他爸爸呼呼大睡，他繼母輕手輕腳地收拾早餐的碗盤。他從來沒有單獨跟大人們待在家裡，這時家中由他稱霸，令他興奮不已。他唯一必須遵守的規則是保持安靜。他看了一會兒電視，把電視調到幾乎靜音，但家裡的電視只收得到奇科市的 Channel 12，更何況現在是上班上學時間，電視上沒有令他感興趣的節目。他把客廳的咖啡桌面當作浩瀚的大海，把玩他自己組裝的模型船隻和飛機。他翻尋他哥哥和繼兄的衣櫃抽屜，看看裡面有沒有藏了什麼寶貝，但他們的寶貝藏在其他地方。他走到後院，用力踢一踢足球，試圖把球踢得飛過離家裡最近的幾棵杏仁樹，這樣有點冒險，因為如果踢不過去，足球就會卡在樹枝之間。他把一截舊床單綁在一根廢棄的豆架上，製作出一幅旗幟，然後拿著它跑來跑去，好像在南北戰爭之中領軍衝鋒。他正試著把旗幟插進地洞，他繼母就從廚房裡叫他，聲音從她先前搖開的窗戶裡飄出來。

「肯尼！你媽媽來了！」

他沒聽到車聲。

他走進廚房，赫然看到他爸爸已經醒了，而且坐在餐桌旁啜飲晨間咖啡——他快要十歲，卻是頭一次看到他爸爸起得這麼早。他媽媽也坐在餐桌旁，手裡捧著一杯她自己的咖啡。他繼母站在一旁，斜靠著流理台，也在啜飲咖啡。這三個關照他生活的大人從來不曾同時出現在同一個房間。

「啊，我的肯尼小熊！」肯尼的媽媽神采飛揚。她看起來像是電視節目裡的祕書小姐——一身套裝，足蹬高跟鞋，黑色的短髮乾淨俐落，紅色的口紅在咖啡杯上留下唇印。她站起來，伸出飄散著香水味的手臂擁抱肯尼，在他的頭頂印上一吻。「去拿你的行李，我們上路囉。」

肯尼哪曉得什麼行李，但他繼母已經把一些衣服放進她女兒的粉紅色小皮箱裡，所以他已經打包了。他爸爸站起來，揉亂他的頭髮。「我得去洗澡，」他說。「出去看看你媽媽的勁車。」

「妳幫我買了風火輪？」他以為他的生日禮物是一組合金鑄造的風火輪小汽車，興高采烈地問道。

但不是。車道上停了一部真正的跑車，線控啟動，雙座敞篷，頂篷蓋起來，車頂已經佈滿尤加利樹的葉片。他以前只在電視上看過跑車，操駕者始終是警探和年輕的醫生。

「媽，這是妳的車子嗎？」
「一個朋友借我開。」
肯尼攀著駕駛座的車窗，望向車內。「我可以坐進去嗎？」
「請便。」
肯尼搞懂怎麼打開車門，坐到駕駛座上。車內備有各樣各樣的旋鈕和開關，看起來好像一架噴射機。原木鑲板有如傢俱。座椅聞起來像是皮質的棒球手套。方向盤的正中央有個紅色的圓圈，圓圈裡印著 FIAT。他媽媽把粉紅色的皮箱擺進後車廂，然後請肯尼幫忙拉開頂篷。
「我們吹吹風、讓風吹拂我們的頭髮、直到開上高速公路，好嗎？」她鬆開頂篷的栓鎖，肯尼幫忙收折，透明的塑膠車窗隨即自行壓疊。他媽媽啟動引擎，引擎發出怒吼，有如巨龍清清嗓子，然後她倒車駛離車道——她已經脫下高跟鞋，以便踩踏油門踏板，也已戴上一副滑雪好手配戴的太陽眼鏡。母子二人和飛雅特跑車轟轟隆隆駛離小屋，沿著威柏斯特街飛馳，陽光透過尤加利樹傾瀉而下，在肯尼的眼中印下一個個銀閃閃的光影，他的耳中盈滿風聲，頭髮在風中飄揚。肯尼從來沒有看過這麼酷、這麼高檔的車子。從小到大，他從來沒有像此刻這麼開心。

×××

鐵彎市殼牌加油站的服務人員黏著跑車不放，對車子和開車的女士投以高度關注。他加滿油箱，擦拭擋風玻璃，檢查機油，讚嘆義大利跑車引擎。肯尼獲贈一瓶免費的汽水，他從冰桶裡拉出一瓶麥根沙士（麥根沙士始終是他的首選），服務人員幫他媽媽重新把頂蓬蓋起來，固定栓鎖。這人笑盈盈地閒聊，問他媽媽往南或是往北行駛、是否打算很快重返鐵彎市。當他們母子坐回車上、開上公路、往南行駛，她跟肯尼說那個加油站的男人跟她「拋媚眼」，開心大笑。

「甜心，幫我們放些音樂吧，」她邊說、邊指指木質儀錶板內的袖珍收音機。「轉一下那個圓鈕，然後轉一轉另一個圓鈕找電台。」

肯尼好像轟炸機的無線電操作員，沿著標示著號碼的紅線移動刻度。地方電台幫史坦納森皮鞋店打廣告，雜訊和話語聲忽隱忽現，最後肯尼終於找到一個音質清晰宏亮的電台。一名男子引吭高歌——雨點打在他的頭上等等——肯尼的媽媽知道歌詞，跟著輕聲哼唱。她一邊在皮包裡亂翻，一邊操控方向盤，翻著翻著，她找到一個小小的皮盒，皮盒有個扣環，她彈開扣環，眼前呈現一排香煙。香煙細長，比他爸爸抽的香煙略長。她叼著一根香煙，按了按儀錶板內的一個按鈕，紅色的唇膏沾汙了白色的濾嘴。不到幾秒鐘，按鈕彈跳而出，她把整個按鈕拔了出來，按鈕的末端有個赤熱的紅線圈，溫度高到她可以用來點燃手中那根細長的香煙。她把赤熱的按鈕放回儀錶板的小洞，換手握住方向盤，以便打開一個三角形的小窗。窗戶一露出一個颼颼作響的小縫，她那根細煙的煙霧馬上被吸出窗外，好像在變魔術。

「甜心，跟我說說你的學校，」她說。「你喜歡上學嗎？」

肯尼告訴她，聖內利跟聖喬瑟夫不一樣——聖喬瑟夫在沙加緬度，他這輩子也只上過這兩所學校。聖內利規模較小，學生人數不多，有些修女的穿著打扮也不像修女。他一邊咬著吸管、呼呼搭搭地啜飲那瓶麥根沙士，一邊跟他媽媽描述他搭乘校車上學、他的校服是紅格子而非藍格子、有些時候他們不必穿制服、他班上有個叫做穆森的小朋友，穆森跟他一樣喜歡模型玩具，家裡有座游泳池，穆森家的游泳池可不像市府公園那個建在地面的游泳池，而是高出地面，像個圓環。他媽媽只問他喜不喜歡上學，肯尼就從鐵彎市一路講到布特市的交流道出口，而他媽媽也始終一邊抽煙、一邊聆聽。當電台的訊號逐漸模糊，肯尼馬上轉一轉圓鈕，找到下一台。他媽媽讓他跟按喇叭超車的卡車司機們打個手勢，他握起拳頭，上下揮舞，如果司機們剛好瞧見，他們幾乎總是按按喇叭，以示回應。有次肯尼看到一個卡車司機從側視鏡裡盯著他們，他還沒有揮舞拳頭，司機就轟然按了喇叭，而且拋了一個飛吻，那一吻八成衝著他媽媽而來，而不是因為他。

他們在麥克斯威爾休息一下，吃頓午餐。他們找了一家名為「凱瑟鄉村咖啡屋」的小餐館，顧客多半是觀光客，狩獵季節也有獵鴨的民眾。飛雅特是停車場唯一的跑車。女侍似乎很喜歡跟肯尼的媽媽閒聊——她們好像老朋友或是姐妹淘似地說東道西。肯尼注意到女侍也塗了艷紅的唇膏。當她問說她可以幫小傢伙送上什麼，肯尼說他想吃漢堡。

「喔、不行，」他媽媽說。「你隨時可以吃漢堡，我們上館子就應該從菜單裡點餐。」

「為什麼不行？爸爸不在乎。南希阿姨也隨便我們。」南希是肯尼的繼母。

「我們把這個當成特別的規矩，」他媽媽說。「只為了你我而設，好嗎？」沒頭沒腦忽然冒出這個規矩，似乎很奇怪。從來沒有人跟肯尼說他可以、或是不可以點些什麼。

「我想你會喜歡熱火雞肉三明治，」他媽媽說。「我們分著吃。」

肯尼以為她點的三明治會很燙，他不確定自己會不會喜歡。「我可以點一杯奶昔嗎？」

「可以。」她微微一笑。「我很有彈性的。」

老實地說，肯尼滿喜歡這種開口三明治，三明治淋上黃褐的醬汁，而且根本不會太燙。白麵包吸飽了醬汁，簡直跟火雞肉一樣好吃，馬鈴薯泥更是他的最愛。他媽媽點了一球茅屋起司搭配番茄切片，但她也吃了幾口熱火雞肉。他的香草奶昔裝在特製的鋼杯裡送到桌上，鋼杯凍得幾乎結冰，奶昔剛好倒滿兩個漂亮的玻璃杯。他自己動手倒奶昔，鋼杯輕輕扣貼玻璃杯，以便奶昔流下。好多奶昔！肯尼喝不完。

當他媽媽去上洗手間，肯尼注意到每一位男士都轉頭看著她，目光也都追隨著她的身影。其中一位站起來走向收銀台付帳，順便經過肯尼獨坐的包廂。

「小冠王，那是你媽咪嗎？」男人問。他穿著一套褐色的西裝，領帶稍微鬆開。他的太陽眼鏡鏡片往上掀開，好像一副小護目鏡，相當顯眼。

「嗯、沒錯，」肯尼說。

男人微微一笑。「你知道嗎？我家裡有個跟你一樣大的男孩，但可沒有一個像你媽咪一樣的媽媽。」他哈哈大笑，然後在收銀台付了帳。

當他媽媽從洗手間回來，她已經重新上了口紅。她吸了一口肯尼喝剩的奶昔，在紙吸管上留下紅色的印記。

×××

沙加緬度約莫一個多小時車程。自從他爸爸把他們的東西全都搬上旅行車、舉家遷往鐵彎市，肯尼就沒回過他的舊家。一棟棟建築物看起來眼熟，讓人心安，但當他媽媽開著飛雅特跑車下高速公路，他意識到自己從沒有走過這一條街。「列敏頓旅館」的招牌一映入眼簾，他馬上察覺自己露出微笑——他爸媽都曾任職列敏頓旅館，但現在只有他媽媽還再這裡工作。他爸媽還未離婚之時，有些周末他和哥哥姐姐跟著爸媽來上班，在旅館裡打發時間。大會議室若是無人使用，他們就在裡面玩遊戲；咖啡廳若是不太忙碌，他們就坐在櫃台旁用餐。有時他爸爸以一烤盤五分錢的酬賞，支使他們用鋁箔紙把烤盤裡的馬鈴薯包起來，成批放進烤箱烘培。如果先問一聲、獲得許可，他們可以自己從飲料機倒一杯巧克力牛奶，前提是他們只能用小杯子。那些都是陳年往事；在那之後，肯尼已經長大了不少。

他媽媽把飛雅特停在旅館後方，母子兩人穿過廚房走入旅館，正如肯尼的記憶，只不過以前他乘坐他爸爸的旅行車、或是他媽媽的豐田 Corolla 來到旅館。職員們紛紛跟他媽媽打招呼，她叫得出每個人名字，親切地跟大家問好。一位女士和一位廚師不敢相信打從上次見到肯尼之後、肯尼已經長得這麼大，但肯尼不記得這兩人是誰，即使他認得出女士的貓眼鏡框和厚厚的鏡片。廚房比肯尼記憶中小。

肯尼小時候，他媽媽在列敏頓旅館的咖啡廳端盤子，他爸爸則是旅館的廚師之一。當年她穿著女侍的制服，如今她一身套裝，在旅館大廳有間辦公室。她辦公室的桌上成疊紙張，牆上的佈告板用圖釘釘著好多張索引卡，卡片整齊排列，全都以不同的色筆標注。

「肯尼小熊，我先處理幾件事情，待會兒再跟你說我幫你準備了哪些驚喜，好嗎？」她把幾張紙放進一個真皮檔案夾裡。「你可以在這裡坐一會兒嗎？」

「我可不可以假裝這是我的辦公室、我在這裡上班？」

「當然可以，」她微微一笑。「這裡有幾本筆記簿，喔，還有一個電動削鉛筆機。」她為他做個示範，拿起一支鉛筆插入機器的洞口，機器隨即發出絞磨的噪音，不一會兒就把鉛筆削得跟縫衣針一樣尖銳。「如果電話響了，不要接喔。」

一位叫做雅柏特小姐的女士走進辦公室，問了一句：「喔、這就是妳的小傢伙？」

她比他媽媽年長，眼鏡串在鍊子上，掛在頸間。雅柏特小姐會看顧肯尼，如果他需要他媽媽，她也知道他媽媽在哪裡。

「肯尼今天過來幫幫我們。」

「太好了，」雅柏特小姐說。「我待會兒給你一些橡皮圖章和一個印台，你幫我們把所有文件蓋上公司章，好嗎？」

他媽媽帶著真皮檔案夾離開。肯尼坐到她的椅子上，端坐在她的辦公桌後面。雅柏特小姐拿了一些橡皮圖章和一個長方形的藍色印台給他，圖章上印著日期、**請款單**、**查收**。

「你知道嗎？」雅柏特小姐說，「我有一個外甥，年紀剛好跟你一樣大。」

×××

肯尼用圖章和印台在筆記簿上蓋了幾頁，然後他百般無聊，於是翻翻辦公桌最上層的抽屜。其中一個抽屜裡加裝隔板，迴紋針、一盒盒釘書針、橡皮筋、鉛筆、筆側印著「列敏頓旅館」的原子筆，全都分開放置。另一個抽屜裡擺著信封和信紙，每一張信紙都印著「列敏頓旅館」，最上端還有小小的旅館圖繪。

他從桌邊站起來，走到門口，看見雅柏特小姐坐在她自己的辦公桌旁打一封信。

「雅柏特小姐，」肯尼說。「我可不可以用幾張印著『列敏頓旅館』的信紙？」

雅柏特小姐依然敲打鍵盤。「你說什麼？」她頭都沒抬地問道。

「我可不可以用幾張印著『列敏頓旅館』的信紙？」

「可以，」她邊說、邊繼續打字。

肯尼用旅館的原子筆在信紙上劃線，拿起橡皮圖章蓋章，在旁邊簽名。然後他有個點子。

她媽媽的辦公桌旁有張小桌，桌上只擺了一部打字機。他掀開打字機的封套。打字機顏色淺藍，正面印上*IBM*，非常巨大，幾乎佔據整張它專屬的小桌。他把一張白紙捲入打字機，按了按字鍵，但字鍵動也不動，毫無反應。肯尼正想請問雅柏特小姐打字機為什麼不管用，就在這時，他看到那個標示著ON/OFF的翹板開關，OFF的一端被壓下。他按下ON，打字機嗡嗡一響，微微震動，一個刻著字母的金屬小球左右一晃，然後停在左側。夾著白紙的拖架文風不動，肯尼因而判定這部機器肯定類似電腦、或是某種電傳打字機。

他試著打出他的名字，但只打出kkkkkkkkkkkkkkkkk①。他立即察覺，如果他壓著字鍵不放，字母就會不斷重複，而且發出機關槍似地聲響——kkkk kkkkk kkkk keee

① 譯註：肯尼・史塔爾的英文是Kenny Stahl。

eeenn nnnnnnnn n n yyy yyy。最令他困惑的是這部打字機沒有把手。他不是應該扳動把手、另起一行嗎？但他沒看到把手，反倒有個超大的按鍵，鍵面印著RETURN，他一壓，字球就鏗鏗鏘鏘往回移動，他即可另起一行。肯尼當下認定自己從來沒看過、也沒聽過如此神奇的打字機。

肯尼不知道如何跟大人們一樣打字——比方說他媽媽、或是雅柏特小姐——所以他找到他想要的字母，用一根指頭敲按，有時卻也按錯了鍵——kennystdahlkl kjenny stanhl kenn sath。他非常仔細、非常緩慢的敲按，最後終於正確地打出他的姓名——kenny stahl——他把那張紙從*IBM*打字機裡捲出來，然後在他的姓名旁邊蓋上日期和**請款單**的圖章。

「喝杯咖啡、休息一下吧？」雅柏特小姐站在門邊說。

「我不喝咖啡，」肯尼說。

雅柏特小姐點點頭。「嗯，讓我們看看還能找到什麼飲料，好嗎？」

他跟著她走到大廳，在大廳裡，他看到他媽媽跟一群男士站在一起。她和他們正在談公事，但肯尼依然大聲叫她。

「媽！」他扯著嗓門大喊，指指旅館的廚房。「我正要去喝杯咖啡、休息一下！」

她轉頭看看他，微微一笑，輕輕跟他揮揮手，然後繼續談公事。

在廚房裡，他詢問雅柏特小姐可不可以像從前一樣幫自己倒杯巧克力牛奶，但飲料機已經不供應巧克力牛奶，只有一般鮮奶和脫脂牛奶。雅柏特小姐反倒走向一個銀閃閃的冰箱，從冰箱裡拿出一紙盒的巧克力牛奶，抓了一個喝水的大玻璃杯，倒了滿滿一杯。大人們始終不准肯尼喝這麼多巧克力牛奶，這下肯尼可開心了。雅柏特小姐從一個放置在咖啡機裡的玻璃圓壺倒了一些咖啡，他們不可以端著飲料走過大廳，所以他們走進咖啡廳，咖啡廳看起來、聞起來都跟肯尼小時候一模一樣。他們坐在一個無人的包廂裡，而不是坐到櫃台旁。

「你記得我嗎？」她問他。「我跟你爸爸在這裡一起工作，當時你媽媽還沒有在咖啡廳端盤子。」雅柏特小姐問了肯尼更多問題，大多關於他是否跟她外甥一樣喜歡棒球、空手道、電視節目。肯尼跟她說他們家裡只收得到奇科市的 Channel 12。

×××

回到他媽媽的辦公室之後，他決定用 *IBM* 打字機寫封信給她。他又拿一張「列敏頓旅館」的信紙，非常緩慢地打字。

親愛的媽媽：

你好嗎 我很好
妳朋友的跑車很像一部賽車。
我喜歡引擎變得好大聲和調收音機。
我剛剛在旅館看到妳，我想知道我生日有什麼驚喜？？？？？？？ ？
我會把這封信留在一個讓妳驚喜的地方。找到了之後，妳用這部好酷、非常好用的打字機回信給我。

愛妳的
肯尼・史塔爾

他在「肯尼・史塔爾」旁邊蓋了三個章（**查收**、**查收**、**請款單**），竭盡所能地折好信紙，放進旅館信封裡，小心翼翼地舔舔封口，以免被銳利的邊邊割到舌頭。他用旅館原子筆在信封正面寫下「給媽媽」，然後找個地方藏信，最後決定辦公桌的抽屜最為理想，於是他把信藏在幾張旅館信紙下。

當他媽媽回到辦公室，肯尼正在玩橡皮筋。一位男士跟著她走進來，這人膚色深褐，頭髮極黑極直。「肯尼，這位是賈西亞先生，今天就是他借給我們跑車的。」

「哈囉，」肯尼說。「那部跑車是你的？」

「是的，」賈西亞先生說。「很高興見到你。但我們照規矩來，好嗎？請你站起來。」

肯尼依言照辦。

「好，」賈西亞先生接著說，「我們握握手。來，緊緊一握。」

肯尼盡全力捏一捏賈西亞先生的手。

「別捏痛我，」賈西亞先生輕聲一笑。肯尼的媽媽愉悅地看著這兩個傢伙。「好，盯著我的雙眼，就像我也盯著你。很好。現在換你說：『很榮幸認識你』。」

「很榮幸認識你，」肯尼照著說。

「接下來最重要。我們問彼此一個問題，而且很坦率、很直接地回答，好嗎？我請問你：你知道 FIAT（飛雅特）代表什麼嗎？」

肯尼搖搖頭，因為他搞不懂這個問題，也因為他搞不懂目前的狀況。從來沒有人跟他解釋如何握手。

「Fix It Again, Tony（再修一次，東尼）」賈西亞先生大笑。「好，現在換你問我問題。請說吧。」

「嗯，」肯尼得想想該說什麼。他看著賈西亞先生那頭濃密、墨黑、油亮、一絲不苟的頭髮，忽然想起自己見過他。他小時候跟哥哥姐姐在旅館玩耍之時，曾經見過賈西亞先生。他記得賈西亞先生並不是跟他爸爸一樣在廚房工作，而是穿著西裝走進旅館大廳。「你跟我媽媽一樣在這裡工作，對不對？」

賈西亞先生和他媽媽互看一眼，相視一笑。「以前是的，肯尼，但現在不是。我現在幫『參議員』做事。」

「你是參議員？」肯尼在Channel 12的新聞裡看過一位參議員。

「賈西亞先生在『參議員旅館』上班，肯尼，」他媽媽說。「他要給你一個大驚喜喔。」

「妳還沒告訴他？」

「我覺得應該由你來說。」

「好吧，」賈西亞先生看看肯尼。「我聽說你的生日快到了，是嗎？」

肯尼點點頭。「我快滿十歲囉。」

「你有沒有試過飛行？」

「你是說搭飛機？」

「有沒有？」

肯尼看看他媽媽。說不定他還是個小寶寶的時候，她曾經帶著他搭飛機，但他當時年紀太小，不可能記得。「媽，我有嗎？」

「荷西是個飛行員。他有一架小飛機，他想要帶你坐飛機兜兜風。聽起來很好玩，不是嗎？」

肯尼從未碰過一個自己有一架飛機的飛行員。賈西亞先生的制服呢？他是不是空軍？

「你明天有事嗎？」賈西亞先生說。「要不要坐飛機兜兜風？」

肯尼看看他媽媽。「媽，可以嗎？」

「可以，」她說。「我很有彈性的。」

×××

肯尼跟他媽媽在一家叫做「羅斯蒙德」的餐廳吃晚飯。她認識餐廳的每一個員工。服務生移走另外兩套餐具，因為他媽媽說她「只約了這個年輕人一起吃飯」，而她的意思是肯尼。菜單跟報紙一樣大張。他吃了義大利麵，服務生還送上一塊跟他鞋子一樣大的巧克力蛋糕當作甜點。他吃不完。他媽媽抽她細長的香煙，喝杯餐後的咖啡。其中一位廚師走到他們的桌旁——肯尼記得小時候在列敏頓旅館見過他。廚師名叫布魯斯。他在他們的桌邊坐下，跟他媽媽聊了一會兒，多半只是笑個不停。

「天啊，肯尼，」布魯斯跟他說。「你長得真快，跟苜蓿草似地。」布魯斯很會耍把戲——他可以把一根喝水的吸管擲入一顆生馬鈴薯，而且讓吸管像是箭矢般插立。從廚房走出餐廳的途中——他媽媽把飛雅特停在餐廳後方——布魯斯特別為肯尼表演一手。啪！吸管幾乎刺穿馬鈴薯。好棒！

他媽媽住在一棟兩層樓的樓房，樓梯在樓房中央，兩側各有一戶公寓。他媽媽的客廳裡有個東西叫做「莫菲床」，平常可以疊起來收放在牆壁裡。他媽媽把床拉下來，他看到床已經鋪好了。一台小小的彩色電視擱在裝了輪子的小桌上，他媽媽轉動小桌，讓電視朝向床鋪，但肯尼得先洗澡，才可以看電視。

浴室小小的，澡缸相當袖珍，所以很快就注滿清水。架上擺了香皂和其他女孩子玩意，瓶瓶罐罐全都五彩繽紛，標籤上畫著鮮花。另一個架上擺了一罐吉利牌刮鬍膏和一支英國品牌 Wilkinson Sword 的男用刮鬍刀。肯尼在澡缸裡玩水，直到指頭發皺、洗澡水變涼。他的睡衣已被裝進從家裡帶來的粉紅皮箱，穿上睡衣之時，他聞到爆米花香。他媽媽在小小的廚房裡爆了一些爆米花，她搖了搖爐上的鍋子，玉米粒隨即嗶嗶啵啵地開花。

「甜心，找個電視節目來看，」她一邊大喊，一邊放些奶油在醬汁鍋裡加熱融化、淋在爆米花上。

肯尼開電視，螢幕馬上出現影像，不像他家裡那台電視需要暖機。他看到一個個熟悉的頻道——他媽媽還沒搬出去、他爸爸還沒有再婚之時，他經常收看這些頻道的節目——覺得非常開心。Channel 3、6、10、13 都有節目。他轉一轉圓圓的頻道鈕——這個頻道鈕跟他家裡的那一個也不一樣，轉台之時不會喀嗒作響——居然也有 Channel 40。除了 Channel 40 的老電影之外，每一個頻道都是彩色。他選了一個名為《大冒險家》②的電視影集，他媽媽也說可以。

他們一起躺在莫菲床上，大嚼爆米花。他媽媽甩掉鞋子，摟住兒子的肩膀，手指把玩他的頭髮。過了一會兒，她坐直說道：「幫媽媽揉揉脖子。」肯尼跪著起身，把媽媽的頭髮撥到一旁，避開她頸間那條細細的鍊子，試著幫她按摩脖子。幾分鐘之後，她謝謝他，說她好愛她的小肯尼。他們又往後一靠。接下來播放《布拉肯的世界》③，幾個大人在節目裡不停說些肯尼不了解的事情，他撐不到第一節廣告就墜入夢鄉。

×××

肯尼早上醒來時，收音機播放著音樂。他媽媽在廚房裡，已經用爐子上的玻璃過濾式咖啡壺燒了咖啡。肯尼得從床上跳下來，因為墨菲床稍微過高。

「哈囉，睡懶覺的肯尼小熊，」他媽媽親一親他的頭。「我們這下糟了。」

「怎麼回事？」肯尼揉揉眼睛，坐到兩人座的餐桌旁。

「我昨天忘了買牛奶。」但她有一罐叫做「淡奶」的東西，罐上的標籤畫了一隻卡通乳牛，她早上喝咖啡就加上這種淡奶。「你可不可以去一趟街角的『路易超商』、買半加

---

② 譯註：*The Name of the Game*，美國國家廣播公司製播的影集，一九六八年開播，一共播出三季。

③ 譯註：*Bracken's World*，美國國家廣播公司製播的影集，描繪一位知名製片人和一群力爭上游的小明星，一九六八年開播，一共播出兩季。

崙牛奶？你需要一些牛奶配你的玉米穀片。」

「沒問題。」

肯尼不知道路易超商在哪裡。他媽媽跟他解釋說出門之後右轉、然後左轉，走路大約三分鐘。臥室裡她的梳妝台上有幾張一元的紙鈔，他可以拿兩張，順便幫自己買一些稍後享用的零食。

肯尼穿上昨天那套衣服，走進他媽媽小小的臥室。梳妝台上果然有幾張鈔票，所以他拿了兩張一元紙鈔。她衣櫃的門開著，透出燈光；肯尼可以看到櫃裡擱著她每一雙鞋，她的洋裝和裙子也掛在衣架上。櫃裡還掛著一套男士的西裝和長褲，小小的掛勾上吊著幾條領帶。一雙男鞋跟她的高跟鞋擱在一起。

公寓附近的街道種滿了大樹，但沒有威柏斯特街的尤加利樹。這些大樹樹齡古老，葉片寬大青綠，枝幹粗壯高聳，樹根極為龐大，甚至竄破人行道，致使路面凹凸不平。肯尼手裡拿著兩張一元鈔票，先右轉，再左轉，不到三分鐘就找到路易超商。

一個日本人站在收銀台後方，身旁擺滿陳列販售的糖果和甜食。肯尼找到乳品區，拿著半加崙牛到到收銀台付帳。日本人結帳之時問了一句：「你是誰？我從來沒有見過你。」

肯尼跟他說他媽媽住在附近、昨天忘了買牛奶。

「你媽媽是哪一位？」那人問。當肯尼告訴他，他說：「啊！你媽媽人很好、很漂亮。你是她的小兒子？你幾歲？」

「再過九天就十歲，」肯尼說。

「我有個女兒跟你一樣大，」超商老闆說。

肯尼選了雙包裝的杯子蛋糕，留待稍後享用，蛋糕是巧克力口味，正中央添加渦漩狀的白色糖霜。蛋糕花了他二十五分錢，他希望這個價錢不是太貴。當他帶著牛奶回家，他媽媽什麼都沒說。她幫他烤了一片吐司，讓他跟他那碗美式爆米香一起吃，還幫他切了一顆無籽柳橙。

肯尼正在看電視的時候——Channel 40 整個早上播放卡通和玩具廣告——廚房裡的電話響了。他媽媽接起電話，說聲哈囉，然後講了幾句他聽不懂的話。

「Que paso, mi amor？④什麼？喔、不。他非常期待。你確定嗎？」肯尼看看他媽媽，她一邊講電話，一邊看著他。「喔！好，應該可以。沒錯，一石二鳥。太棒了。好的。」她湊著話筒又聽了幾分鐘，然後咯咯輕笑，掛了電話。

「肯尼小熊，」她輕快地走進客廳。「計畫更動。荷西……嗯……賈西亞先生必須處理公事，今天不能帶你搭他的飛機。但是……」她頭一歪，好像正要說出一件更令人興奮的事情，比方說搭乘火箭升空！「他明天開飛機送你回家！我們不必開車。」

---

④ 譯註：西班牙文，意即「親愛的，什麼事？」

肯尼不太了解搭飛機回家是否可行。飛機會降落在威柏斯特街、剛好停在他家門口嗎？他們難道不會撞上尤加利樹？

×××

這下他們得找些事情打發一整天，所以肯尼和他媽媽在「童話小鎮」待到將近中午。「童話小鎮」是公園管理局經營的兒童遊樂園，園裡有一棟棟漆成像是稻草、木棍、石頭所建的小屋，還有一條長長的小徑，小徑狀似「綠野仙蹤」片中的黃磚路，只不過彎彎曲曲。園區每小時表演木偶戲，直到下午三點。肯尼小時候，他們一家常來「童話小鎮」，但他爸爸始終在家裡睡覺，從來不曾同行。如今肯尼快滿十歲，「童話小鎮」的設備對他而言未免過於幼稚。連鞦韆都是為了年紀比他小的孩童而設。

動物園就在附近。那也是肯尼小時候喜歡的遊樂場所。猴子們依然揮舞著手臂，在籠中的圓環間搖擺晃動，大象們依然在獸欄的另一側，感覺卻已不像以前那麼巨大，你依然可以餵長頸鹿吃紅蘿蔔，紅蘿蔔擱在小桶子裡，一桶一桶裝得全滿，隨時由動物園管理員供應。他和他媽媽在動物園待了好一陣子，比待在「童話小鎮」的時間還久，母子兩人在爬蟲動物屋閒逛，這裡有一隻巨大的蟒蛇，蛇身纏繞在樹上，蛇頭跟足球一樣大，倚在窗玻璃上。

他們中午在一個小小的市場用餐，市場裡也有鋪了方格桌布的露天餐桌，肯尼點了鮪魚三明治——三明治沒加生菜、或是番茄，只有鮪魚——他媽媽點了一小盅義大利麵沙拉。飲料方面，他們以果汁取代可樂，果汁裝在狀似蘋果的瓶子裡，肯尼原本有點失望，但蘋果汁好濃、好甜，他喝一口，果汁從喉嚨滑到他的小肚子，渾身舒坦。他想像喝酒的感覺肯定就是如此，因為大人們總是大驚小怪，大談「優質好酒」。他吃了他的杯子蛋糕當甜點。

「肯尼小熊，這會兒我們該做些什麼呢？」他媽媽問。「我們去孩童高爾夫球場試試手氣，好嗎？」

她開著紅色的飛雅特上高速公路，朝西駛向山麓。當他們開到河的另一端，肯尼察覺他們快要開到日落街的出口，他們以前始終從這裡下高速公路，開到他的舊家。他認出那個漆著白色箭頭和日落街的綠色路標，也看到雪佛龍加油站和菲利浦斯66加油站矗立在公路兩側，但他媽媽沒有下高速公路。她繼續往前開。公路的遠方出現一座小小的市鎮，鎮上一座座袖珍的風車和城堡，色彩繽紛亮麗。那是「迷你高爾夫球場暨家庭遊樂中心」，看起來嶄新迷人，充滿夢幻。

時值周六，遊客如織，一家大小乘車前來，還有一個個閒著沒事做的小毛頭，他們要嘛自己騎著腳踏車過來，要嘛坐著大人們的車子過來，個個荷包滿滿，準備大玩特玩，歡度今日。遊樂中心設有棒球打擊練習場，場中備有一具具自動發球機。拱廊之中擺滿彈珠檯和射擊遊戲的電玩機，小吃部供應油炸熱狗、超大蝴蝶餅、百事可樂。肯尼和他媽媽必須排隊等候，從一個十幾歲的小夥子手中領取高爾夫球和尺寸合宜的推桿，小夥子盯著他媽媽微笑，跟那個殼牌加油站的男士一樣對她拋媚眼。兩個球場可供選擇，櫃台後方的年輕小夥子不但推薦設有城堡的「魔法樂園球場」，甚至親自陪著他們走到第一洞，不厭其煩地解釋如何使用小鉛筆在卡片上計分。他還說如果他們在第十八洞打出一桿進洞，即可免費再打一輪。

「我想我們了解，」他媽媽跟小夥子說，顯然希望趕緊打發他。但他依然在他們身旁徘徊，直到他們母子都推桿進洞，小夥子祝他們打球愉快，走回櫃台，分發推桿和彩色高爾夫球給其他遊客。

他們根本懶得計分。肯尼狠狠擊打他那顆紫色的高爾夫球，重點在於打得多遠，而不在乎是否精準，根本不管打了多少桿才進洞。他媽媽比較謹慎。最有趣的一洞是個漆上圓點的傘菌，肯尼用力揮桿，小球消失在傘菌之下，隨即滑入三條管狀隧道的其中一條，再度不見蹤影，幾秒鐘之後，小球從隧道中冒了出來，落在比較低矮的環形草地上。接下來，他得把小球從草地上打進一個巨蛙的嘴裡，蛙嘴上下移動，好像城堡的吊橋。小球再度消失，然後落在一個更加低矮的草地上，眼看著就要直直滑進球洞，他只需拿著他短短的推桿輕輕一敲，小球就緩緩進洞。他媽媽花了好久的時間才把球打進蛙嘴。

「孩童高爾夫球場真好玩，」他們坐上飛雅特之時，他跟他媽媽說。她先前幫他買了一份油炸熱狗，他吃完了才坐上跑車。

「你的球技真不賴，」她邊說邊換檔，緩緩開出家庭遊樂中心的停車場，朝向市區行駛，再度開向日落街的交流道出口。

「媽？」他問道。她又用飛雅特的打火機點了一根細長的香煙。「我們可不可以去看看舊家？」

他媽媽吐了一口煙，看著煙霧消失在風中。她不想看看舊家。肯尼出生兩天之後，她抱著他從醫院回到那棟屋子。他的哥哥姐姐在柏克萊出生，但對柏克萊那棟公寓沒什麼印象。她曾經抱著小小的肯尼，看著她兩個年紀比較大的孩子在那棟屋子的後院玩耍；肯尼曾在客廳那張她媽媽親手鉤編的地毯上爬來爬去，直到他學會踏著地毯走路。那棟屋子承載著聖誕節和感恩節的回憶，他們曾在屋裡幫鄰居的孩子們慶生，屋裡充滿她為人妻、為人母的美好往事。

但屋裡各個角落也瀰漫著揮之不去的憂傷。爭執之聲肯定依然裊裊迴盪，晚上孩子們沉沉入睡之後、或是白天孩子們難以管教之時，她心中的那股孤寂想必也依然縈繞不去。她想要逃避，忘卻家屋、孩兒、隱隱懷藏在怨怒之中的厭倦，於是她接下列敏頓旅館的工作。旅館裡有個女侍的職缺。她早早開車出門，趁著她先生中午和晚上在廚房當班之前來到旅館，把孩子們交給住在街尾那幾個摩門教少女看顧。收入當然不錯，但有個地方可去、有份工作可做、有人可以聊聊，這些才是她每天的企盼。她仍是卡爾・史塔爾太太，她先生是廚房的主廚，但大家都直呼她的名字，包括荷西・賈西亞。後來人們發現她果真精於數字，於是旅館總經理把她從咖啡廳調到會計部。跟肯尼的爸爸離婚之後，她被擢升到行銷部，再也不是卡爾・史塔爾太太。

她好久之前就已離棄那棟舊屋。她不想再看到那個地方。

「沒問題，」她對她兒子說。「我很有彈性的。」

×××

她開下高速公路，在菲利浦斯66加油站右轉，繼續沿著日落街前進，開到帕爾麥脫街。她在帕爾麥脫街左轉，開上達比街，然後降檔右轉，穿過威斯塔街和布希街，慢慢靠向路邊，把車停在門牌號碼4114的屋子前面。

肯尼只住過兩棟屋子，而這是他的頭一棟。他靜靜凝視。車道旁的郵筒沒變，門廊的X型欄杆跟他記憶中一樣，但前院的樹木看起來出奇矮小。草坪的草割過了，他從來沒見過草坪如此工整。屋主沿著屋前種下一排鮮花。他們家以前從來不曾沿著屋前栽種鮮花。那扇大窗掛著藍色的窗簾，而不是他小時候那種白色的簾布。車庫的門關著，跟他住在這裡的時候不一樣，以前車庫的門總是敞開，方便大家拿取腳踏車和玩具，大家也容易從屋子後頭的房間進出。車道上停著一部嶄新的道奇汽車，而不是他爸爸的舊旅行車、或是他媽媽的豐田 Corolla。

安霍爾特一家以前住在隔壁。肯尼以為會看到他們那部白色的小貨車，但小貨車不見蹤影。對街那棟屋子的草坪上插著「吉屋出售」的牌子。「卡林達家在賣房子，」肯尼說。

「他們好像已經搬走了，」他媽媽跟他說。沒錯，屋子看起來空空蕩蕩。卡林達家的兩個小孩布蘭達和史提夫不是雙胞胎，但兩人長得非常像，似乎是同一天出生。他們騎 Schwinn 牌的腳踏車，養了一隻叫做小餅乾的小狗，加入游泳隊，如今住在其他地方。

肯尼跟他媽媽在飛雅特跑車裡坐了幾分鐘。肯尼望向窗外，看著那個曾是他臥房的房間。那扇窗板晃來晃去的百葉窗還在，但已經漆成藍色，就像是客廳的窗簾。他和他哥哥以前共用那間臥室裡的一張雙人床，當時的窗板是一片片原木。這會兒漆成了藍色，好像不該如此。

「我在這裡出生的，媽，對不對？」

她凝視街尾，而不是那棟裝了藍色窗簾的屋子。「你在醫院裡出生的。」

「喔、我知道，」他說，「但我還是小寶寶的時候住在這裡，對不對？」

他媽媽發動飛雅特，準備打檔。「沒錯，」她在隆隆的引擎聲中說。她離開達比街 4114 號的那一晚，她的孩子們在床上沉睡，他們的爸爸站在廚房裡，一語不發。其後七星期，她沒有跟他們其中任何一人見過面。肯尼當時五歲。

等到他們開回她的公寓，她已經抽了三根細長的香煙，跑車的頂蓬開啟，香煙的煙霧在風中飄散。

×××

她帶他到參議員旅館吃晚飯，參議員旅館跟列敏敦旅館一樣都在市中心，但豪華多了，而且到處都是別了名牌、西裝畢挺的男士。他們在咖啡廳用餐。荷西・賈西亞過來打個招呼時，肯尼正在吃甜點，那是一塊超大的櫻桃派，上面還加了冰淇淋——女侍說這種甜點叫做「à la mode」櫻桃派。肯尼不太在乎櫻桃，但把冰淇淋全部吃光光。

「我們中午出發，行嗎？」賈西亞先生說。「我們可以瀏覽一下三角洲，然後朝北飛行。肯尼，你有沒有坐過飛機？」

賈西亞先生已經問過他這個問題，但他還是客客氣氣再回答一次。「從來沒有。」

「你會愛上天空，」賈西亞先生說。離開之時，他親一親肯尼媽媽的臉頰。肯尼從來沒有實際看過男生親吻女生的臉頰。他爸爸可從來沒有像這樣親吻他繼母，更別說只是藉此說聲拜拜。親吻臉頰是男生和女生在電視上才會做的事。

×××

隔天早上，荷西・賈西亞帶他們到一家叫做「鬆餅大隊」的咖啡館吃早餐，餐館裝飾得像個馬戲團，肯尼和賈西亞先生點了比利時格子鬆餅，肯尼的媽媽又點了一球茅屋起司。他們用餐之時，一個又一個家庭開車過來吃飯，人人打扮得漂漂亮亮，把餐廳擠得座無虛席。他們全都穿著星期天上教堂的服裝——爸爸們西裝筆挺，媽媽們和女孩們穿著漂亮的洋裝，有些男孩打著領結，跟肯尼年紀相仿。大家一邊講話一邊點餐，結果餐館變得跟馬戲團一樣吵鬧。

當荷西和他媽媽終於喝完他們的咖啡——女侍不停過來幫他們續杯——他媽媽補妝，擦上紅紅的唇膏，三人走回停放在外面的飛雅特。賈西亞先生開車，他戴了一副金屬框的太陽眼鏡，鏡片反光，有如玻璃般閃閃發亮，鏡架彎曲，勾繞著他的耳朵。他媽媽戴著她那副彷若滑雪好手的太陽眼鏡。肯尼坐在座椅後面的空位裡，這裡的風勢最強，讓人難以聽到其他聲響。整趟車程，肯尼始終不知道前座的大人們說些什麼。

但他在後座樂得很：他斜斜坐著，在敞篷跑車激起的滾滾強風之中揮舞雙手。他們駛經草坪寬廣的堅實磚房和一個附設高爾夫球場的超大公園，開到一個叫做「管理場」的地方，結果這裡竟然是個飛機場。荷西沒把跑車停在停車場，反而繞了一圈，把車子開到一個閘門旁，閘門一開，裡面並排停放一架架小飛機。

「肯尼，準備放膽一試嗎？」賈西亞先生。

「我們要坐上其中一架嗎？」肯尼指指小飛機。它們不像他家裡的模型飛機，他那些模型飛機都是二戰之時的戰鬥機，其中還有一架B-17轟炸機，這些飛機卻是機型小巧，沒有架設機關槍，而且看起來不像可以飛得很快，即使其中幾架備有雙引擎。

「『科曼奇號』，」賈西亞先生說。他走向一架單引擎、漆了紅色條紋的白色小飛機。機門如同車門般開啟，賈西亞先生讓機門微開，降低機內的溫度。肯尼獲准站在機翼上朝內端詳量表、按鈕、駕駛盤、腳控開關。機件大多成雙成組，還有一些單一開關和控制鈕，看起來全都極為精準。賈西亞先生繞著飛機走了幾圈，然後看看幾張他先前折起來放進機門套筒裡的文件。

肯尼的媽媽拿著粉紅皮箱從車裡走過來。「我覺得你想要坐在前座，不是嗎？」她對他說。她放低其中一張座椅，爬到後座，把粉紅皮箱擱在她旁邊。

「我可以坐在這裡？」肯尼的意思是他可以像是副駕駛似地坐在前座。

「我需要一位副駕駛，」賈西亞先生說。「你媽媽抓不牢控制桿。」他大笑，然後為肯尼示範如何扣上安全肩帶。但賈西亞先生必須幫他把肩帶拉緊。然後他從口袋裡掏出一副小小的太陽眼鏡，把眼鏡遞給肯尼。「空中的陽光非常刺眼。」

眼鏡也是銀閃閃的金屬框，跟賈西亞先生那副一樣，但便宜多了。鏡架也同樣勾繞著耳朵。太陽眼鏡對將滿十歲的小肯尼而言顯然太大，但他沒有注意到。他轉頭秀給他媽媽看一看，對她伸出大拇指，比了比「讚」的手勢，他們三人全都大笑。

引擎啟動，聲響如雷，不僅只是因為「科曼奇號」的機門依然開啟。機身搖晃震盪，螺旋槳急急轉動，似乎隨時可能劈啪斷裂。賈西亞先生操作按鈕開關，引擎再度怒吼。他戴上一副耳罩式耳機，繼續操作，飛機開始緩緩移動，即使機門依然開啟。他們開過一架架停放在原地的飛機和一塊塊狹長的草地，草地上插著寫著字母和數字的小標誌。開到跑道末端時，飛機緩緩停下，賈西亞先生把手伸過肯尼，拉上肯尼那一側的機門，然後動手拉上他自己這一側的機門。引擎依然發出隆隆巨響，但飛機已不再搖搖晃晃。

「準備好了嗎？」賈西亞先生大喊。肯尼點點頭。他媽媽比了一個「讚」的手勢，往前一探，揉揉兒子的頭。就算她說了什麼，肯尼也聽不見，但他可以看到她咧嘴一笑，非常開心。

飛機加速、噪音漸隆之際，肯尼心中盈滿一股前所未有的感受。他們往前移動，速度愈來愈快，然後機身一揚，升向空中，肯尼感覺腹胃一沉，他的頭卻不斷攀升。地面很快就變得愈來愈小；不一會兒，街道、房屋、汽車看起來全都不真實。肯尼轉頭望向窗外，機翼擋住了他的視線，所以他往前一傾，觀看飛機前方的地面和天空。

他看到市區的建築物，認出那個曾經屬於他的世界：沙加緬度的地標「淘兒劇院」、棋盤式的街道、舊堡壘——亦稱「蘇特磨坊」，墾荒時期據說在此發現黃金——啊，列敏頓旅館在那裡。他看得到招牌。

肯尼頭一次坐上飛機翱翔天際，這是他畢生最神奇的經驗。他的小腦袋似乎盈滿了空氣，呼吸愈來愈急促。陽光從未如此炫目，肯尼慶幸自己戴了墨鏡。當賈西亞先生把機翼朝左一沉、轉個方向，放眼望去盡是寬闊的河谷。遠方可見一個個小島，小島之間以彎曲的水道和堰堤相隔。緊鄰肯尼舊家的那個市鎮，農民們必須搭船才到得了鎮上。肯尼先前根本不知道！

「湄公河看起來就像這樣！」賈西亞先生大喊。他指向窗外，肯尼出於習慣點點頭，其實不太確定他該不該說些什麼。「那就是你跟山姆大叔達成的協議！他教你開飛機，然後把你送到越南探索敵方！」

肯尼知道什麼是越南，因為他在奇科市的 Channel 12 看過關於戰爭的新聞。但湄公河是什麼？他可不知道。

他們朝西南方飛行，小飛機在空中不斷攀升，公路上的汽車和卡車看起來幾乎動也不動。當他們飛抵舊金山海灣上空，河面愈來愈寬，河水與海水匯合，變換出不同的色調。遠方寬廣的河面可見一艘艘大船，這下大船看起來全都像是肯尼在咖啡桌上把玩的模型船隻。當賈西亞先生把機翼再度一斜，肯尼有點反胃，但過了一秒鐘就沒事。

這會兒他們朝北方飛行。賈西亞先生把耳機從一隻耳朵旁移開。「我得請你幫我開飛機，肯尼，幾分鐘就行了，」他大聲說。

「我不知道怎麼開飛機！」肯尼看著賈西亞先生，好像他是個瘋子。

「握住飛行搖桿，」賈西亞先生說。飛行搖桿半是駕駛盤，半是操控桿。肯尼必須挺起身子坐直，伸手握住搖桿的把手。「你把搖桿指向哪裡，飛機就飛向哪裡。往後拉一下，體會一下搖桿的感覺。」

肯尼往後一拉，他沒想到自己這麼用力，果不出其然，搖桿朝向他移動，在此同時，引擎緩緩減速，從前窗望去，盡是一片藍天。

「你看吧？」賈西亞先生說。「好，現在慢慢平飛。」

賈西亞先生一隻手始終握著飛行搖桿，但讓肯尼負責操控，肯尼又將機首朝向地面，從前窗望去又是一片大地。

「我可以轉個方向嗎？」肯尼大喊。

「你是飛機的駕駛，」賈西亞先生說。

肯尼小心翼翼、謹慎周詳地把搖桿轉到右側，飛機隨即微微右傾，幾乎難以察覺。但肯尼可以感覺方向有所改變。他慢慢放鬆搖桿，感覺飛機漸漸平穩。

「如果你的個子高一點，」賈西亞先生說，「我就讓你掌舵，但你踩不到腳控開關。說不定再過一年。明年吧。」

肯尼想像十一歲之時、獨自駕駛「科曼奇號」、他媽媽坐在後座。

「我現在需要你幫我做一件事，你看到前方的雪士達山嗎？」雪士達山是一座巨大的休眠火山，矗立於河谷的北方，長年白雪覆頂。天氣清朗之時，由鐵彎市望去，遠方的雪士達山有如一幅龐大的畫作。從肯尼所在的飛機前座望去，雪士達山宛若一個雪白的三角形，角尖直指天際。「直直朝著雪士達山飛去，好嗎？」

「沒問題！」肯尼緊盯著雪士達山，試圖將機首對準山峰，在此同時，賈西亞先生從他的座位旁取出一些文件，然後從口袋裡拿出一支原子筆。他草草寫了幾筆，仔細研究一張地圖。肯尼開著飛機直直地、精準地前進，他不確定自己開了多久，可能只是幾分鐘，也可能是大半趟路，但他從來沒讓飛機偏離方向。等到賈西亞先生折起地圖、輕按一下原子筆，雪士達山已經更清晰地呈現。

「棒極了，肯尼，」他邊說、邊重新接管搖桿。「你是開飛機的料子。」

「太棒了，甜心！」他媽媽從飛機的後座大喊。當肯尼轉頭一看，她的笑容幾乎跟肯尼的笑容一樣燦爛。

肯尼望向窗外，看到高速公路的各個車道，車道縱橫於河谷，貫穿威洛斯、歐爾蘭等市鎮，直通鐵彎市和遠方。僅僅兩天之前，他和他媽媽才置身下方那條公路，這會兒他卻置身數百英里之上。

開了飛機之後，肯尼試圖讓耳壓恢復正常。他打了一個大呵欠，緊閉嘴巴擤鼻子。其實並不痛。飛機慢慢下降，引擎愈來愈大聲，地面愈來愈貼近，鐵彎市的地標逐漸現形。城南的伐木場、兩家公路旁的汽車旅館、已無穀物的穀物圓筒倉、購物中心的停車場，一一出現在眼前。沒有人跟肯尼提起鐵彎市有一座機場，但聯合高中足球場的另一頭，果真有這麼一座。

賈西亞先生開著飛機降落之時，機身急顫晃動。他操控引擎，引擎隨之漸趨輕緩，幾近無聲，機輪很快就擦過水泥跑道，發出尖銳刺耳的聲響。他跟開車一樣駕著飛機，慢慢停在距離其他飛機幾英碼之處。當他關掉引擎，螺旋槳繼續轉了幾圈，最後才猛然一震，停止轉動。少了隆隆的引擎聲，四下出奇寂靜，連鬆開安全肩帶的聲響都顯得格外清晰，好像在戲院裡放電影。

「我們又矇過死神囉，」賈西亞先生，這會兒無需扯著嗓門大喊。

「拜託喔，」肯尼的媽媽說。「你非得這麼說不可嗎？」

賈西亞先生大笑，往後一傾，在她的臉頰印上一吻。

×××

機場有家非常小的咖啡店，店裡沒有顧客，似乎也沒有服務人員。肯尼依然戴著他那副飛機駕駛員的太陽眼鏡，他在桌旁坐下，粉紅色的皮箱擱在他腳邊的地上，在此同時，他媽媽在牆上的公共電話裡投入幾個銅板，撥了號碼，等了一下，掛了電話，把先前那幾個銅板再投入電話裡。她撥了另一個號碼，這次有人應答。

「嗯，那個號碼忙線，」她朝著聽筒說。「你可以過來接他嗎？因為我們得趕回去。

多久？好吧。」她掛了電話，走回桌旁。「你爸爸下班過來接你。我們看看能不能幫你買杯熱可可、幫我自己買杯咖啡。」

透過咖啡店的玻璃門，肯尼可以看到機場辦公室。賈西亞先生正在一個坐在桌旁的男人說話——賈西亞先生也依然戴著墨鏡。肯尼聽到某個呼呼沙沙的噪音，原來是一部機器正在調製熱可可。他媽媽用保麗龍杯裝了熱可可端給他，肯尼一喝就覺得太稀。他沒喝完。

他爸爸開著旅行車過來。他沒有熄火就下車，身上穿著廚師工作褲和厚底鞋。他跟賈西亞先生握握手，對肯尼的媽媽說了幾句話，然後拿起小小的粉紅皮箱，帶著皮箱走向旅行車。

肯尼坐在前座，如同先前在小飛機上一樣。他們開出停車場時，他爸爸問起他那副墨鏡。

「賈西亞先生給我的，」肯尼說。

肯尼跟他爸爸說他們朝向雪士達山飛行，還說媽媽帶他去了動物園和孩童高爾夫球場、他們順道去了一趟舊家。

「喔，」他爸爸說。當他告訴他爸爸卡林達一家搬走了，他爸爸也只又說了「喔」。

他們開進市區、回到藍膠小館時，肯尼望向窗外，瞄視天空，金屬框的墨鏡為他的雙眼蒙上一層深藍。到了這時，賈西亞先生八成已經起飛，肯尼希望看到飛機飛過空中。他媽媽肯定坐在副駕駛座。

但空中沒有兩人的身影。什麼也都沒有。

# 這是我心中的冥思

These are the Meditations of My Heart

她沒打算買一部打字機。她什麼都不需要，什麼都不想要；新物，舊物，古物，她全都不要。她已經發誓以斯巴達式的生活態度面對近來的挫折；她要過著極簡的新生活，一部車子就裝得下她的一生。

她喜歡她在凱霍加河西岸的小公寓。她已經把每一件跟那個蠢蛋交往之時所穿的衣服悉數丟棄；她幾乎每晚自己下廚，聽了很多播客（podcast）。她的存款足夠讓她撐到年底，所以她大可懶散度過夏日，無需排定任何計畫。來年一月，大湖可能結冰，她公寓的水管說不定凍得迸裂，但到了那時，她八成已經搬走，前往紐約、亞特蘭大、奧斯丁、或是紐奧良。只要行囊輕簡，她的選擇可多囉。但密西根街和席克摩街口的萊克伍德衛理公會教堂正在舉辦周末拍賣會，為了免費托兒、勒戒治療等社區服務募款，嗯，說不定還有「送餐到府服務」。她不太確定。她不上教堂，也沒有受洗成為衛理公會派教徒，但她確信漫步於停車場、徘迴於一張張堆滿雜物的小牌桌之間，絕對稱不上是侍奉天主。

她幾乎買下一組鋁製電視餐盤，以示自己玩世不恭，但其中三件已經露出生鏽的跡象。服飾珠寶成箱成盒，沒有一件堪稱貴重。但後來她看到一組製作冰棒的模具，她小時候就是負責把即溶果汁或是柳橙汁倒入模具，插入型式獨創的塑膠把手，當冷凍庫成功地發揮功效，即可享用物美價廉、美味可口的冰棒。她幾乎可以感覺夏日山麓灼熱的焚風、她的雙手被融化中的果香冰棒沾得黏答答。她沒有討價還價，付了一美元買下這組模具。

同一張桌子上還擺了一部打字機，打字機的顏色是普普藝術的紅彩，但已經褪色，不太吸引人。一張貼在機殼左上角的粘膠標籤卻吸引了她的視線，打字機的原主用小寫鍵打出一行字，而且用 Shift 鍵＋數字 6 鍵打出底線。

**these are the meditations of my heart** ①

這幾個字的字齡高達三十年，當年打字機全新，剛從盒裡拿出來，說不定是一個女孩的十三歲生日禮物。近來的一位物主在一張紙上打出 BUY ME FOR $5 ②，還把紙張捲進打字機的托架裡。

打字機是可攜式；機體是塑膠。黑紅雙色色帶，殼蓋上有個小洞，打字機的廠牌——Smith Corona、Brother、或是 Olivetti——可能曾經鑲嵌在此。打字機還有個微紅的機盒，盒口是半開式，扣鎖是按鈕式。她敲了三個字鍵——A、F、P——各個劈劈啪啪地打在紙張上，然後退回原位。嗯，看來這東西多少還管用。

「這部打字機真的只要五美元？」她問附近小牌桌旁的一位教會女士。

「那個東西？」女士說。「我想它還管用，但現在沒有人用打字機囉。」

那不是她先前問的問題，但她不在乎。「我買了。」

「拿錢出來讓我看看。」

教會女士的荷包裡就這麼多了五美元。

×××

回到公寓之後，她做了一批鳳梨果汁冰棒，留待當晚稍後享用。等到晚上涼快一點，她可以打開窗戶，望尋夜晚第一群螢火蟲，從冰箱裡拿兩支冰棒來吃。她從廉價的機盒裡拉出打字機，擱在廚房的小桌上，從她雷射印表機的紙匣裡抽出一張印表紙，捲入打字機裡。她試了每一個字鍵；好多鍵都卡住。機身底座的四個橡膠墊座缺了一個，所以打字機有點搖晃。她橫向敲打，用力壓按最上排每一個字鍵，還從小寫轉成大寫，試圖藉此弄鬆字鍵。有時行得通，有時行不通。色帶雖然陳舊，但打出來的字還算清晰。她試著用回車鍵換行，單行和雙行都試一試，兩者都行，但鈴聲壞了。調整邊距的滑桿嘎嘎作響，然後卡在原位。

打字機需要徹底清潔，好好上油，她估算大約得花二十五美元。但她默默思索另

①譯註：這是我心中的冥思。

②譯註：花五元買下我。

一個更棘手的難題：打字機究竟有何用途？舉凡二十一世紀購買打字機之人，肯定面臨同樣為難的狀況。打信封嗎？她媽媽若是接到居無定所的女兒用打字機打出的信函，八成相當開心。她可以打一封惡毒的信給她的前男友——「喂，大蠢蛋，你跟我分手，簡直是他媽的犯了大錯！」——無需擔心留下電郵紀錄。她可以打出幾句感言，用她的手機拍張照片，貼在她的部落格或是臉書上。她可以打出一張待辦事項，貼在冰箱門上。嗯，這下她就為這部既是時新、又視老舊的打字機，找出了五個既是潮青、又是復古的用途。她還可以打出幾段誠摯感人的冥思，這下打字機又多了一個用途。

她打出打字機原主對這部機器的訴願。

T hes ea re t he med it a tio n s o f m yh ea r t. ③

空白鍵胡亂彈跳，這可不行。她抓起手機，請教谷歌大神，鍵入「修理舊打字機」。

螢幕列出三個可行的選擇，一是車程約兩小時的一家店舖，一是市區的一處商家——她打了電話，但無人接聽——一是「底特律大道商用機器行」，從她家走過去只要幾分鐘，真是不可置信。她曉得這家機器行；機器行在一家輪胎店隔壁，她走去一家很棒的披薩屋和一家距離披薩屋不遠、即將歇業的藝術用品店途中，常常經過機器行。她以為這家小小的商店維修電腦和印表機，因此，當她花了幾分鐘走路過去、仔細瞧瞧店面、看到櫥窗裡的擺設，不禁感到莞爾。櫥窗裡陳列著一部舊加數機、一部機齡三十年的電話答錄機、某個稱為口述錄音機的機器、一部古老的打字機。她推門入內，懸掛在門上的小鈴叮噹一響。

店裡的一側只有一箱箱印表機，箱旁是各種型號的碳粉匣。另一側有點像是展示昔日商業用品的博物館，一台台八十一鍵、拉桿式把手的加數機，一具具單次使用的十鍵式計算機，一部法院速記員使用的機器，一部部機殼多為乳白的 IBM Selectric 打字機，壁掛式的架上還陳列著幾十部各式各樣的打字機，黑色、紅色、綠色、甚至淺藍，部部閃閃發光，似乎全都狀態極佳。

服務櫃台在機器行最裡頭，櫃台後面擺著幾張桌子和一個工作台，一位老先生站在那裡翻閱文件。

「小姑娘，我可以為妳服務嗎？」老先先問道，他的英文有點口音，想必是波蘭裔。

「我希望你可以挽救我這筆投資，」她說。她把人造皮的機盒擱在櫃台上，鬆開扣鎖，拿出打字機。老先生一看就嘆了口氣。

「我了解，」她說。「這個寶貝需要維修。半數字鍵都黏住了，打字的時候，機器搖來晃去，空白鍵不聲不響就故障，喔，鈴聲也不響。」

③ 譯註：完整的句子應為：these are the meditations of my heart。

「鈴聲不響，」他說。「哎喲。」

「你可以幫幫我嗎？我已經投資了五美元在這個東西上。」

老先生看看她，然後又看看打字機，再度發出長嘆。「小姑娘，我幫不上忙。」

她困惑不解。就她眼中所見來判定，這裡正是讓打字機恢復正常運作之處。拜託喔，老先生後面的工作台明明擺著已被拆解的打字機和各種零件，她可看得一清二楚。

「因為後面那些零件跟我的打字機全都不相配？」

「沒錯，沒有任何零件可以用在這東西上，」老先生邊說、邊朝著暗紅色的打字機和人造皮機盒揮揮手。

「你不能從其他地方訂購嗎？我可以等。」

「這妳就不懂了，小姑娘。」櫃台邊緣有個小小的盒子，裡面擱著他的名片，他拿了一張遞給她。「名片上怎麼說？」

她讀了讀名片。「**底特律大道商用機器行**。**印表機**。**販售**。**維修**。星期日公休。嗯，明天才是星期日，」她說。「營業時間上午九點至下午四點。星期六上午十點至下午三點。根據我的手錶和你的時鐘，現在是中午十二點十九分。」她把名片翻面。背面空白。

「我搞錯了什麼？」

「店名，」老先生說。「請看一看我的店名。」

「底特律大道商用機器行。」

「沒錯，」他說。「商用機器。」

「嗯，」她說。「好吧。」

「小姑娘，我維修機器，但這東西？」他又朝著她那部耗資五美元的打字機揮揮手。「這是玩具。」他帶著咒罵的口吻說出「玩具」二字，彷彿將之視為糞土。

「塑膠製品，看起來像是一部打字機，但這東西絕對不是打字機。」

他動手拆卸這部被他稱為玩具的機器，直到塑膠機殼啪地掀開，露出內部的機件。

「鉛字條、撥桿、色帶盤，全部都是塑膠。色帶換向裝置和震帶也是塑膠。」

她不知道手動打字機裡有一條震帶。

他用力壓按一些字鍵，輕彈撥桿，反覆滑動拖架，轉動壓紙捲筒，敲敲退格鍵，從頭到尾一臉不屑。「打字機是個工具。若是善加使用，它可以改變世界。這東西？這東西只是佔據空間，製造噪音。」

「你可不可以最起碼幫它上一點油、好讓我試試看改變世界？」她問。

「我可以清理機器，幫它上油，旋緊每一根螺絲釘。讓鈴聲叮噹作響。跟妳索取六十美元，對這部打字機施展魔法。但這麼做等於是佔妳便宜。不到一年，這個空白鍵就又會……」

「突然故障？」

「妳倒不如把它帶回家，用它來插花。」他把打字機放回機盒，好像把一隻死魚包在報紙裡。

她覺得有點丟臉，好像自己隨便寫寫、交出一篇結構鬆散的論述，讓她的老師感到失望。如果她尚未跟那個蠢蛋分手，他八成會站在她身邊，點頭贊同老先生，嘮叨說道：「我已經跟妳說這東西是垃圾。五美元？沒了！」

「妳看看這裡。」老先生朝著排列在壁掛式櫥架上的打字機揮揮手。「這些才是打字機。它們是鋼鐵製品，部部皆是工程師的心血結晶。它們在美國、德國、瑞士的工廠產製。妳知道這會兒它們為什麼被擺在櫥架上？」

「因為它們是折價品？」

「因為它們經久耐用，永久保固！」老先生居然吼了起來。從他身上，她好像聽到她爸爸大聲發牢騷——「誰把這幾部幾腳踏車留在前院？」、「為什麼只有我一個人穿了上教堂做禮拜的衣服？」、「老爸回家囉，誰來跟我抱抱？」——她察覺自己對著老先生微微一笑。

「這一部，」他邊說、邊走向櫥架。他拿下一部黑色的 Remington 7 打字機，這款打字機名為「Noiseless」。「把那本便條簿遞給我。」她在櫃台上找到一本空白的便條簿，把簿子遞給他。他撕下兩張白紙，捲入那部閃閃發亮的機器裡。「妳聽聽。」他動手打字。

Detroit Avenue Business Machine. ④

字母一個接著一個輕聲印上紙張。

「當時美國前景看好，」他說。「擁擠的辦公室、狹小的公寓、火車的車廂，處處都有民眾辛勤工作。Remington已經販售打字機多年。有人說：『我們製造一部比較精巧、比較安靜的打字機。降低機器的噪音。』而他們辦到了！他們用了塑膠零件嗎？沒有！他們重新操測拉力，檢視鍵擊的力道。他們製造出一部安靜至極、甚至可以把『無噪音』當作賣點的打字機。來，打幾個字。」

他把打字機轉個方向，讓機器朝向她。她敲打字鍵。

Quiet down. I am typing here.⑤

「我幾乎沒聽到任何聲音，」她說。「敬佩、敬佩。」她指指一部雙色打字機，機身骨白淡藍，線條圓弧。「那一部有多小聲？」

「啊，Royal Safari。」他移開黑色的Remington 7，拉下一部優美輕巧的打字機。「手提式打字機，相當不錯。」他又捲進兩張白紙，讓她試一試字鍵。她想了想，打了幾個

---

④ 譯註：底特律大道商用機器行。

⑤ 譯註：安靜一點。我在打字。

跟撒哈拉相關的字。

**Mogambo**

**Bwana Devil**

**"I had a farm in Africa..."**

這部打字機比先前那部「無噪音」打字機大聲，打起來也稍微吃力。但 Royal Safari 具備某些功能，Remington 卻尚無同樣的科技。比方說，字鍵「1」多了「！」，還有一個標示著 MAGIC COLUMN SET 的按鈕。喔，而且打字機是雙色！

「我可以買下這部尊貴 Royal Safari 嗎？」

老先生看著她，微微一笑，點了點頭。「可以。但請告訴我：為什麼？」

「為什麼我想要一部打字機？」

「為什麼妳想要這部打字機？」

「你試圖說服我不要買？」

「小姑娘，妳想要買哪一部打字機，我都會賣給妳。我會收下妳的錢，揮揮手跟妳說再見。但請告訴我：妳為什麼想要這部 Royal Safari？因為它的顏色？字體？白色的字鍵？」

她得想一想。她再度感覺自己回到學校、老師正要抽考、她卻尚未閱讀指定教材、搞不好會被當。

「因為我的品味變來變去，」她說。「因為我把那部玩具打字機帶回家、正想捨棄紙筆、試一試用打字機書寫、但那部該死的東西出了毛病、而你猜怎麼著？我家附近的打字機維修行連碰不想碰。在我的想像中，我看到自己坐在我那棟小公寓的那張小桌子前、打出隨筆和信件。我有一部筆電、一台印表機、一台 iPad，還有一支這個玩意。」她舉起她的 iPhone。「我跟每一個現代女性一樣仰賴它們，但是⋯⋯」

她暫不作聲。這會兒她果真思索自己受到怎樣的感動、讓她買了一部五美元的打字機——而且是一部空白鍵時好時壞、鈴聲也不響的打字機？僅僅一天之前，她根本不在乎古舊的手動打字機，為什麼這時卻在一家打字機行、幾乎跟一位老先生發生爭執？

她繼續說下去。「我的字很醜，好像小女孩的字跡，所以我寫出來的東西看起來都像是貼在診所的勵志海報。我不是那種酒一杯接著一杯喝、煙一根接著一根抽、利用空檔敲打字鍵的作家。我只想寫下一些我終於明瞭的實情。」

她走回服務櫃台，抓起她的人造皮機盒。她從盒裡猛然拉出那部塑膠打字機，帶著它走到櫥架旁，幾乎是把它扔到那部 Royal Safari 打字機旁。她指指機殼左上角的粘膠標籤。

「我希望我那幾個連個影子都沒有的小孩有機會讀一讀我心中的冥思。我會親手把我的冥思打印在一張張白紙上，我會把這些意識流式的隨筆收藏在鞋盒裡，直到孩子們年紀大到能夠閱讀，也能夠思索人類的處境！」她聽到自己大聲嘶吼。「他們會一張張地傳閱、暗自說道：『啊，媽媽埋頭打字、製造出那些噪音，原來就是在寫這個，』喔，對不起！我在大吼大叫！」

「哎喲，」他說。

「為什麼我在大吼大叫？」

老先生對著這位小姑娘眨眨眼。「妳想要追尋永恆。」

「我猜是吧！」她停頓了許久，足使自己深深吸氣、兩頰一鼓、長嘆一聲、一吐心中的怨氣。「好，這部撒哈拉打字機多少錢？」

店裡沉靜了一會兒。老先生舉起一指，貼著嘴唇，默不作聲，思索著該說什麼。

「這部打字機不適合妳。」他拿起那部雙色 Royal Safari，放回壁掛式的櫥架上。「這部打字機適合一位剛剛踏入大學校園的年輕女孩，她滿腦子胡思亂想，以為自己很快就會找到意中人。這部打字機適合用來打讀書報告。」

他拉下一部輕巧的打字機，機身有如大海的泡沫般青綠，字鍵也是綠色，只是色調稍淺。

「這部打字機是瑞士製，」他邊說邊在托架中再捲進兩張紙。「瑞士咕咕鐘、瑞士巧克力、瑞士精錶，曾有一時，瑞士製的打字機是全世界之冠。一九五九年，他們製造了這一款 Hermes 2000，可說是手動打字機登峰造極之作，始終無可比擬。若是稱它為打字機界的賓士，等於是吹捧賓士的品質。」

她忽然有點害怕這部擱在她面前的青綠色打字機。她到底可以使用這部機齡六十年的頂級瑞士機械寫些什麼？她到底可以把一部古董賓士開到何處？

In the mountains above Geneva
The snow falls white and pure
And children eat cocoa krispies
From bowls with no milk. ⑥

「這種字體叫做 Epoca，」他說。「妳看看線條多麼工整平直，好像用尺畫出來。這就是瑞士人的風格。妳看到打字機震帶兩端的小洞嗎？」

原來那叫做震帶。

「妳看喔。」老先生從他襯衫口袋拿出一支筆，把筆尖塞進其中一個小洞裡。他鬆開拖架，來回推一下，幫她剛剛打出來的字句劃底線。

---

⑥ 譯註：日內瓦之上的山嶺中／雪花飄落，純白澄淨／孩童們吃著可可亞香脆麥片／盛盅食用，不加牛奶

In the mountains above Geneva

The snow falls white and pure

「妳可以用不同的墨色標註不同的重點。看到後頭這個旋鈕嗎？」打字機的背面有一個頂針大小、周邊凹凸不平的旋鈕。「妳可以旋緊或是鬆開，藉此調整字鍵的力道。」

她試一試，感覺指尖下的字鍵緊多了，她必須用力按打。

Cuckoo clocks.

「當妳必須打一封一式三份、或是一式四份的文件，妳把力道調到最強，最底下的一份也會清清楚楚。」他咯咯輕笑。「這些瑞士人保留了不少文件。」

她把旋鈕調到相反方向，字鍵變得如同羽毛一樣輕盈。

Clocks. Mercedes Hermes 2000000

「也幾乎無噪音，」她說。

「沒錯，」他說。他教她如何設定邊距：輕輕一按托架兩側的撥桿，馬上輕鬆搞定。

至於定位點，她必須壓按 TAB SET 設定。「這部 Hermes 出廠的那年，我剛滿十歲。它非常堅固，不可摧毀。」

「跟你一樣，」她說。

老先生朝著這位小姑娘微笑。「你的孩子們會學著用它打字。」

她聞言欣喜，開心一笑。「多少錢？」

「錢不是問題，」老先生說。「我會把它賣給妳，我只有一個條件：妳要使用它。」

「嗯，恕我失禮，」她說，「但是啊，這還用得著你跟我說嗎？」

「把這部打字機融入妳的生命之中，讓它成為妳生活的一部分。可別只用幾次、然後覺得桌上需要空間、於是把它放回機盒、把它擺在櫃子最後頭的架子上。妳若是這麼做，妳就永遠都不會再用它寫東西。」他打開加數機展示架底下的一個櫥櫃，動手翻尋備用機盒。翻著翻著，他拉出一個四四方方、形似行李箱、備有翻蓋式扣鎖的綠盒。「妳會不會有套音響、卻從來不聽唱片？打字機必須用來打字書寫。就像是帆船必須用來航向大海、飛機必須用來開上天空。如果妳有一架鋼琴、但從來不彈，那有什麼用？鋼琴只會累積灰塵，妳的生命之中也不會有音樂。」

他把 Hermes 2000 放進綠色機盒。「把打字機擱在桌上妳看得到的地方。手邊擺上一疊白紙，隨時可以取用。打字的時候捲進兩張紙，保護壓紙捲筒。訂購信封和妳專屬的信紙。我送妳一個防塵套，但在家的時候，請妳掀開防塵套，這樣一來，妳才可以隨時使用打字機。」

「這表示我們現在可以議價了？」

「我想是吧。」

「多少錢？」

「哎喲，」老先生說。「這些打字機相當珍貴。我最近賣掉的一部售價三百美元。但妳這位小姑娘？五十美元。」

「可不可以折價貼現？」她指指她帶過來的玩具打字機，試圖討價還價。

老先生以近似惡魔之眼的眼光瞪著她。「妳花了多少錢買那個玩意？」

「五美元。」

「妳被騙囉。」他噘起嘴唇。「四十五美元。如果我太太發現我做出這種交易，她肯定吵著跟我離婚。」

「那麼我們就保密。」

×××

這部 Hermes 2000 比那部玩具打字機重多了。她帶著打字機走回家時，綠色的機盒不停撞上她的膝蓋。她停下來兩次，把機器擱在地上，倒不是因為她需要休息，而是因為她的手掌汗涔涔。

到家之後，她遵守先前的承諾，依照老先生的指示行事。水藍綠的打字機移駕到她小小的餐桌上，一疊白紙擱在旁邊。她幫自己烤了兩片吐司，夾上酪梨，削了一顆水梨，切成薄片——晚餐就吃這些。她在手機上點選 iTune，按下「播放」，把手機放進一個空咖啡杯，增強擴音效果，然後一邊聆聽瓊妮・蜜雪兒的老歌和愛黛兒的新曲，一邊嚼食她的晚餐。

她拍去手上的麵包屑，帶點心虛地看看自己這部舉世無雙、來自阿爾卑斯山的頂級打字機，終於在托架裡捲入兩張白紙，開始打字。

待辦事項：

文具——信封與信紙

每星期寫一封信給媽媽？

食品雜貨：優格／蜂蜜／half & half 牛奶

各式果汁

各式堅果

橄欖油（希臘）

番茄、洋蔥／紅蔥頭。小黃瓜！
便宜的高音質電唱機。衛理公會教堂？
瑜珈墊
除毛
約牙醫看牙
鋼琴課（嘗試一下又何妨？）

「好，」她對自己大聲說，公寓裡也只有她一個人。「我動手打了字。」

她從餐桌和水藍綠的 Hermes 2000 旁邊奮力起身，把待辦事項清單從打字機裡抽出來，拿個磁鐵把單子貼在冰箱門上。她從冷凍庫裡拿出冰棒模具，放到水槽，沖一沖溫水化冰，取出一支鳳梨冰棒。她知道自己八成會再吃一支，所以她把模具放進冰箱冷藏，留待稍後享用。

她走進客廳，打開窗戶，吹吹微風。太陽下山了，傍晚的第一群螢火蟲應該很快就會發出微光。她坐在窗台上享用冰涼爽口、凝結成形的鳳梨，看著松鼠們沿著電話線奔跑，小小的軀體和尾巴畫出完美的弧線。她坐在那裡，又吃了一支冰棒，直到螢火蟲飛騰於草坪和人行道之上，散發出魔術般的光點。

在廚房裡，她洗洗手，把冰棒模具放回冷凍庫。明天還有六支冰棒可吃。她看了看桌上的打字機。

她忽然想到一點。在大家的眼中，為什麼一個跟男友分手的單身女郎總是孤零零地待在她可悲、空蕩的公寓裡喝酒、一直喝到醉倒在沙發上、電視上依然播放著……嗯……真人實境秀《家庭主婦》（*Real Housewives*）？她沒有電視機，除了愛吃自製冰棒，沒有其他壞習慣。她這輩子從來沒有喝得爛醉。

她坐回桌旁，在Hermes 2000捲入兩張紙，她把邊距設定在窄長，讓頁面看起來像是報紙的一欄，然後把行距設定在1.5。

她打字

A Meditation from My Heart ⑦

然後把托架推回原位，起了一個段落。幾乎無噪音的打字聲輕輕迴蕩在她的公寓中，飄出她敞開的窗外，直至凌晨時分。

⑦ 譯註：發自我心中的冥思。

# 漢克・費賽特的市城小記

# 前塵往事走一遭

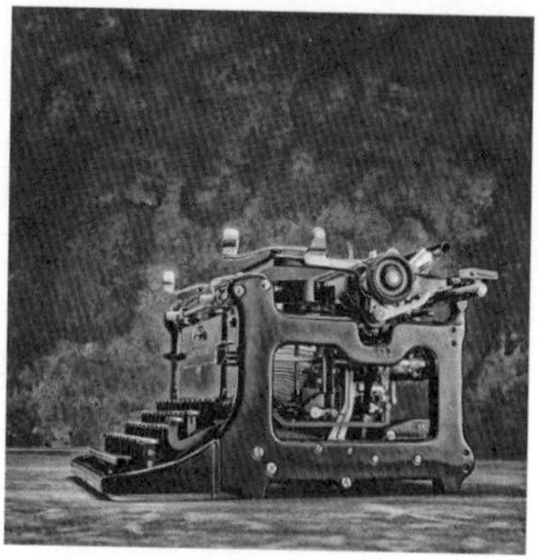

《三城論壇日報》的暴主們（嗯，我說「暴主」嗎？我的意思是「報主」），偶爾付錢讓我帶著我太太度個寓商於樂的假期，也就是讓我帶薪休假，前往諸如俄亥俄州的羅馬、伊利諾州的巴黎、我太太娘家在尼克森湖畔的深宅大院待個幾天，然後我把我們的小旅行寫成一篇一千字左右的精采報導——最起碼我的記者們說我的報導相當精采。過去這一周，我再度帶薪休假，度過一個超棒的假期。諸位，這次我回到過去！我可不是回到恐龍時代，也不是親眼見證沙皇衰亡、或是力圖跟鐵達尼號的船長講道理。我只是回到我自己的過去，乘坐著某種單純而神奇的時光機器，遨遊於朦朧的自我意識之中……

×××

無知乃為探奇之始：我原本只想寫篇專欄，為諸位報導聖塔阿拉米達「帝國露天汽車電影院」一週一次的跳蚤市場，跳蚤市場的規模非常龐大，已經持續了三十九年，令人睹物思情的小玩意和狀況完好的舊東西堆得滿坑滿谷。舊餐具、舊衣物、舊書本、上百萬或精美或是拙劣的藝品、成堆二手用具、成架全新工具、玩具、檯燈、不成套的座椅、成千上百副簇新的太陽眼鏡，如今皆是露天汽車電影院的財源。曾有一時，一車車的影迷把車子停在停車場，在一個架設在遠端的螢幕上看《火雷破山海》之類的老電影，一九六九年出品的經典災難片，烤麵包機大小的音箱搭掛在車窗上，聲音從音箱中傳出，電影以單聲道呈現……

×××

請你想像西半球規模最龐大的跳蚤市場，同時結合全國每一家西爾斯百貨公司結束營業大拍賣，你就約略可知這個熟客們所謂的「交易場」具有何等規模。喇叭高高架設在一根根桿子上，其間是一排排小攤，你可以成天遊走其中，小口小口地吃著辣肉醬熱狗和爆米花，看到什麼都想買，唯獨受限於口袋裡的銀錢和車廂裡的空間。如果我願意，我可以用不到兩百美元的價錢買下一張紅木樹瘤製成的桌子、一台一九六〇年代的冷藏電冰箱、或是從經典汽車Mercury Montego拆下的前座和後座座椅。幸好我家裡已經有了這些東西！

×××

我正要走向點心販賣部吃一杯萊姆剉冰，這時，我忽然看到一部陳舊的打字機，那是一部Underwood手提式打字機，黑檀木的機座在陽光下閃閃發光，我不騙你，看起來真的像是一部布魯斯・史普林斯汀珍藏的經典名車。我迅速做個檢視，如果你把色帶盤移動幾英吋，色帶的功能還不差，機盒的把手有點破損，盒裡擺著一小疊可以用橡皮擦拭的薄紙。即使近來一部打字機跟一把伐木的斧頭一樣派不上用場，我依然掏出整整四十美元、跟擺攤的小夥子購買這部機盒破損的舊打字機，而他說：「好極了」。我應該只出價二十美元。甚至五美元。

×××

回家之後，我把打字機擱在廚房的桌子上，打了一個全字母句：quickbrownfoxjumpedoverthelazydogs，測試一下打字機。D鍵卡卡的，A鍵的力道稍弱。數字鍵全都管用，標點鍵敲打了幾次之後就變鬆。我打出一個句子：I bought this typewriter today, and what do you know, the thing works...①打到句末，鈴聲一響，清澈明晰——我就這麼飛快地被捲入時光幻境，踏上一趟回到過去的旅程，為時可能僅為眨眼之際，也可能是過去四十九年的分分秒秒……

×××

叮！第一站是我爸爸汽車零件行最裡頭的房間，零件行現在已經變成韋伯斯特街和艾爾科肯街交叉口的九號公共停車場。他在房間裡擺了一部大大的舊打字機，但我從來沒看他用過。小時候的週末，我經常用小小的指頭打出我的名字。進入青春期之後，我盡量避開零件行，因為如果我在店裡露面，爸爸就會叫我盤點存貨，一直忙到打烊……

×××

叮！我升上了八年級，

負責編輯「弗瑞克中學」的校刊（山貓校隊，加油！），我看著新聞學老師凱恩太太在校刊的母版上打出我的專欄「歡迎來校，菜鳥們！」，稍後母版將印出三百五十份校刊，而且最起碼會有四十名學生閱讀。我看到自己署名的專欄首度出現在一份正式發行的報刊上，心中充滿無上的驕傲……

×××

叮！這會兒我升上了高中，置身羅根高中舊校區的一棟樓房，樓房不防震，但我從未感覺任何震盪。我在樓上的一間教室裡，教室只為一個目的而設：打字課程。課程分為初階、近階、高階三級，專為有志成為行政人員和祕書的年輕人而設。教室裡只有桌子和堅不可破的打字機，打字老師對教學興趣缺缺，我甚至不記得看過他或是她。有人在留聲機上放了一張唱片，留聲機高唱什麼字母，我們就敲打什麼字母。我在初階班上了一學期的課就自願在視聽小組服務。我非但不必待在教室裡，反倒在學校的走廊上晃來晃去，搬運投影機到各個課堂，順便幫那些不知道如何操作的老師們裝上膠捲。因此，我始終不清楚商用信件有多少種格式，也不知道何謂開頭的敬稱。我八成會是個糟糕的祕書。不管怎麼說，從那時開始，我就不停打字……

×××

叮！下午兩點，沃德爾—皮爾斯大學，我的寢室；我劈劈啪啪敲打鍵盤，趕著撰寫修辭學的報告（再過八小時就得繳交），沒錯，大學裡確實有這麼一門課。我的題目是「運動新聞之比較批判：棒球／田徑」，我之所以選擇這個題目，原因在於我是《沃德爾－皮爾斯前鋒報》的運動記者，而那幾天我剛好採訪了一場棒球賽和一場田徑賽。我的室友小唐想要休息，但我必須趕報告。況且外面下雨，我才不要長途跋涉、穿過方院、走去學生活動中心。在我記憶之中，我的修辭學拿了高分②。

×××

叮！我置身《Greensheet Give-Away》所謂的辦公室，坐在所謂的辦公桌前，《Greensheet Give-Away》是免費的購物指南，提供三城地區的民眾各種折價券和廣告，內頁之中刊登一些地方風情的報導，平民百姓可以看到他們的名字出現在報導中。我正在精心撰寫一篇關於狗展的報導——稿酬十五美元！——狗展剛在市府大禮堂舉行，這時，一位國色天香、從來沒跟我說過話的女子走過我身邊、說了一句：「你打字打得好快！」這話沒錯；於是我憑藉快手快腳的本事追求她、娶了她，四十多年來，我始終是她親愛的老伴。

×××

也就是那位國色天香的女士把我拉回當下：她走進廚房，叫我把打字機挪到一旁，擺上餐具準備吃晚餐。孫兒們等一下過來吃飯，今晚大家將要自製墨西哥捲餅，所以廚房肯定一團混亂。Underwood打字機有著一股難以解釋的魔力，能夠帶著我追尋我的夢想，於是我趕緊把它放回盒裡，扣上栓鎖，帶到書房，擱在架上。夜晚時分，我覺得它在黑暗中閃閃發光……

① 譯註：我今天買了這部打字機，然後你知道，這玩意兒可行……

② 核查成績單之後，我發現我大學這門的修辭學拿了$B^-$，抱歉，我搞錯了……

# 我們珍重過往

The Past is Important to Us

underwood

他的飛機正在裝設名家設計的全新機艙，於是J.J.考克斯請波特・艾倫貝瑞送他一程，搭乘波特的 WhisperJet ViewLiner 專機返回紐約。

「我以為你是個聰明人，波特！」考克斯對著他朋友大喊。

他們從大學時代就認識，當年兩人都是二十歲的年輕人，幫 FedEx 開車送貨，精力充沛，幹盡十足，腦袋裡擠滿各種點子。他們把薪水湊起來，在堪薩斯州沙林納郊區租了一個無窗的車庫，兩人住在車庫，也在車庫裡工作，每星期工作一百二十小時，如此奮鬥了三年半，終於研發出「置換式數位電子管繼電器」，簡直就像是發明了火一樣了不得。過了三十年、賺了七千五百六十億美金之後，考克斯這才得知波特付錢給一個名為「時光探奇」的單位，以一趟六百萬美金的金額踏上時光之旅。你相信嗎？不、不、不！

辛蒂——第四任、也是年紀最輕的艾倫貝瑞太太——正在親手收拾午餐的瓷具。這個雜務她做來駕輕就熟，因為僅僅一年之前她還是個空服員。她的手腳必須快一點，因為再過幾分鐘就要降落。這架 ViewLiner 專機有兩個問題：速度和眩暈。從沙林納飛到紐約只需六十四分鐘，你幾乎沒有時間舔乾手指上碳烤肋排的醬汁。除此之外，機艙底部和特大的機窗全部透明，讓人整段航程焦躁不安，尤其是如果你怕高。

「我覺得他們幫我們打了某種麻醉劑，」辛蒂從飛機的廚房大喊。「你每次醒來都都劇烈頭痛，房間看起來全都不一樣。然後你再度沉沉入睡，一睡就是好幾個鐘頭。」

考克斯不敢相信居然有這種事情。「讓我弄清楚這場騙局。你走進一個房間，你昏昏入睡，醒來之時是哪年哪月？」

「一九三九年，」波特輕快地說。

「是喔，」考克斯不以為然。「然而你又昏昏入睡，醒來之時還是一九三九年？」

「不，醒來之時我人在紐約，在第八大道的一間旅館裡。」波特透過機身看看下方，賓州緩緩被紐澤西州取代。「一一一四室。」

「也就是說你成天待在旅館房間裡？」考克斯真想用力拍拍自己的頭，也想敲敲柏特的腦袋，喚醒他朋友暨生意夥伴的理智。

「一切看起來非常真實，」辛蒂接著說，她走回她的座位，扣上安全帶，準備降落。「你摸得到、吃得到、喝得到。你也聞得到。男士們抹著刺鼻的髮油，女士們的妝化得太濃，每個人都抽煙。喔，他們的牙齒！歪七扭八，一口黃板牙。」

「空中飄散著烘培咖啡的香味，」波特微微一笑。「從紐澤西州的咖啡工廠飄過來。」

「你醒來之時是一九三九年，」考克斯說。「而且聞到咖啡香。」

「然後辛蒂帶我參觀世界博覽會，」波特說。「幫我慶生。我們有 VIP 入場券。」

「我想給他一個驚喜。」辛蒂忽然對她先生笑笑，牽起他的手。「一生只有一次六十大壽。」

考克斯有個疑問。「為什麼不回到過去、親眼見證簽署獨立宣言或是耶穌被釘上十字架？」

「你只能回到一九三九年，」波特解釋。「一九三九年六月八日。『時光探奇』在克里夫蘭有個加盟公司，你在那裡可以回到一九二七年，目睹貝比魯斯轟出全壘打，但我不是棒球迷。」

「貝比魯斯，克里夫蘭。」考克斯幾乎輕蔑地吐口水。「十字架上的耶穌。」

「他已經自個兒去了四次，」辛蒂說。「大家都以為我們是父女，我受夠了。」

「我明天還要去。」波特想了就微微一笑。

考克斯不禁大笑。「三千六百萬美金！波特，你給我一半的錢，我就可以安排你跟亞當夏娃在伊甸園碰面，而且光著身子大跳凌波舞。你只要信得過我，我就保證辦得到。」

「我先生想要定居在一九三九年，」辛蒂說。「但他只可以待二十二小時。」

「為什麼只能待二十二小時？」考克斯問。

波特跟他解釋為什麼。「時光連續體的波段有限。搭乘回波的時間同樣受到限制。」

「他們提供這款紙製的鈔票和舊式銅板，」辛蒂說。「我買了一個鍍金的袖珍太空塔和小圓球。」

「角尖塔與正圓球，」波特糾正她。

「喔，沒錯。但當我們醒來，那個東西變成了乾巴巴的灰泥。」

「那叫做『分子特異性』（Molecular Singularity）。」波特並未因為飛機降落而繫上安全帶。這是他的私人飛機。管它的美國聯邦航空總署。

「何不回到過去、改變歷史？」考克斯想要知道。「你為什麼不乾脆殺了希特勒？」

「希特勒那一天不在世博會。」WhisperJet開始減速，地面緩緩出現在眼前。活節式旋翼精密地傾斜，飛機很快就垂直降落在第五大道九〇九號的屋頂。「更何況，他在與不在，其實都無所謂。」

「為什麼無所謂？」

「『單一空間區間』（Singular Dimensional Tangents），」波特邊說、邊看著下方的中央公園，自一九三九年以來，公園其實沒什麼改變。「區間的數目無限，但我們全都只存在於其中之一。」

考克斯瞄了辛蒂一眼。她聳聳肩——她能拿這個老傢伙怎麼辦？

「他喜歡看看未來會是什麼光景。但是我們定居在未來。你不覺得這樣會讓一切變得無趣嗎？」她說。

×××

十二分鐘之後，考克斯坐上他的浮動車，沿著懸浮車道疾馳，前往他在海灣中的私人小島。波特和辛蒂已經搭乘私人電梯從屋頂的降落坪回到他們在九十七至一百零二樓的公寓。辛蒂馬上從衣櫥拿出一套新裝，更衣打扮。他們打算參加柯克・愛德勒－強森的二十五歲生日派對和滾石合唱團的全像投影演唱會，波特受不了柯克・愛德勒－強森，但相當尊敬她的先生尼克——尼克大量收購世界各地的空氣權與飲水權，賺了大錢。更何況他已經看過「滾石合唱團」現場演唱——二〇一九年，他的公司找了「滾石合唱團」在聖誕節派對上獻唱，當時他跟第三任太太洛黛莉還沒離婚。他想要待在家裡，但辛蒂不會容許。

波特但願此時此刻就可以回到過去；他期待晨間將至，返回一九三九年，前往充滿契機的世博會，迎接那個原本可能變得更好的世界。

×××

在頭一趟為了慶祝他生日而踏上的旅程中，辛蒂穿上老派的服裝，覺得好荒謬。波特穿上「時光探奇」的裁縫師為他量身訂做的雙排扣西裝，卻覺得有如置身天堂。每一個微小的細節、他們在一九三九年那二十二小時的分分秒秒，莫不令他驚嘆。紐約感覺多麼窄小！大樓一點都不高，天空因而顯得格外開闊，人行道容納得下每一位行人，汽車和計程車好大、好寬敞。計程車司機打領帶，抱怨開往「法拉盛草原」（Flushing Meadow）一路塞車，但如果這樣就稱得上交通堵塞，波特心想，那就塞吧。

世界博覽會以高聳的「角尖塔」（Trylon）為特色，還有那個稱之為「正圓球」

（Perisphere）的巨型球體，兩者都是獨一無二的建築奇觀，色澤雪白，映著開闊的藍天，閃閃發光。「愛國墾荒者大道」（Avenue of Patriots and Pioneers）意圖博得民眾正視，還有一個個以鐵路和船隻命名的展館，頌揚各種跟他那座私人專機一樣巨大的機械與科技。會場上有一部巨型 Underwood 打字機、水中歌舞秀、「電工機器人」（Electro）——他會走路，還會扳著他的鋼鐵手指數數！「時光探奇」提供兩張 VIP 入場券，所以波特和辛蒂從來不必排隊。

會場維持得一塵不染。旗幟和三角旗在微風中飄揚。熱狗只要五分錢。參觀的民眾打扮入時，有些女士甚至戴著手套。每位男士幾乎都戴著帽子。波特想要看盡「明日世界」的一切，但辛蒂足蹬醜陋的鞋子，感覺不自在，而且不肯吃熱狗。他們約莫下午三點離開，前往時代廣場的亞斯特飯店喝杯小酒，吃頓晚餐。等到兩人返回一一一四室、準備「超進」——也就是超越時光、躍向未來——辛蒂已經喝得醉醺醺，疲倦不堪，憎惡雪茄的煙味。

兩星期之後，辛蒂跟她那群女性友伴搭上 WhisperJet，飛往摩洛哥，波特趁機重返一九三九年，度過二十二小時。他叮囑客房服務的侍者波西，只幫他自己送上晨間的咖啡。他獨自在亞斯特飯店的咖啡廳享用早餐，旅館光彩奪目，看出去就是時代廣場。用餐之後，他搭計程車前往世界博覽會，幫他開車的是同一位打著領帶的司機。他獨自參觀，探訪先前各個無暇造訪的區域，比方說「明日市鎮」（Town of Tomorrow）、「電氣化農場」（Electrified Farm）；他在「亨氏拱頂」（Heinz Dome）吃午餐，審視「宗教殿堂」（Temple of Religion），慶賀被稱為勞工天堂的「蘇聯社會主義共和國聯邦」（Union of Soviet Socialist Republics）。他聆聽周遭眾人的談話，端詳興高采烈的參觀者，他注意到沒有人講髒話，而且大家的衣著都色澤鮮豔——放眼望去，沒有一件黑色的衣衫。世博會的工作人員穿著各式各樣的制服，似乎以自己的工作為傲。沒錯；確實很多人抽煙。

就在第二次造訪、辛蒂沒有隨行之時，他瞧見那位面貌姣好、身材纖秀、穿了一件綠色洋裝的女子。她坐在「眾國瀉湖」（Lagoon of Nations）旁的長椅上，「四大自由」（Four Freedoms）的各座雕像環視著她，褐色的皮鞋繫著帶子，適度露出足踝。她拿著一個小小的皮包，戴著一頂應該說是無邊軟帽的白花圖紋帽子。她跟一個小女孩聊得興高采烈，小女孩的服裝比較像是星期天上主日學，而不像是參觀世博會。

她們兩人開懷大笑，比手畫腳，貼著彼此的耳朵講悄悄話，好像是一對最歡愉的姐妹淘在最歡愉的地方度過最歡愉的一日——她們兩位誠然是世博會精神的最佳表徵。

波特無法移開視線，他看著她們從長椅上站起來、手挽著手走向「伊士曼・柯達館」（Eastman Kodak Building）。他考慮跟隨她們，透過她們的雙眼詳看世博會。但他的手錶顯示已經將近下午五點，這表示他這一天只剩下兩小時。他心不干情不願地走向北側出口的計程車招呼站。

另一位打著領帶的司機開車載他回曼哈頓。

「世界博覽會真棒，不是嗎？」計程車司機問。

「的確很棒，」波特回答。

「你參觀『明日世界』（Futurama）了嗎？造訪一九六〇年？」

「沒有。」波特一九六六年出生，他暗自輕笑。

「喔，你一定要去參觀，」計程車司機說。「『明日世界』在通用汽車館，始終大排長龍，但絕對值得。」

波特心想，那個穿了綠洋裝的漂亮女子是否已經參觀「明日世界」。如果是的，她對一九六〇年作何感想。

×××

即使來回時空對人體造成極大損傷，但「時光探奇」的醫療小組放行，准許波特第三度踏上旅程。他跟辛蒂解釋，世界博覽會規模龐大，光是兩趟根本看不完，而這話也沒錯。但他沒有告訴她，當他回到一九三九年的「法拉聖草原」，他花了一整天搜尋那位綠衣女子。

她不在任何一棟為了紀念美國鋼鐵、西屋公司、通用電子而設立的展館，「燈火廣場」（Plaza of Light）、「勞工大道」（Avenue of Labor）、「和平館」（Court of Peace）、「洲陸大道」（Continental Avenue） 也都不見她的芳蹤。她不在各個波特搜尋之處。因此，將近五點之時，波特走向「眾國潟湖」，不出所料，那位綠衣女子就在那裡，她年輕的小友跟在身旁，兩人坐在「四大自由」雕像下方的長椅上。

他挑了一張離她們最近的長椅坐下，聆聽她們交換心得，盛讚世博會多麼神奇，她們講話帶著紐約口音，「紐約」（New York）聽來像是「努喲」（*Noo Yawk*），兩人說了半天，依然無法決定接下來要做什麼，天快黑了，「燈火廣場」即推出一場炫麗、璀璨、神奇的科技秀。

波特正想鼓起勇氣跟她們攀談，她們就站了起來，手挽著手匆匆走向「伊士曼・柯達館」，邊走邊聊，咯咯輕笑。他看著她們走開，飽覽綠衣女子纖美的身架、貼著頸背的柔美秀髮。他考慮跟隨她們而行，但時候已晚，他必須返回一一一四室。

其後數星期，波特無時無刻不想著那位綠衣女子——她說起話來比手畫腳、秀髮上下晃動，那副模樣始終縈繞在他的腦海之中。他想要知道她的芳名，他想要認識她，即使只是一九三九年短短一個鐘點。當辛蒂聲稱她將隨同柯克・愛德勒—強森騎馬遊覽古巴，他致電時光探奇的醫療小組，約了時間再做檢查。

×××

四點四十五分，他在「眾國瀉湖」旁的長椅上坐下，分針移動一格，沒錯，那位綠衣女子和她年輕的小友果然坐到一張長椅上，兩人談天說地。波特猜她大約三十多歲，即使以二十一世紀的眼光來評斷，三〇年代的服裝讓每個人看起來都大了幾歲。她比辛蒂胖一點，也比二十一世紀大多女性壯碩，或許因為一九三九年的民眾不太重視卡路里和運動，飲食習慣像是運動員或是工人。綠衣女子真的凹凸有致；她的曲線平添了她的美感。

他已經想好他打算跟一位他朝思暮想、時代與他相差八十多年的女子說些什麼。「對不起，」波特說。「請問兩位小姐知不知道『明日世界』今天是否開放？」

「是的，但大排長龍，」綠衣女子說。「我們在遊樂區待了一下午，好開心！」

「這位先生，你有沒有去坐降落傘？」小女孩興高采烈，極力鼓吹。

「還沒有，」波特坦承。「我應該試一試嗎？」

「膽小的人只怕坐不來，」女子說。

「你一直往上升，愈升愈高，」小女孩邊說、邊揮舞著雙手。「你以為你會慢慢飄下來，但是才不呢！你喀喀鏘鏘，猛然降落！」

「沒錯。」女子和小女孩對著彼此大笑。

「妳們參觀了『明日世界』嗎？」波特問。

「我們不想排隊排那麼久，」女子說。

「嗯，」波特邊說、邊把手伸進雙排扣西裝的口袋。「我有兩張我用不上的特別入場券。」

波特把「時光探奇」提供的兩張門票遞過去，也就是他頭一次和辛蒂造訪之時持有的VIP入場券，厚重的票券上壓印著角尖塔、正圓球和VIP字樣。

「妳們如果把這兩張入場券秀給坡道入口的服務人員看一看——喔，我的意思是螺旋形彎道的入口——他們就會帶著妳們從祕密通道進入展場。」

「啊，你人真好，」女子說。「但我們絕對不是VIP。」

「請相信我，我也不是，」波特說。「我得趕回市區。請收下入場券，好好利用。」

「卡門阿姨，我們可以入館嗎？」小女孩問，簡直就是哀求。

卡門。綠衣女子叫做卡門。這個名字跟她真是絕配。

「我覺得自己好像是個冒牌貨，」卡門說，然後暫不作聲。「但是，我們姑且收下吧！非常謝謝你。」

「沒錯，謝謝你！」她的甥女說。「我叫做維吉妮亞，這位是我的卡門阿姨。請問你的大名？」

「波特・艾倫貝瑞。」

「嗯，謝謝你，艾倫貝瑞先生，」維吉妮亞說。「多虧有你，我們才如此幸運！」她們手挽著手，沿著「憲政廳」（Constitutional Hall）往前走，朝向「明日世界」的展場通用汽車館前進。波特看著她們離去，至感欣喜，慶幸自己返回一九三九年。

其後數月，他大做白日夢，夢想著可人的冒牌貨卡門小姐。即使身處沙林納的辦公室、東京的董事會、米克諾斯岸邊的船艇，他的心卻在「法拉盛草原」，始終不離「四大自由」的那張長椅和一九三九年六月初的那一日。當他必須到紐約參加股東會議，他抽出時間，又花了六百萬美金，再次造訪一一一四室。

×××

一切如同過往。他把 VIP 入場券送給卡門和維吉妮亞，她們離去，將她們的好運歸諸於他。但波特想跟卡門多相處一會兒——不必太久，半個多小時就行——所以他在「明日世界」的出口處等候。她們一走出來，他就跟她們揮揮手。

「展覽如何？」他朝著她們大喊。

「艾倫貝瑞先生！」卡門說。「我以為你得回去開會。」

「喔，我是老闆，所以我決定變更規則。」

「你自己當老闆？」維吉妮亞說。「你管哪些人？」

「每一個被我使喚的人。」

「既然這會兒你的眼前有兩位 VIP，」卡門笑笑說，「我可不可以請你吃些派餅？」

「我剛好非常喜歡派餅。」

「我們去柏爾頓小館！」維吉妮亞高聲說。「我們可以順便看一看母牛愛爾希。」

他們三人坐在一起享用派餅，派餅切成一塊塊，完美均分，一塊只要十分錢。卡門和波特啜飲五分錢一杯的咖啡，維吉妮亞喝了一杯牛奶，三人依據「明日世界」的預測，暢談種種將會伴隨一九六〇年而來的絕妙前景。

「我希望一九六〇年的時候、我不會依然住在布朗區，」維吉妮亞說。維吉妮亞跟爸媽住在公園大道的一棟公寓，爸爸是個肉商，媽媽和卡門是姐妹。她今年五年級，參加無線電收音機社，長大之後希望當老師。卡門跟兩位室友合租一棟東三十八街的公寓，她們住在四樓，公寓沒有電梯，室友們在保險公司當祕書，她在市區的一家手提包工廠當簿記。他們全都同意一九三九年世界博覽會，甚至比新聞影片所描繪的更加精采。

「艾倫貝瑞先生，你太太也在紐約嗎？」卡門怎麼知道他已婚？波特不禁納悶，然後他察覺自己戴著「時光探奇」提供的婚戒。他先前出於習慣，把戒指戴上。

「喔、不，」他說。「辛蒂跟朋友們在古巴。」

「爸爸和媽媽就是在那裡度蜜月，」維吉妮亞說。「不久之後就有了我！」

「維吉妮亞！」卡門不敢相信她的甥女居然這麼說。「講話要守規矩！」

「我是說真的！」維吉妮亞說。她已經吃光了派餅的內餡，把派皮留到最後享用。

「卡門，妳結婚了嗎？」波特問。「喔，對不起，我甚至不曉得妳貴姓。」

「裴瑞，」她說。「卡門・裴瑞。我真是失禮。不，我未婚。」

其實波特已經知道，因為她的左手沒戴婚戒。

「媽媽說如果妳不趕快找個對象，妳就沒得選！」維吉妮亞說。「妳快要二十七歲囉！」

「妳閉嘴！」卡門低聲斥喝，然後拿著叉子，伸手從甥女的盤子裡叉起一塊最可口的派皮，趕緊送進嘴裡。

「討厭鬼，妳偷吃！」維吉妮亞大笑。

卡門拿起餐巾輕輕擦拭嘴角，朝著波特微微一笑。「沒錯，我快要變成家裡唯一一個嫁不出去的老姑娘。」

卡門只有二十六歲？波特敢發誓她不只二十六歲。

吃了派餅之後，他們觀賞母牛愛爾希，然後參觀「運動學院」（Academy of Sports）。看了花式滑水的影片之後，波特瞄了瞄他的復古腕錶。幾乎已經下午六點。

「這會兒我真的得走了。」

「可惜你不能留下來看看噴泉的燈光秀，」卡門說。「據說非常壯觀。」

「每天晚上都放煙火，」維吉妮亞插嘴。「好像整個夏天都是國慶日。」

「維吉妮亞和我已經選好位子看煙火。」卡門的雙眼停駐在波特身上。」「你確定不能待下來？」

「我但願我可以。」波特真的衷心企盼。他從沒見過像卡門如此嬌美的女子。她的芳唇厚薄適中，笑容誠摯，帶著一絲淘氣，雙眼泛著淺棕、翠綠、淡褐的光彩。

「多虧有你，我們玩得好開心！」維吉妮亞說。「我們是VIP耶！」

「沒錯，艾倫貝瑞先生，謝謝你。」卡門伸出一隻手。「你人真好，而且非常風趣。」

波特跟卡門握握手——那是她的左手，手上沒戴婚戒。「我今天也非常開心。」

在駛回曼哈頓的計程車上，波特幾乎可以聞到卡門身上那股飄散著香草氣味的紫丁花香。

×××

全像投影的「滾石合唱團」安可了好多次，柯克・愛德勒－強森的生日派對一直拖到清晨四點才散場。這時辛蒂在床上呼呼大睡，房門關著，遮黑的窗簾也全都緊密拉下。但波特早上八點就起床，沖了澡，換了衣服，手裡端著一杯咖啡。他已經喝了一杯綜合果汁、吃了一條全能高蛋白棒當作早餐，趁著搭電梯下樓之時叫了一部自駕車。

自駕車確認目的地是「時光探奇」，隨之依據經過演算的安全速率，以每小時十七英里的車速沿著第五大道行駛。車子在五十二街穿越市區，駛經時代廣場拱塔，左轉三次，然後停在西四十四街和東五十五街之間的第八大道。

波特在一棟大樓前面下車，一九三九年之時，大樓曾是林肯飯店，而後更名為皇家曼哈頓飯店，如今是密爾弗特廣場中心，廣場中心與時代廣場拱塔相鄰，現為拱塔的工作區，裡面的各個辦公室多半隸屬時代廣場管理局。

大樓的九至十三樓是「時光探奇」，這倒不是出於便利或是主管的選擇，而是歷史的巧合。大樓的結構大多如初，跟當年飯店時代一模一樣，其中一個房間——一一一四室——更是奇蹟似地避過歷年每一次整修和翻新。由於房間的尺寸始終沒變，所以一一一四室在時光連續體之中佔據了一個難能可貴的精準空間，人們可以在此藉由時光曲率的漣漪回到一九三九年六月八日。時光之旅所需的大量管線、電纜、電漿網格，配合大樓的外觀重新修整，自四面八方通往一一一四室，整套設備裝置了大約一百萬個波特．艾倫貝瑞發明的置換式數位電子管繼電器。

他搭電梯到九樓，聽到一個輕柔的女聲通報「時光探奇」，電梯門隨即開啟。牆上印刻著公司的座右銘——我們珍重過往——霍華德．弗萊站在座右銘下方等候。

「艾倫貝瑞先生，很高興又見到你。」波特這幾次時光之旅都是經由霍華德安排。

「你一切都好？」

「我很好。你呢？」

「感冒剛好。我兒子從學校把病菌帶回家。」

「膝下無子就有這個好處，」波特說。辛蒂從未提及想要小孩。在她之前的洛黛莉絕對不會個好母親，正如她絕對稱不上是個好伴侶。瑪莉琳恩很想當媽媽，但當醫生跟她說波特的精子數過低、她受孕的可能性極低，她就指望其他男人滿足她的心願。她已經再婚，很快就生了兩個女孩和一個男孩。他跟第一任老婆芭芭拉育有一女，但兩人離婚過程充滿憤恨與敵意，到後來波特跟女兒幾乎不打照面，等到女兒滿十八歲，父女兩人偶爾在倫敦共進晚餐，如此而已——波特的女兒定居倫敦，靠著老爸慷慨的資助，生活過得可說過於寫意。

「我們幫你做個行前檢查，好嗎？」霍華德問。

「這不是浪費時間嗎？」

「哈哈哈，其實我們有的是時間。」霍華德咯咯輕笑。

在行前室，醫療小組再次幫波特做檢查。他們幫他抽血驗尿，測量心跳，測試其他十二項受到時空之旅影響的生理機能。他挨了五針，強化他的分子水平，同時服用止吐藥，協助他度過初抵一九三九年的時刻。他脫下衣服，卸除戒指、手錶和細細長長、戴在脖子上的金項鍊。任何一件現代的物品都不得介入時光之旅的過程，因為它們的分子結構可能對整個過程造成不可挽救的干擾。脫得光溜溜之後，他穿上印著「時光探奇」商標的袍子，靜坐聽完一整套徒具形式的法律警示。

起先是精心製作、簡潔輕快的影帶，告誡時光之旅的種種危險，解釋必須遵守的程序。然後是文書資料，逐字覆述剛才播放的影帶內容。波特已經知道一個人可能在「反超進」的過程中喪命，即使目前從未發生過這種狀況；「時光探奇」的旅客們有權自行選擇，各自決定如何度過那一日，但若干特定的程序，旅客們卻別無選擇，務必嚴格遵守。波特印上大拇指的指印，再次一一認可，全數同意。然後霍華德端著一大杯狀似奶昔的飲品走入行前室，這杯飲品將保護他的腸胃，使之免受一九三九年種種惱人的病菌所擾。

「霍華德，再跟我說一說基本要點，」波特邊說、邊朝著他舉起玻璃杯。

「到了這個時候，你應該已經倒背如流，」霍華德清清嗓子說。波特啜飲藍莓口味的飲品之時，霍華特簡明扼要地說明波特已經同意的要點。「你已商請『時光探奇』提供時段，自願踏上『反超進』之旅，回到一九三九年的這一地，停留的時間不得超過根據一般標準認可的二十二小時，根據同一份文件，你必須在一九三九六月八日晚間七點踏上『超進』，在這一天返回這一地。你了解，對不對？」

波特點點頭。「沒錯。」

「『時光探奇』無法保證你在一九三九年的探奇毫無風險。你的探奇受制於一般所知的物理原理、條例規章、行為規範。」

「比如說，我跌倒、摔斷一條腿，或是我鼻子挨了一拳、打斷了鼻樑。」

「沒錯。在那二十二小時之內，沒有人監督你、關照你。我們建議你遵守我們為你準備的行程。你打算在世界博覽會再待一天，是嗎？」

「霍華德，你應該親自去看一看。」

霍華德大笑。「對於黑人而言，一九三九年的紐約不見得令人讚嘆。」

「我想也是，」波特說。每次回到一九三九年，他看到的每一張黑面孔都是提行李的小弟和掃地的工友。雖然世界博覽會也有黑人一家盛裝打扮、跟他一起參觀展覽，但他們對未來的寄望跟他不同。

「如果你改變計畫，比方說在公園閒晃、或是看一場秀，只要你遵循既定的規程，應該沒有危險性。」

「我打算重返『法拉盛草原』。說不定下次再到公園閒晃。」波特真想跟卡門在中央公園閒晃一日，卻不知道怎樣才辦得到。維吉妮亞可以騎一騎旋轉木馬！他們可以看一看動物園原本的模樣！

「喔、沒錯，下次。」霍華德翻出手邊的檔案。「艾倫貝瑞先生，恐怕你已經達到我們加州加盟公司的『反超進』上限。」

「什麼？」波特還有三分之一的奶昔沒喝完。

「根據我們的行前檢查，你的各項數據因為上一趟旅程而稍有異樣，」霍華德說。「你血液中的延齡草水平升高，細胞流質的指數偏低。」

波特覺得聽來不妙。

「每個人的體質都不同，艾倫貝瑞先生。事實上，我們有些顧客只獲准兩、三趟旅時光之旅。六趟已是上限。」

「為什麼？」

「分子動態，艾倫貝瑞先生。來回一九三九年的旅程非常漫長，對你的生理組織、人體蛋白質、骨髓密度、神經末梢都是重大的負擔。我們不能冒險讓你受到折損。從理論上而言，你可以第七次、甚至第八次踏上旅程，前往一九三九年參觀世界博覽會，而且平安往返，對你不會造成損傷，但我們的保險政策不容許如此。我知道這是個壞消息。」

波特想著卡門、維吉妮亞、他們三人邊吃派餅、邊觀賞母牛愛爾希。他真想再跟她們分享這些事情，即使只是一次也好。沒錯，這的確是個壞消息。

「但你的時光探奇之旅不必只限於一九三九年的紐約，」霍華德說。「這算是個好消息吧？你可以造訪一九六一年的納許維爾，參觀鄉村音樂的黃金殿堂『大奧普里老劇院』①。我們即將在科羅拉多州的甘尼森設立一家加盟公司，你可以在一棟一九七九年的漂亮小木屋住一住，那裡沒啥大事，但景觀非常美麗。」

波特放下玻璃杯。他想著卡門、她身上那股飄著香草氣味的紫丁花香、她淺褐的雙眸。

「抱歉，艾倫貝瑞先生，公司就是這麼規定。我們珍重過往，但更珍重你長命百歲。」

「既然如此，這趟旅程我必須帶些東西回來，」波特說。

×××

一一一四室的每一粒原子皆因「時光探奇」的設備而上下竄動，波特也感覺自己的壓縮服愈來愈緊。他已經學會在「反超進」的過程中不要慌張，但依然無法適應如此寒冷的氣溫；他好冷，冷到完全無法專心思考、完全失去平衡。他知道自己躺臥之處在一九三九年會變成一張床，但周遭全都不停顫動。他掙扎著保持清醒、留心探看一一一四室如何在時光中還原，但他一如過往，立即昏厥。

當他感覺頭痛欲裂，他知道自己又回到了一九三九年。頭痛極為劇烈，所幸為時甚短。波特奮力脫下他的壓縮服——壓縮服就像潛水服，為了貼身刻意小了一號——光著身子坐在床沿，靜靜等待，直到他不再感覺有人拿著圓頭鐵鎚猛敲他的頭蓋骨。

一套雙排扣西裝掛在敞開的衣櫃裡，一雙鞋襪擱在地上，一切如同過往。一個單薄的鋼絲衣架上掛著一件襯衫和一條領帶。內衣褲置放在椅子上的竹籃中。床邊小桌擺著手錶、婚戒、印戒、皮夾，皮夾裡裝放著他的身分證以及合乎一九三〇年代、選用二戰之前質材所製的物品，比方說一張張紙鈔，紙鈔看來滑稽，曾是法定貨幣，總數為五十美元。皮夾裡還有一些笨重的硬幣，其中包括一枚五十分錢的銅板，銅板的一面刻印一

① 譯註：Grand Ole Opry，鄉村音樂的聖地。

位握著麥穗、望向夕陽的女子，還有幾枚十分錢的銅板，銅板上刻印諸神使者墨丘利的頭像。鎳幣面值五分錢。一分錢的銅板在一九三九年還真經得起花。

他收起壓縮服，把它鎖在行李架上的復古皮箱裡，慎加藏放，直到稍後再度穿上，踏上「超進」，返回現代。然後他悄悄戴上復古手錶，手錶已經調到九點零三分。他把印戒戴在右手手指，但刻意把純金的婚戒留在原處。

他看到桌上的信封，他知道信封裡擱著世博會的 VIP 入場券——為了最後這趟一九三九年之旅，他特地安排了三張 VIP 入場券。

面朝第八大道的窗戶微微敞開，傍晚的微風輕輕飄入這個還不知道何謂空調的房間，時代廣場的車聲也傳入室內。波特想要站起來、穿上衣服、走到漆黑的戶外、一路走向卡門公寓所在的東三十八街，但他的軀體疼痛不堪。該死的物理原理！他筋疲力盡，一如過往。他躺回床上，再度沉沉入睡，一如過往。

一覺醒來之時，昏暗的燈光透過窗戶照進室內，市區安靜無聲。他感覺正常，好像吞了一顆綠色的藥丸，舒舒服服地睡了十小時。他的手錶顯示差十分七點。此時是一九三九年六月八日的早晨，他有整整十二小時的時間尋找卡門和維吉妮亞。他拿起笨重的電話聽筒，按下話機唯一的按鍵，接通旅館的接線生。他請飯店送上餐點。一如過往，五分鐘之後，一位身穿制服、名叫波西的服務生端著托盤來到他的房間，托盤上擱著一個裝了咖啡的銀壺、一小罐真正的鮮奶、幾顆方糖、一杯開水、晨間版的紐約《每日鏡報》。之前五趟，波特都給服務生十分錢的小費，服務生也因而客氣地對他說：「謝謝你，艾倫貝瑞先生。」這次波特塞了一枚五十分錢的硬幣到波西手裡，服務生雙眼圓睜。「喔，艾倫貝瑞先生，你太慷慨了！」

咖啡加了真正的鮮奶濃郁香醇，喝起來真是享受。波特趁著洗澡水變熱之時又喝了一杯——一九三九年的水管管線不盡理想，洗澡水過了幾分鐘才會變熱。刷刷洗洗之後，他更衣打扮。他已經學會如何打領帶；說真的，他覺得打領帶真是愚蠢，但他依然非常喜歡這套「時光探奇」幫他量身訂做的雙排扣西裝，布料來自一九三〇年代，襪子的彈性不佳，鞋子又寬又重，有如砲艇，但是相當舒適。

波特搭電梯下樓，再次聞到電梯操作員生髮水的味道。他倒不覺得刺鼻。「大廳到了，先生，」電梯操作員邊說、邊打開網狀柵門。

波特已經熟悉林肯飯店的種種味道，而且相當喜歡；雪茄的煙霧混雜著羊毛地氈，黑人清潔婦忙著插上鮮花，穿著考究、邁向戶外、即將在曼哈頓度過一日的女士們飄散出花朵般的香水味。飯店外面的第八大道上，計程車怠速等候客人，公車駛向上城，排放出燃燒汽油的廢氣。

波特一出飯店大廳就右轉，走到西四十五街再次右轉，吸入烘焙咖啡的香氣，麥斯威爾咖啡工廠就在哈德遜河對岸的紐澤西州，咖啡香隨著微風飄揚，果真滴滴香醇，意猶未盡。

在這個一九三九年六月八日的早晨，他沒有在富麗堂皇的亞斯特飯店享用早點，反而在時間允許的範圍之內，盡量探頭到附近每一家咖啡店和小餐館搜尋。卡門的公寓離這裡只有七條街，如果她剛好在附近匆匆吃點東西、然後搭地鐵到布朗區接維吉妮亞呢？說不定她這會兒剛好坐在百老匯大道的小餐館裡喝杯咖啡、吃個甜甜圈。他可能在這裡碰到她，而不必成天等候「四大自由」雕像旁的那一刻。

他在時代廣場和附近的巷弄繞了一圈，進出一家家咖啡店，透過玻璃窗觀望一個個小餐館，但沒有看到她的蹤影。最後他終於不情不願地放棄，在第七大道一家餐館的吧台邊坐下，付了二十五錢，吃了一頓煎蛋、香腸、鬆餅、果汁和咖啡的早餐。

波特留下一枚刻印墨丘利頭像的十分錢銅板當作小費。「這位女士，」他對身穿制服、塗了太多口紅的女侍說，「我可不可以搭地鐵到世界博覽會的會場？」

「甜心，」女侍說。「搭地鐵過去最方便。」她把那枚十分錢銅板掃進她圍裙的口袋，跟波特解釋怎麼走到 IRT 線的車站。

他有史以來第一次搭地鐵，車資僅是一枚刻著印地安人頭像的五分錢鎳幣。車廂裡擠滿了人，人人衣冠筆挺，飄散著某種氣味，似乎是漿洗衣物的洗衣劑。沒有人盯著手機或是平板電腦。乘客們大多閱讀早報——版面長方，頁張超大，印著新聞和圖片——有些人翻閱頁張較小的八卦小報，有些人閱讀雜誌，雜誌裡的文字報導多過圖片。很多人抽煙，甚至有幾個男人抽雪茄、兩個男人哈煙斗。從一本本參觀指南和一張張宣傳單判定，許多乘客跟波特一樣搭地鐵前往世博會會場。

波特每一站都跨出車門、在月台上匆匆探望、搜尋卡門和維吉妮亞的蹤影，因為啊，誰知道呢？說不定她們搭乘 IRT 線前往「法拉盛草原」。若是如此，波特可以跟她們問路，既然她們也正前往世博會，她們肯定主動提議帶他過去，他可以趁機跟她們坦承，他口袋裡有三張 VIP 入場券，入場券不用白不用，何不讓他招待兩位小姐暢遊世博會、不必排隊、不必等候、歡歡喜喜度過今日？這樣一來，他就可以跟卡門和維吉妮亞共度一整天，而不像過去一樣僅僅相處不到兩小時。

但卡門始終沒有上車。

「哇！你看看！」一位乘客大喊。窗外出現「角尖塔」和「正圓球」——世博會到了。波特可以看到巨大的球體和鄰近的高塔，兩者在晨空中散發出銀閃閃的白光。車廂裡每個人瞥見兩個地標。

搭乘 IRT 線前來參觀世博會的民眾在 Bowling Green Gate 下車，波特在這個入口花了七十五分錢購票入場，還花了十分錢買了一本參觀指南。

現在才十點半，除非命運之神出面斡旋，否則他還等上幾個小時才可再度與卡門相會。他瀏覽「家居建築中心」（Home Building Center），欣賞「傢俱中心」（Home Furnishings）展出的沙發床，發現「美國暖爐館」（American Radiator Building）展出的物品跟沙發床一樣逗趣。他參觀「美國無線公司」（RCA）、「美國電話電報公司」（American

Telephone & Telegraph）、「通訊館」（Communication Building）、如同文物館般的「克勞斯雷音響公司」（Crosley Radio Corporation），眼見各項在那個時代稱得上神奇的展示，在心中不停暗笑。

他跟著大家一起在「正圓球」外面排隊，等著參觀一個架設在球體內部、揭示未來城市型態、名為「民主域」（Democracity）的立體模型。他很快就跟蓋莫格德一家聊了起來，蓋莫德格一家六口、祖孫三代，遠自堪薩斯州托皮卡搭火車而來，就為了花一星期的時間好好參觀世博會。今天是他們在會場的第一天，蓋莫格德老爺爺跟波特說：「小夥子，我真不敢相信恩慈的天主竟然讓我見識這樣的場合。」波特真高興被視為小夥子。他的身價高達七千五百六十億美金，當然負擔得起世上每一種療方，讓自己看起來比實際年齡六十一歲年輕。

他跟來自堪薩斯州的這一家人說他有個朋友住在沙林納，蓋莫格德一家馬上提出邀約：波特若是造訪托皮卡，隨時歡迎到他們家裡吃晚餐。

他整個早上盯視每一位綠衣女子，期盼見到卡門。他巡察「權力廳」（Court of Power）和「燈火廣場」的各棟建物，沿著「勞工大道」走了一趟，任職 Swift & Co. 的女士們穿著公司制服，在大道旁示範如何切斷、包裝新鮮的培根。正午時分，他揮霍一下，花了兩枚五分錢鎳幣在 Childs 餐廳享用熱狗，閱讀《*Men's Apparel*》雜誌，依據雜誌裡的專家之言，比較一下他這套雙排扣西裝的剪裁與時下的流行趨勢。用餐之後，他一路走到遊樂區，朝著那座空投降落傘的鋼鐵高塔前進。遊樂區是世博會最受歡迎的一區，人潮洶湧，歡笑嬉鬧。波特在園區繞了又繞，屢次在降落傘高塔旁停下來，期盼望見卡門和維吉妮亞不斷攀升、愈升愈高、喀喀鏘鏘，猛然降落。但她們始終沒有出現，他只好最後再繞著園區慢慢走一圈，朝向世博會的主要展館前進。

然後他看到她了！先是維吉妮亞，然後才是卡門！他正要越過環形劇場旁邊的那一座橋，一列電車剛好隆隆駛過，維吉妮亞坐在其中一節車廂上，啊，沒錯，她的旁邊正是卡門！她們終究坐上電車遊園，這時正朝向「燈火廣場」前進。波特看看他的手錶。如果他趕得上這列電車，他可以提前整整一小時與卡門相會！他拔腿飛奔。

他始終盯視沿著「勞工大道」行駛的電車，但電車行至彩虹大道的「薛佛中心」，他就失去了她們的蹤影。他再怎樣都追趕不上。電車持續前進，駛經「國家廳」（Court of Nations），在「憲政廳」清空車廂，接載另一批乘客。她們肯定就在附近！波特急忙查看「比納嬰兒食品館」（Beech-Nut Building）、「猶太巴勒斯坦館」（Jewish Palestine Pavilion）、「青年會」、「宗教殿堂」、「工程興辦署」，一身雙排扣西裝的他跑得大汗淋漓，但一無所獲。他只好遵循時空連續體的單一性，無可奈何地回到特定的時間點，趕緊奔向「眾國瀉湖」，而她也在這時出現在他面前。

卡門牽著維吉妮亞的手，兩人從「巴西館」走出來，笑得好開心。天啊，這個女人真是笑口常開、她的微笑真是迷人。他幾乎大聲呼叫她的名字，但很快就記起他們尚未碰面，於是他只好跟在她們身後，保持幾英碼的距離，跟著她們走過「眾國瀉湖」上方的步道。他沒有隨同她們走進「英國館」，但朝向長椅走去。過了幾分鐘，她和維吉妮亞再度出現，分秒不差。

「對不起，」卡門和維吉妮亞正要坐下，波特馬上開口。「請問兩位小姐知不知道『明日世界』今天是否開放？」

「是的，但大排長龍。我們在遊樂區待了一下午，好開心！」

「這位先生，你有沒有去坐降落傘？」

「還沒有。我應該試一試嗎？」

「膽小的人只怕坐不來。」

「你一直往上升，愈升愈高。你以為你會慢慢飄下來，但是才不呢！你喀喀鏘鏘，猛然降落！」

「沒錯。」

「妳們參觀了『明日世界』嗎？」

「我們不想排隊排那麼久。」

「我當然不想錯過，」波特把手伸進他西裝胸前的口袋。「我有幾張特別的入場券。」波特把三張入場券秀給她們看，票券相當厚重，上面壓印著角尖塔、正圓球和 VIP 字樣。「據我所知，這幾張入場券可以讓我們從一個祕密通道進入『明日世界』。我們不必排隊。我手邊剛好有三張，而只有我一個人。妳們願不願意跟我一起入館？」

「啊，你人真好，」女子說。「但我們絕對不是VIP。」

「請相信我，我也不是。我甚至不確定我怎麼弄到這幾張票。」

「卡門阿姨，我們可以入館嗎？」

「我覺得自己好像是個冒牌貨。但是，我們姑且收下吧！非常謝謝你。」

「沒錯，謝謝你！我叫做維吉妮亞，這位是我的卡門阿姨。請問你的大名？」

「波特・艾倫貝瑞。」

「嗯，謝謝你，艾倫貝瑞先生。我們跟你一起參觀未來吧！」

他們三人邊走邊聊，從「憲政廳」的這一頭走到另一頭，行經高聳的喬治華盛頓雕像，繞過「角尖塔」和「正圓球」。維吉妮亞描述她們今天在世博會看到了什麼，兩人大多時間待在遊樂區。

「妳們看了『電工機器人』嗎？」波特問。「他可以扳著他的鋼鐵手指做加法。」

通用汽車館與福特汽車館相鄰，福特公司為參觀的民眾展示如何製造汽車，然後民眾們可以開著福特汽車沿著一條七彎八拐的道路繞行汽車館。通用公司把訪客們帶往未來，大家走上一條長長的坡道——坡道極為摩登，甚至被稱為螺旋形彎道——來到館內的凹口處，凹口宏偉巨大，幾乎像是通往天堂樂土的入口。排隊等候參觀「明日世界」的民眾似乎數以百萬計。

但他們朝著身穿通用汽車制服的俏女郎揚一揚手中的 VIP 入場券，女郎馬上把波特、卡門、維吉妮亞帶到一樓的一扇門邊。

「我希望你們不太累，」女郎說。「我們得爬幾層樓梯。」

「明日世界」的機械裝置在他們四周震盪晃動、隆隆作響。他們可以聽到樂聲透過牆壁傳來，也可隱隱聽到解說。

「你們會察覺你們看到的展品跟聽到的配樂，搭配得天衣無縫，」女郎解釋。「通用汽車對於興建『明日世界』所需的種種科技感到自傲，這些絕對稱得上是現代工程。」

「我們等一下可以開車？」維吉妮亞問。

「待會兒就知道！」女郎打開一扇門，眼前出現展覽的起點，陽光和民眾從入口源源湧入。「祝各位參觀愉快，」女郎說。

眼前不見汽車，反倒是一台台裝了車輪、形似沙發的推車，推車首尾銜接，排了一長排，每一台都罩上車殼。乘客們快手快腳地爬進車裡，推車穿越隧道，從隧道口緩緩出現，一直不停移動。

他們這三位勇敢的旅人爬進其中一台，維吉妮亞領頭，然後是卡門，波特緊隨其後，三人不知不覺就陷入黑暗之中。音樂聲響，解說員歡迎他們來到一九六〇年的美國。解說員的聲音是如此清晰，甚至讓人感覺他隨同他們坐在車裡。

一座城市緩緩出現在他們面前——微型的小小世界一路延伸到地平線。一座座摩天大樓有如獎盃似地矗立在中央，其中幾座以天橋相連。解說員為大家說明，在短短幾十年之內，美國將依據詳盡的規劃，打造出各個完美的城市。街道將會順暢工整，井然有序。公路上一輛輛摩登的汽車暢行無阻——每一輛當然都是通用汽車——絕對不會擁擠或是堵塞。一架架載送貨物和乘客的飛機在空中飛翔，航站地點便捷，跟加油站一樣方便。農莊、住家、發電所散布鄉間，提供一九六〇年美國民眾所需的食物、居住空間、和電力。

屋舍、塔樓、汽車、火車、飛機，處處都是愉悅的民眾，你看不到他們，但你知道過去種種紊亂已在他們的控制之下，他們因而滿心愉悅；他們不但已經曉得如何營造未來，更已習知如何和平共處，比鄰而居。

未來的一情一景緩緩消逝，維吉妮亞坐在座位上，動也不動，彷彿生了根，卡門對她微微一笑，看著波特，她往前一靠，在他耳邊悄悄說：「她將來會住在那些城市裡，而她喜歡她看到的情景。」

字字句句落在波特身上，有如好多個輕柔的親吻。解說暫止，四下只有勁揚的弦樂琴聲，小提琴和大提琴拉奏著樂曲，琴聲愈來愈高亢。他嗅聞卡門的香水，淡淡的紫丁花香帶著香草的氣味。她的雙唇跟他的臉頰靠得好近。

「你覺得這一切都會成真嗎？」卡門輕聲問道。「未來就像是這樣？」

波特貼向她的耳朵，看著她耳旁一簇烏黑的捲髮，輕聲回了一句：「如果真是如此，那就太好了。」

當他們走出戶外，午後的光影已經變得斜長。當他們穿越林蔭大道上方的「圓輪之橋」（Wheel of Bridge），維吉妮亞大聲宣布，一九六〇年她就三十歲了。「我但願我現在就可以跳上一部時光機器，直衝一九六〇年！」

波特查看他的手錶——現在已經五點五十六分。以往到了這時，他已經搭上計程車，正在返回一一一四室的途中。七點之前，他已經脫光衣服，卸除每一件為了他的時光探奇之旅而配備的物品——諸如戒指、手錶——再度擠進他的壓縮服，躺在位置精確的床鋪上，準備踏上「超進」，離開一九三九年。他現在就該上路；計程車招呼站就在通用汽車館另一側的會場出口旁。但他反而請問卡門噴泉的燈光秀何時開始。

「天黑之後才開始，」她說。「既然這會兒你的眼前有兩位 VIP，我可不可以請你吃些派餅？」

「我剛好非常喜歡派餅。」

「我們去柏爾頓小館！」維吉妮亞說。「我們可以順便看一看母牛愛爾希。」

享用派餅、啜飲咖啡之際，他又聽了一次關於卡門和她甥女的二三事，諸如無線電收音機社、東三十八街的公寓、兩位室友。一切如同過往。接下來卻出現轉折。

「艾倫貝瑞先生，你生命之中有沒有什麼特別的人？」

波特凝視卡門的雙眼。柏爾頓小館的裝飾襯托著她的雙眼，讓她的眼睛更綠。

「她的意思是你結婚了嗎！」維吉妮亞戲謔地說。

「維吉妮亞！對不起，艾倫貝瑞先生。我無意冒昧，像你這樣的男士肯定已經有個特別的友伴。」

「我也這麼想，而且想了好多次，」波特一臉思慕地說。「我猜我始終在追尋。」

「你們單身漢真是幸運。你們可以一直等待，直到遇見合適的女孩，沒有人會譏笑你。」她嘰嘰喳喳地說了一連串電影明星和運動員的名字，這些人全都未婚。波特一個都沒聽過。「但我們女人家呢？如果等得太久，我們就成了老處女。」

「媽媽說如果妳不趕快找到對象，妳就沒得選！」維吉妮亞咯咯笑。「妳快要二十七歲囉！」

「妳閉嘴！」卡門低聲斥喝，然後拿著叉子，伸手從甥女的盤子裡叉起一塊最可口的派皮，趕緊送進嘴裡。

「討厭鬼，妳偷吃！」維吉妮亞大笑。

卡門拿起餐巾輕輕擦拭嘴角，朝著波特微微一笑。「沒錯，我快要變成家裡唯一一個嫁不出去的老姑娘。」

「艾倫貝瑞先生，你幾歲？」維吉妮亞問。「我猜你跟我們校長羅溫斯坦先生一樣大。他幾乎四十歲。你也是嗎？」

「小姑娘，我要把妳扔進『眾國瀉湖』！艾倫貝瑞先生，真是抱歉，我甥女年紀還小，講話不得體，說不定到了一九六〇年就會學得機伶一點。」

波特大笑。「我跟妳的卡門阿姨一樣，家裡只剩下我一個王老五。」

三人聞言全都大笑。卡門伸手握住他的手腕。「我們不就是一對嗎？」她說。

波特應該立即告辭。六點多了。如果招得到車子，他可以速回一一一四室，剛好趕上「超進」。但他只剩下今天可以跟卡門相處。從今之後，他再也見不到這位身穿綠洋裝的女子。

波特・艾倫貝瑞是個聰明人，很多人甚至說他是個天才。他發明的置換式數位電子管纖電器改變了世界，也為他在達沃斯、維也納、阿布杜拜、愛達荷州克川市的經濟高峰會贏得熱切注目，而這些高峰會的與會者可都是權傾一時的大人物。他聘僱一個個遵循他指令的律師、一組組將他的奇想轉變為現實的研發人員，他的財產高過全球大多國家的國內生產總值，而這些國家多半設有他的工廠。他捐款贊助宗旨宏大的慈善機構，他出錢興建的大樓多到他根本無暇一一造訪。他擁有一個凡人——而且一個家財萬貫的凡人——理應擁有、需要、或是想要的一切。

當然只除了時間。

「時光探奇」告訴他，一九三九年六月八日一天之中，他有二十二小時的時間可以想做什麼、就做什麼。但現在他想要多待一會兒。肯定有些轉圜餘地，不是嗎？畢竟，「超進」或是「反超進」——他始終不太確定——必須等到他置身第八大道林肯飯店一一一四室、全身的原子和分子一一就位，整個過程才可以啟動，不是嗎？他了解「時光探奇」為什麼要求他接納種種條款——他們純粹為了自保！他為什麼必須依照時鐘的擺佈、套上緊身壓縮服、躺在那張床上？難不成他是舞會上的灰姑娘？他為什麼不能等到……嗯、比方說半夜十二點、然後閒閒晃進一一一四室、穿上那套壓縮服、嗖地一聲飛速離去？這又有什麼大不了的？

「妳看過『時光膠囊』嗎？」他問維吉妮亞。

「我在學校裡讀過。膠囊被埋起來，一埋就是五千年。」

「西屋公司展出『時光膠囊』裡的物品。還有『電工機器人』。妳知道什麼是電視機嗎？妳真的應該看一看。」波特從桌邊站起。「我們一起過去看看？」

「好、我們過去看看！」卡門的雙眼又盈滿笑意。

「時光膠囊」裝滿可笑的玩意，比方說米老鼠漫畫、香煙、一套套儲藏在縮影膠片裡的書籍。

「時光膠囊」和「電工機器人」的確令人折服，但電視機才讓維吉妮亞欣喜若狂。她可以看到她阿姨和艾倫貝瑞先生出現在小小的螢幕上，影像黑白，幾乎像是電影裡的明星，但是他們的影像微小，而且從一個跟收音機差不多大小的箱子裡投射而出。更別說他們其實在另一個房間、站在一個她前所未見的攝影機前，兩人卻也出現在她的眼前。這實在太令人驚奇！然後他們調換位置，維吉妮亞揮揮手、對著麥克風說：「我是維吉妮亞，我從這裡在電視上跟你們問好，你們竟然可以在那裡看到我！」

「妳看妳喔！」卡門說。「妳看起來真漂亮！像個大人似地！喔，波特！」她轉向他。「這怎麼可能？但你瞧瞧！」

波特看的不是螢幕上的維吉妮亞，而是他身邊的卡門。他真高興自己不再是「艾倫貝瑞先生」。

他低頭查看手錶：七點零六分，時限已過，二十二小時已經期滿，你瞧！的確有些轉圜餘地！

他們參觀「杜邦館」（DuPont Building）、「開利館」（Carrier Building）、「石油工業館」（Petroleum Buillding），沒有一項展覽比得上電視機的震撼。「玻璃館」（Glass Building）、「美國煙草展」（American Tobacco Exhibit）、「洲際麵包館」（Continental Baking），全都只是打發時間；他們在這些地方待得愈久，外面天色愈暗，燈光秀即將登場。

在「運動學院」看了滑水選手的影片之後，他買了幾杯冰淇淋，他們拿著小小的木頭湯匙舀著吃。

「啊，這裡就是我們看秀的位子！」維吉妮亞幫他們三人佔了一張長椅。在逐漸靛藍的夜色中，他們可以從瀉湖一直看到喬治・華盛頓雕像，「正圓球」襯映著巨大的雕像，剪影濛濛，俯視他一手創建的宏偉國度。夜幕低垂之際，世博會一棟棟展館隨之燈火通明，在逐漸漆黑的夜空中劃出一道道璀璨的天際線。地平線的那一端，曼哈頓的摩天高樓亮起銀閃閃的燈光。會場的樹木被照得亮晶晶，彷彿從樹身散發出閃亮的光芒。

波特．艾倫貝瑞只願今晚永遠不要結束，一直持續到永恆。他想要隨同卡門坐在「眾國瀉湖」的長椅上，聆聽世博會的喃喃聲響，嗅聞她帶著紫丁花和香草的氣味，感受她的氣味喚醒了這個一九三九年溫暖的夏夜。

當維吉妮亞收取他們的冰淇淋紙杯、拿到垃圾筒丟棄，波特和卡門總算頭一次獨處。他伸手握住她的手。

「卡門，」他說。「今天真是完美極了。」卡門凝視著他。喔，她那雙淡褐的明眸。「但不是因為『明日世界』，也不是因為電視機。」

「母牛愛爾希？」卡門說，她微微一笑，輕輕喘了口氣。

「世博會閉館時，我可以送妳和維吉妮亞回家嗎？」

「喔，太麻煩你了。我姐姐住在布朗區，真的很遠。」

「我們可以搭計程車，然後我再送妳到妳住的東三十八街。」

「你人真好，波特，」卡門說。

波特真想把卡門擁入懷中、親她一下，說不定在駛往東三十八街的計程車上，他可以放膽一試。或是一一一四室。倘若在他那棟第五大道九〇九號大廈的一百樓，豈非更美好？

「我真高興今天來到世博會，」波特微笑說。「因而與妳相遇。」

「我也很高興，」卡門輕聲說。她的手始終沒有放開他的手。

隱藏在「眾國瀉湖」的擴音機開始播放音樂。維吉妮亞衝回長椅邊，剛好趕上第一道水柱直衝天際，各色燈光將噴泉變成一道道流動的顏彩。每一個參觀世博會的民眾都駐足觀賞。濛濛水影中，「正圓球」有如明亮巨大的雲朵。

「哇！」維吉妮亞愛極了。

「真漂亮，」卡門說。

煙火秀開始登場，第一炮煙火在空中化為飛瀑般的流星，漸漸消散為煙霧。

就在這時，波特感覺好像有人拿著圓頭鐵槌猛敲他的頭蓋骨。他的眼睛乾得發痛，癢得厲害。他的鼻子和耳朵開始出血。他的雙腿發麻，腰背似乎跟臀部分成兩截。他胸肺的分子開始解體，一股火辣、灼熱的劇痛隨之猛然竄過他的胸膛。他感覺自己正在倒地。

他聽到的最後一句話是維吉妮亞的嘶喊：「艾倫貝瑞先生！」他看到的最後一個影像是卡門淡褐明眸中的憂懼。

# 請您住下

Stay With Us

Olympia

**音樂：LL・酷・J的歌曲〈媽媽說擊倒你〉（*Mama Said Knock You Out*）**

**淡入**

**外景：拉斯維加斯——早晨**

我們都知道這個地方——賭城大道。賭場。噴水池。但是，等等……天際線出現一家嶄新、高聳、豪華的酒店。

**奧林帕斯**

規模遠勝其他任何一家賭場酒店。你若是個豪客，你就會跟奧林帕斯的眾神狂歡嬉戲，試試手氣。

**鏡頭拉近：法蘭西斯・澤維爾・洛斯坦的雙眼**

法蘭西斯・澤維爾・洛斯坦（F.X.R.），亦稱法蘭西斯。綠色的雙眼閃爍著點點金光，所見的一切都令他歡欣雀躍。

**鏡頭拉近：一個個電腦螢幕**

左螢幕：詳盡的建築設計圖，圖上是一座規模非常龐大的太陽能集熱場

中螢幕：Google Earth 的影像，諸如一塊塊荒涼貧脊的土地、「美國地質調查局」的地圖、地形圖、環保評估表

右螢幕：浮動影像。一個傢伙釣起一條馬林魚。一個傢伙懸掛滑翔。一個傢伙奮力攀岩。一個傢伙急流泛舟。《警網鐵金剛》裡的史提夫・麥昆。那個傢伙始終是 F.X.R.

只有史提夫・麥昆仍是史提夫・麥昆。

跑馬燈訊息沿著螢幕下方移動。一個個視窗隨著快訊、新聞、目前播映等字樣跳出，畫面從 LL・酷・J 轉為……

**音樂：狄恩・馬丁的歌曲〈義大利曼波〉**（*Mambo Italiano*）

一個文字方塊跳了出來。

莫克瑞：老闆？照常用早餐？

來電顯示對方是莫克瑞小姐——烏黑的短髮。紅色的唇影。

F.X.R. 敲打鍵盤回應。

*F.X.R.*：已經點餐。尼克勞斯幫我端上來。

莫克瑞：誰？

*F.X.R.*：新來的傢伙。

**跳切至：**

**內景：員工電梯——同一場景**

莫克瑞小姐是個絕世美女，跟超級名模一樣令人震懾。身高六英尺，精瘦結實，皮拉提斯鍛練出來的體格。一身黑衣。她是一個絕對不容小覷的女子。

她讀了讀訊息，大聲驚呼！

**莫克瑞小姐**：什麼新來的傢伙？

過去十二年，她擔任 F.X.R. 的副手，日日夜夜全心投入這份工作。

一個「新來的傢伙」幫她老闆端送早餐！她怎麼可能不曉得這回事。

她輕輕敲打手腕上那個兼具手錶和電腦功能的新奇玩意，MEMOS、TEXTS、SCHEDULES，終於看到一組員工照片。她滑動螢幕，直到找到……

尼克勞斯・帕帕瑪波拉斯——十九歲。眼神困惑，好像一個從沒上過班、剛開始投入第一份工作的小夥子，而他確實是個菜鳥。

電梯門開啟，尼克勞斯・帕帕瑪波拉斯露面——他身穿奧林帕斯客房服務的制服，推著一個小桌，桌上擺著蓋了盤蓋的餐點。

**莫克瑞小姐：**（笑容過於燦爛）尼克！我的小傢伙！

尼克一臉困惑。為什麼這位高個子女士知道他叫做什麼？他走進電梯。

**尼克勞斯：**我是新來的。

**莫克瑞小姐：**沒錯！你瞧你穿了大了一號制服，準備幫 F.X.R. 送上早餐！

**尼克勞斯：**我惹了麻煩？

**莫克瑞小姐：**才不了，小傢伙。

**尼克勞斯：**妳怎麼知道我幫洛斯坦先生送上餐點？

莫克瑞小姐按下一〇一樓層的按鈕。電梯門關上，電梯慢慢上升。

**莫克瑞小姐：**因為我知道奧林帕斯的每一件事情，尼克小子。你曉得為什麼嗎？

**尼克勞斯：**不曉得。我是新來的。

**莫克瑞小姐：**讓我跟你說說我這個人。

（暫不作聲）

**莫克瑞小姐：**你曉得我今天忙到凌晨三點、忙些什麼事情嗎？我忙著確保洛斯坦先生收藏的一百三十二部古董機車順利移至一個備有恆溫控制的新倉房，每一部機車都得維持絕佳狀態，以便哪天他想要騎上其中一部出去兜風，即使他上回騎車出去兜風是二〇一三年五月。他收藏古董自動鋼琴，這些年來還收購「柏馬刮鬍膏」的經典廣告看板，雖然他從來不曾親自視察儲放這些收藏品的倉房，但我可沒有掉以輕心，依然雇了二十四個工人把一部部機車仔細包好，小心翼翼地移至一個高科技管控、跟蝙蝠俠基地一樣大小的車庫裡。

（暫不作聲）

**莫克瑞小姐：**F.X.R. 非常有錢，一提到他龐大的企業版圖，他始終假裝無所不知、無所不曉。請注意：我強調「假裝」二字。仰慕他、迎合他、靠他拉關係、對他唯命是從的人們數以百萬計，但人人有所不知：他們的主子就算手邊有個麵包捲、火腿切片、一罐美乃滋，他也沒辦法幫自己做個三明治當午餐。他的思緒飄浮在雲端，因為他滿腦子都是讓人賺大錢的鬼點子。所以囉，你我的工作就是確保他的日子過得順當。你負責準備他的餐點，還得先嘗兩口，確定沒有人下毒。啊，我在開玩笑。怎麼可能有人下毒？但話又說回來，果真沒有嗎？

叮噹！他們到了一〇一樓。

**內景：員工電梯 一〇一樓——同一場景；這個走廊非常長！**

**莫克瑞小姐：**（依然面帶笑容）跟我說你完全依照他的指示準備了餐點，不然我就打斷你的手腳。

**尼克勞斯：**我全都準備好了。七種穀類的有機燕麥穀片、芒果和鳳梨切片、番茄汁、肉桂口味的咖啡歐蕾，但是後來……

**莫克瑞小姐：**（哪有笑容？笑容沒了！）後來怎樣？

**尼克勞斯：**半小時之前，他傳了簡訊到廚房。

**莫克瑞小姐：**給我看看簡訊！

尼克勞斯讓她看看他的手錶兼電腦：

*F.X.R*：餐飲小組——更正、更正——我要吃薄煎餅！

**莫克瑞小姐：**薄煎餅！薄煎餅！喔、不、不、不！

她掀開盤蓋！盤中果然是一疊亦稱美式鬆餅的薄煎餅。

**莫克瑞小姐：**哎喲！這些是薄煎餅！

**尼克勞斯：**還有波伊森莓果的糖漿。

這下莫克瑞小姐擔心得發狂。

**莫克瑞小姐：**噢、尼克、尼克。這可不是一個好現象。我這一天說不定就此完蛋，我跟你說：如果我今天過不下去，我會拖你一起下水。

**尼克勞斯：**因為薄煎餅？我什麼都沒做！我是新來的。

**莫克瑞小姐：**老闆只有想事情想到焦躁不安的時候才會點薄煎餅。我說不定得幫他和他的三十個摯友安排一趟冰島峽灣之旅，好讓他在海洋裡泛舟。或是在烏干達雨林峽谷的上方架設飛索，好讓大家俯瞰峽谷，觀看大猩猩走過荒野。說不定我得確定奧林帕斯的每一個員工都戴上……

（手錶兼電腦）

**莫克瑞小姐：**……這個玩意，還得確切執行員工們收到的種種指示。薄煎餅意味著我必須執行一些連天竺鼠都覺得沒什麼道理的任務。薄煎餅只是雪上加霜，讓這個已經悽慘的一天更加悽慘。

**尼克勞斯：**妳為什麼從事這份工作？

**莫克瑞小姐：**除了優渥的薪資單，我想不出其他理由。

他們在一〇一樓唯一一間套房前停步。

**莫克瑞小姐：**把餐點擺在人造瀑布旁。拉正你的名牌。面帶微笑。他喜歡看到員工們似乎熱愛工作。

她暫不作聲。深深吸口氣，改變儀態，換上燦爛的笑容。她有辦法做出這樣的轉變，實在嚇人。她敲敲門……走入套房。

**內景：頂樓套房——白晝**

時尚美觀的高級住家，備有一個人造瀑布、一套最先進的健身器材、一座牆面大小的螢幕、一排復古的電影院座椅。從窗戶望出去，拉斯維加斯幾乎盡入眼簾。

**莫克瑞小姐：**（快樂至極）老闆大人，我幫你準備了薄煎餅。

*F.X.R.* 從他的電腦工作站起身。

**F.X.R.：**動作真快。

**莫克瑞小姐：**你始終這麼說！

尼克勞斯開始擺設客房服務的桌子。

**F.X.R.：**你是尼克勞斯？

（看了看名牌）

**F.X.R.：**看來是的。歡迎加入我們的行列。歐謝怎麼了？

**莫克瑞小姐：**歐謝的太太生了小孩，記得嗎？是的，我已經派人送了一張新的嬰兒床和一個冷水調濕機，還有兩位全職的護士。

*F.X.R.* 坐下享用他的薄煎餅。

**F.X.R.：**你們瞧瞧這些可口的麵餅。如果用平底鍋烘烤，它們叫做鬆餅。如果用淺鍋煎烤，它們叫做薄煎餅。尼克，這些麵餅是用平底鍋還是淺鍋做的？

**尼克勞斯：**其實我沒有親眼看到，先生。我是新來的。

**F.X.R.：**先生？這裡大家都叫我老洛。

（暫不作聲）

**F.X.R.：**我覺得這些是薄煎餅。

（他淋上莓果糖漿）

**F.X.R.：**莫克瑞小姐，我不知道我今天有什麼行程，但請妳全部取消。

**莫克瑞小姐：**上回你這麼說的時候，你派我跑遍了密西西比河河域，好讓你收購三角洲每一座羊痲農場。

**F.X.R.：**我覺得我敲定了太陽能一貫作業廠的廠址。

**莫克瑞小姐：**哇。此話當真？太好了。

她嘆了一口氣，重重坐到沙發上，低頭滑她的手錶兼電腦，上網搜尋。

**莫克瑞小姐：**（喃喃自語）今天肯定不好過……

*F.X.R.*端起盤子走到電腦前，點出幾個影像，用那支莓果糖漿慢慢滴流的叉子指一指。

**F.X.R.：**薛佛頓溪谷現在看起來不怎麼樣。平坦，寬廣，塵土飛揚。但幸賴大自然的奇蹟，那裡獲得的陽光比小天后泰勒絲在臉書獲得的讚更加驚人。

**莫克瑞小姐：**（莫克瑞在泰勒絲的臉書貼文按讚）肯定非常可觀。

**F.X.R.：**八十八號公路穿越薛佛頓溪谷。

**莫克瑞小姐：**是嗎？我完全不曉得。

**F.X.R.：**某位有魄力的人士打算開始收購那一帶公路兩側的土地，以便因應隨著交通開發而湧入的人潮。

**莫克瑞小姐：**（一臉無聊地檢視指甲）是喔。

**F.X.R.：**好，我們上路吧。

**莫克瑞小姐：**上哪兒去？

**F.X.R.：**沿著八十八號公路開車走走。來、肯定很有趣。就像那趟哥斯大黎加之旅，我們沿著泛美公路，一邊開車，一邊收集蜘蛛。

**莫克瑞小姐：**是喔，那次還真有趣。我被蜘蛛咬了。

**F.X.R.：**妳後來好了。

**莫克瑞小姐：**這次讓尼克跟你一起上路。

**F.X.R.：**我不能隨便差遣尼克。他是工會的一員。

（暫不作聲）

**F.X.R.：**你參加了工會，是嗎？

**尼克勞斯：**是的，先生。嗯……老洛。

**莫克瑞小姐：**你何不討個老婆、請你太太陪你做這些事情？

**F.X.R.：**我不需要老婆。我有妳，莫克瑞小姐。太太們不會容忍像我這樣的先生。

**莫克瑞小姐：**但我就必須忍受？我得處理手邊許多事情，確保你的企業王國不至於崩盤。

**F.X.R.：**一趟公路自駕之旅對妳我都好。

她雙手一攤，表示無奈。

**莫克瑞小姐：**尼克勞斯，你看吧！都是因為你和你的薄煎餅！

**尼克勞斯：**我做了什麼？

**F.X.R.：**尼克做了什麼？

**莫克瑞小姐：**總有那麼一天，我會辭掉這份工作，從事某種比較有尊嚴的行業，比方說職業滑水選手……

（她邊說邊在她的手錶兼電腦上打字）

**莫克瑞小姐：**我這就準備專機。

**F.X.R.：**大小專機一起上路。妳搭乘小型專機，想辦法安排地面交通工具。我先做完我的健身運動，然後搭乘大型專機過去。

**莫克瑞小姐：**老闆大人啊，你想要怎麼做都行。請問你打算帶著哪一部夢幻跑車上路？義大利跑車 Monza？經典老爺車 Surfer Woodie？

**F.X.R.：**我們最好不要太招搖，設法跟當地人打成一片。那一帶似乎沒有沾到經濟起飛的邊。

（他掏出一疊現鈔）

**F.X.R.：**八百元美金能買得到什麼車、妳就幫我買什麼車。

**莫克瑞小姐：**八百元美金？買車？八成買到一部爛車！

*F.X.R.* 再抽出幾張紙鈔。

**F.X.R.：**那就花八百五十元美金吧。

（他掏出一張二十元紙鈔）

**F.X.R.：**尼克？這給你。

尼克勞斯收下。

尼克勞斯：謝謝，老洛老闆。

**跳切至：**

**外景：飛機場，前不著村、後不著地的某處——白晝**

一條孤零零的跑道，一個破爛的機場辦公室。這裡沒有太多飛機起降，但是大家瞧瞧……

一架大型專機在跑道上滑行，慢慢停到一部小型專機旁。兩架專機的機側都漆上「奧林帕斯」的商標。

莫克瑞小姐——依然一身黑衣——坐在一部七〇年代的別克敞篷車駕駛座上，車子的頂篷開啟。

大型專機的登機梯啪地開展，F.X.R. 穿著他心目中的平民服飾露面——一件西部牛仔襯衫，襯衫印了花，滾邊過於花俏，塞進一件名家設計的舊牛仔褲裡，皮帶搭扣超大，印著萬寶路香煙商標，還有一雙鮮紅的牛仔靴。

他戴著一頂 John Deere①棒球帽，手上拿著一頂草編牛仔帽，棒球帽看起來相當合用，甚至可說是太合用。

**莫克瑞小姐：**嗨，老杜、老波——你這下叫做什麼來著？——你看到我老闆了嗎？

**F.X.R.：**（檢視自己這身行頭）哈哈，很好笑。這身打扮很不錯，是吧？看起來道地最重要。

**莫克瑞小姐：**我很高興賭場的歌舞女郎讓你打劫她們的更衣間。

**F.X.R.：**（檢視車子）車況如何？

**莫克瑞小姐：**我用了半缸汽油和一夸脫機油，結果只從停車場開到這裡。但我跟你報告一個好消息：我討價還價，把價錢壓到七百元美金。

**F.X.R.：**來、把零錢跟零用金放在一起。

（他指指牛仔帽）

**F.X.R.：**這不就跟當地人一樣嗎？

（他把牛仔帽戴到她頭上）

**F.X.R.：**（大笑）我們看起來不是很棒嗎？

**莫克瑞小姐：**你家財萬貫，卻喜歡打扮成一個缺乏時尚概念的窮苦百姓。如果你覺得這樣很有趣，我可以做些安排，讓你永遠都是這副德行。你只要把家產全都給我，你就可以從此過著幸福快樂的生活。

---

① 譯註：John Deere 是美國一家大公司，專門生產農業、建築、森林機械設備和柴油引擎。

*F.X.R.* 繞著車子跑了一圈，站到乘客座旁邊，試圖從敞開的車門跳入車中，結果重重跌入前座，一隻腳還勾著車門上。

**莫克瑞小姐：**上路囉！

她踩了油門，車子轟然啟動，噴出灰塵與砂礫，揚長而去。

**音樂：漢克・史諾②的歌曲〈我曾浪跡天涯〉**（*I've Been Everywhere*）

**外景：八十八號公路——稍後**

別克汽車沿著公路鏗鏗鏘鏘地行駛。

*F.X.R.* 迎風微笑。

**F.X.R.：**我應該多出門走走，不要老是待在我的頂樓套房！

**莫克瑞小姐：**你兩星期之前才到大堡礁趴板衝浪！

**F.X.R.：**我應該多看看美國。我太少接觸自己的國家。一望無際的公路。遼闊的天空。狹長的柏油路，放眼望去只有路面的虛線和地平線。我愛極了這個國家！老天爺幫幫忙，但我真的愛極了這個國家！

（暫不作聲）

**F.X.R.：**莫克瑞小姐，有些時候，從峰頂下來看一看，有助於我們的心靈。不然的話，妳只看得到一個個山頭。嗯，我應該把這句話傳給所有員工。

**莫克瑞小姐：**請便。我們人人都會得到啟發。

（暫不作聲）

**莫克瑞小姐：**好吧，老闆，請帶路。我們上哪兒去？

（他從他的手錶傳送訊息到她的手錶）

**F.X.R.：**這裡。一個叫做菲立基亞的小鎮。

（他輸入三個不同的拼法）

② 譯註：Hank Snow，1912-1999，縱橫美國歌壇五十餘年的知名鄉村歌手。

**F.X.R.：**人口，一百〇二人。

手錶：菲立基亞的相關照片、數據、資訊……

**F.X.R.：**菲力基亞曾是八十八號公路的主要景點，自詡為「美國最友善的城市」。讓我們看看他們對我們這種人多麼友善。

**莫克瑞小姐：**你先別忙著收購每一英寸和每一英畝土地。

（低頭端詳她的手錶）

**莫克瑞小姐：**噢、糟了。開過去得花好多個小時。我快被烤焦了！

**外景：一個巨大的招牌——招牌褪色陳舊，故障的霓虹燈管和斑駁的油漆標示著「奧林帕斯汽車旅館」……**

一個男人和一個女人依然身形模糊，兩人對著空蕩蕩的公路揮手，大聲唸出被太陽曬得發白的幾個字：「請您住下」

**音樂：手風琴拉奏的歌曲〈祝你一路順風〉**（*Que Te Vaya Bonito*）

西班牙文歌詞的英語字幕：

少了妳，我不知道我是否因為心碎而亡
即使我的胸脯是鋼鐵所製……

**跳切至：**

**外景：奧林帕斯汽車旅館，菲立基亞——同一場景**

汽車旅館跟與拉斯維加斯的同名賭場酒店毫無相似之處——一點都不像。誠如那副招牌，奧林帕斯汽車旅館風光不再。唯一值得誇耀之處？旅館很乾淨。樂聲來自荷蘇・希達戈，他把最後幾個音符拉奏得完美無瑕，即使是用手風琴拉奏，依然非常動聽。

英文字幕：

但你若知道我多麼愛她
沒有人會說我是懦夫。



請您住下

一對老夫婦鼓掌叫好——菲爾和貝雅（是的，招牌上正是他們兩位）——在此同時，荷蘇把樂器收好，扛到他那部破舊的載卡多貨車上。

**菲爾：**我從沒見過這麼有才華的小夥子！

**貝雅：**每次聽到你表演，我都察覺自己淚眼汪汪。你真有天賦，荷蘇。

**荷蘇：**你們過獎了，菲爾先生和貝雅太太。你們始終讓我覺得好像回家了。

**貝雅：**那是因為你的確回家了，荷蘇，我們這裡就是你的家。

**菲爾：**祝你在切斯特頓萬事順利。我聽說他們那座擋風玻璃工廠的福利非常好。

**荷蘇：**謝謝。我會常常回來看你們。我保證我會。

**貝雅：**帶一片你親手製造的擋風玻璃給我們。

荷蘇上車，載卡多貨車按按喇叭，慢慢駛離汽車旅館的停車場。菲爾和貝雅看著貨車消失在公路盡頭。兩人一時沉默不語。

**菲爾：**我們最後一個客人走了。再也不必鋪床囉。

**貝雅：**老天爺啊，我會想念他拉奏那台手風琴。

**菲爾：**這下一星期少了六十二美元的收入。人們為什麼想要捨棄這個溫馨的小天堂、跑去住在切斯特頓那種偏僻的鄉下……

**貝雅：**喔、別說酸話，出去清除雜草。

菲爾打量他的老婆——這位他依然覺得非常漂亮的女子……

**菲爾：**別把我當成長工。

（暫不作聲）

**菲爾：**除非妳穿上那件美美的洋裝、打算跟我玩一玩「色誘長工」的遊戲。

**貝雅：**你帶你那部割草機出去幹活，鍛鍊一下鬆弛的肌肉，說不定我就會春心大動。

**菲爾：**這麼辦吧，老婆。給我二十分鐘、讓我清除旅館那一頭的雜草，然後到十號客房跟我碰面，我說不定正好脫得光溜溜沖澡。

**貝雅：**就這麼說定了。

一部別克敞篷車從公路另一頭開過來，車子的方向燈一閃一閃。

**貝雅：**等等，看來我們有客人上門。

**菲爾：**該死。

（大喊大叫）

**菲爾：**喂、諸位先生，你們過一小時再來，好嗎？

車子慢慢停到旅館前。啊，原來正是*F.X.R.* 和莫克瑞小姐！頂蓬依然開啟。他面帶微笑。她開了三小時的敞篷車——而且是頂蓬開啟的敞篷車——看起來相當狼狽。他們把車子停在菲爾和貝雅的正前方。

**F.X.R.：**您好！

**菲爾：**你好？

**貝雅：**兩位好。

**莫克瑞小姐：**大家好。

**F.X.R.：**（擺出親民的態勢）誠如兩位所見，我們碰巧是兩個開車開了好久、疲憊不堪的旅客。

**莫克瑞小姐：**而且沒擦防曬油。

**F.X.R.：**我們想要找個地方稍作休息。你們知道的——某一個非常友善、真心待客的地方。

**貝雅：**何不試試汽車旅館？

**F.X.R.：**這附近有沒有不錯的汽車旅館？

**貝雅：**嗯，讓我想想。汽車旅館，你想要找一家汽車旅……

**菲爾：**全世界最好的汽車旅館就在菲立基亞郊區，叫做奧林匹克、奧林比亞、或是奧林什麼的。

**F.X.R.：**奧林帕斯汽車旅館！

F.X.R. 看著褪色的招牌。

**菲爾：**沒錯，就是那家！

**F.X.R.：**莫克瑞小姐！奧林帕斯汽車旅館！真是命中注定！

莫克瑞小姐只想趕快下車、盡速沖澡。

**莫克瑞小姐：**肯定是的。這個停車場讓人強烈感覺到天命！

**貝雅：**歡迎。我是貝雅。他是菲爾。請您住下！

兩位可愛的老人家馬上擺出跟招牌上一模一樣的姿勢，最後還揮揮手。

*F.X.R.* 和莫克瑞小姐互看一眼。

菲爾和貝雅動都沒動，依然保持招牌上的姿勢。他們就這麼站定。分秒流逝。

分秒再度流逝。

**莫克瑞小姐：**嗯，你們有沒有空房？

**貝雅：**（她打破僵局，換個姿勢）當然有。

跳切至：

內景：汽車旅館辦公室——同一場景

鏡頭拉近：

一張褪色、五十年前拍攝的老照片——年輕的菲爾和貝雅擺出同樣的姿勢，顯然是為了當時剛剛製作的旅館招牌擺的姿勢。

辦公室乾淨舒適。貝雅備妥文件之時，F.X.R. 檢視照片。

**貝雅：**如果你覺得整個旅館似乎只有你一個人，倒也沒錯。

**F.X.R.：**生意清淡，是嗎？

**貝雅：**自從艾森豪興建了州際公路，生意就大受影響。

**F.X.R.：**你們經營這家旅館多久了？

**貝雅：**不算太久。但從菲立基亞還是汽車俱樂部的三星級景點之時，菲爾跟我就定居此地。

她遞給他一張登記卡和一支便宜的原子筆。

**外景：奧林帕斯汽車旅館——同一場景**

莫克瑞小姐正在停車。引擎發出陣陣可怕的噪音。菲爾走過來。

**菲爾：**我以為松鼠臨死之前哀哀叫。

**莫克瑞小姐：**你給我三、四夸脫的機油，車子就不會哀哀叫。

引擎蓋下方開始冒出濃煙。

**菲爾：**火燒囉！

（暫不作聲）

**菲爾：**熄火吧，我的甜心。

他剛才稱呼莫克瑞小姐「甜心」嗎？

**莫克瑞小姐：**好吧，我的羊排。

她關掉引擎，就在這時，某個東西轟然爆炸。車子動也不動，但依然鏗鏘作響，彷彿活跳跳。

**菲爾：**這個東西活跳跳！趕快掀開引擎蓋！

**莫克瑞小姐：**我怎樣掀開引擎蓋？

她摸到一個杠桿，用力一啦。引擎蓋往上一彈，噴出一道道煙霧。

**內景：汽車旅館辦公室——白晝**

*F.X.R.* 看著車子冒煙，在此同時，貝雅檢視他剛才填好的登記卡。

**貝雅：**F.X.R.？

**F.X.R.：**正是在下！

**貝雅：**你沒有信用卡？

**F.X.R.：**喔、當然沒有。我以前在密西根州弗林特辦過一張百貨公司的信用卡，結果欠了一屁股卡債，不得不跑路。

他才沒有做過這種事情呢！

**貝雅：**我們見過這種事情。

（暫不作聲）

**貝雅：**我得先收你現金，因為我不認識你。

**F.X.R.：**多少錢？

**貝雅：**兩個房間，三十八塊五。

他掏出他那個牛仔風的皮夾——一個他親自挑選的道具。

**F.X.R.：**（一臉擔心）噢……

**貝雅：**一個房間，兩張雙人床，二十二塊五。

**F.X.R.：**（亂翻他的皮夾）那麼貴啊？

**貝雅：**一個房間，一張雙人床，十六塊五。

**F.X.R.：**結果我只有……十二塊……和一些零錢。

**貝雅：**嗯……那麼我們就給你「旅館唯一顧客」的優惠價。

**外景：奧林帕斯汽車旅館——白晝**

莫克瑞小姐傾身靠向引擎蓋，菲爾站在她旁邊，拿著一支扳鉗胡亂敲打。

**莫克瑞小姐：**我哪懂得車子？我只知道幫車子加油，開車上路。

**菲爾：**妳以為開車就是這麼容易，是嗎？

（他拉出機油幫浦）

**菲爾：**妳知道這是什麼嗎？

她盯著這個零件，好像看到一隻死老鼠

**莫克瑞小姐：**一隻死老鼠？

**菲爾：**這是一個備有耐熔擾流板的熔接式油門

**莫克瑞小姐：**是嗎？

**菲爾：**我可以幫妳弄到另一個。只要打個電話給湯米・波爾就行了。他會盡快幫妳重新製造一個。

**莫克瑞小姐：**好、好極了。

**菲爾：**我可以幫妳安裝，這樣一來，你們天一亮就可以上路。

**莫克瑞小姐：**天亮之後我打算再睡三小時，但請動手吧。

兩人聽到一聲驚呼。

**F.X.R.（鏡頭之外）：**莫克瑞小姐！

兩人猛然轉頭。*F.X.R.* 跟在貝雅身旁，貝雅正在打開一間客房的房門

**F.X.R.：**過來看看我們的房間。

**內景：汽車旅館房間——白晝**

貝雅和菲爾站在一旁看著 F.X.R. 試試床墊，在此同時，莫克瑞小姐檢視浴室。

**F.X.R.：**我不想挑三揀四，但我在亞伯達省伐木的時候跌了一跤、摔傷了椎間盤。

莫克瑞小姐狠狠瞪了他一眼。他才沒做過這種事情呢！

**F.X.R.：**我還沒入睡，這個床墊就會要了我的老命。

**貝雅：**（一臉沉思）三號客房的床墊是不是新一點？

**菲爾：**幾個月前剛買。我馬上更換。

**F.X.R.：**（摸摸床單）還有這些……「床單」？上了太多漿，我的皮膚過敏。

**貝雅：**我可以拆開一組新的床單。

**F.X.R.：**妳會先洗過嗎？全新的床單組最糟糕。

**貝雅：**比心血管疾病更糟糕嗎？我會先幫你洗一次。

**菲爾**：（一臉關切）你最好試一試枕頭。枕頭如果太硬，對你的背也不好。

**F.X.R.**：如果太硬，早上起來我的脖子就動不了。

（他試試枕頭，抓抓脖子）

**F.X.R.**：哎喲！這不行！

**貝雅**：我們有些不錯的羽絨枕頭，我們會幫你套上剛洗過的枕頭套，你今晚就可以用。

**F.X.R.**：喔，還有一點：這幅掛在床頭牆上的畫作。

（畫中溪水潺潺，還有一座農舍）

**F.X.R.**：它讓我想起一個我待了好久、好久的寄養家庭。你們有沒有其他可以掛在牆上的畫作？

莫克瑞小姐以口形默示：寄養家庭？

**菲爾**：十二號客房掛了一幅幾隻鴨子的畫作。

**F.X.R.：**我對水鳥有恐懼感。

**菲爾：**八號客房的畫作是幾個手推車車輪。

**莫克瑞小姐：**手推車車輪？誰會想要畫手推車車輪？我想不通。

**菲爾：**十三號客房的畫作是小丑的臉。

絕對不行。*F.X.R.* 一想到小丑就全身發抖。

**貝雅：**我們何不乾脆拿掉所有的畫作？

**F.X.R.：**問題迎刃而解。

**內景：汽車旅館房間——白晝**

稍後。菲爾把一張新床墊搬進來。莫克瑞小姐摸摸柔軟的浴巾，連連驚嘆。貝雅幫羽絨枕頭裝上套子。

**跳切至：**

**莫克瑞小姐：**（驚訝至極）你們用什麼把浴巾洗得這麼柔軟？簡直像是貂皮！

**貝雅：**我只是把浴巾洗一洗，甜心，然後晾起來曬乾。

**莫克瑞小姐：**我等不及要沖個澡。

**貝雅：**沖澡的時候，先放一放熱水，過一會兒才會變熱。

**F.X.R.：**好。最後一件事：這附近哪裡可以吃頓飯？

**菲爾：**以前對街有家小餐館，叫做杜魯門小館。派餅可口，燉牛肉更是好吃。一九九一年關門大吉了。

**貝雅：**切斯特頓到處都有速食店。從這裡直直開過去大約三十六英里。

**菲爾：**我寧願吃烏鴉，也不願到切斯特頓的速食店用餐③。

**莫克瑞小姐：**反正我們也去不了切斯特頓。車子的擾流板爆炸了。

**菲爾：**（這才想起，拔腿就跑）我得打電話給湯米・波爾！

漸漸離去。

**莫克瑞小姐：**你們可有客房服務？

**貝雅：**如果妳不介意自己動手……

**跳切至：**

**外景：汽車旅館後方——稍後**

一個迷你農場。雞舍與園圃齊備。維持得非常漂亮。貝雅嫻熟地視察蔬果，莫克瑞小姐在旁試圖從藤蔓上摘下一顆番茄

**莫克瑞小姐：**（把番茄扔進籃子裡）好吧。番茄。小蘿蔔。那些長長的綠色玩意。我的半截指甲。

**貝雅：**若有酪梨豈不是更完美？我得種些酪梨樹。

---

③ 譯註：原文之中，貝雅說：「Thirty-six miles as the crow flies.」，「as the crow flies」是個片語，意思是「直線距離」，菲爾順著貝雅的話，說了一句：「I'd rather eat crow than fast food in Chesterton.」。

**莫克瑞小姐：**酪梨長在樹上？

**貝雅：**沒錯。但你需要兩棵樹。一棵陽性，一棵陰性，不然長不出酪梨。

**莫克瑞小姐：**酪梨樹……也有性生活？

**貝雅：**一星期一次。就跟我和我那個老傢伙一樣。

貝雅大笑。連雞群都嘰嘰嘎嘎地應合。

**莫克瑞小姐：**我可不想知道這麼多……

**跳切至：**

**內景：泳池附近——黃昏**

菲爾忙著架起一個舊烤肉架，一隻瘦巴巴的烤雞在烤肉叉上轉動，泳池裡沒有水，空空蕩蕩……

**F.X.R.：**嗯，你們始終沒有小孩？

**菲爾：**（搖搖頭）我們不能生育。倒也無所謂。以前這裡無時無刻不擠滿孩童。原因在於這個游泳池。州際公路影響了我們生計之前，沿著八十八號公路有十幾家汽車旅館，其中只有三家設有游泳池，我每隔二十英里就豎起一個招牌，上面寫著：「下榻奧林帕斯——享用旅館泳池」。你猜孩子們吵著要住哪一家旅館？

**F.X.R.：**菲爾和貝雅的旅館。

**菲爾：**你有沒有在餐旅界做過事？

**F.X.R.：**做過黑工。

菲爾瞪了他一眼。

**菲爾：**這一行是學不來的。必須具有天賦。你得喜歡跟人們相處、信得過他們。倘若碰到那些眼神渙散的傢伙，你還得撒個無傷大雅的小謊，跟他們說沒有空房。這樣做並不可恥，而是智慧。

**F.X.R.：**你肯定喜歡經營汽車旅館。

**菲爾：**我喜歡這家汽車旅館。我只希望生意好一點。

**音樂：弗洛伊德・克拉默④的鋼琴曲〈最後的約會〉（*Last Date*）**

**跳切至：**

**外景：地景——日落**

在這一刻，夕陽閃閃爍爍地消失在地平線的那一端。

**跳切至：**

**外景：奧林帕斯汽車旅館——全景——夜晚**

招牌沒有亮起，而是被廉價的景觀燈照亮

泳池旁邊，我們看到兩位旅館主人和兩位旅館客人正在享用野餐式的晚餐

**菲爾：**來、跟我說，你們兩個年輕人交往多久了？

**莫克瑞小姐：**什麼？

**菲爾：**你們兩個是不是一對？

**貝雅：**菲爾，那關你什麼事？

**莫克瑞小姐：**（雙眼圓睜）我們是不是一對？一對？一對？

**菲爾：**一男一女坐在同一部車子裡，一起開車上路，一起辦理住房手續，共用一個房間。這種情況只怕發生過一百萬次囉。

莫克瑞小姐不屑地翻白眼。然後搖搖頭。然後逕自大笑。

**莫克瑞小姐：**（指指 F.X.R.）若要把我跟他湊成一對，倒不如等著我用屁聲跟人敬酒。

**貝雅：**喔、我要借用妳這一句話。

**F.X.R.：**誠如莫克瑞小姐所言，我們是員工和雇主的關係，任何一方面都不逾矩。

**莫克瑞小姐：**如果他今晚沒有睡在沙發上——而我知道他不會，因為他這輩子從未睡過沙發——我絕對自己去睡沙發！

---

④ 譯註：Floyd Cramer，1933-1997，美國知名鋼琴手，曾榮登「搖滾名人堂」（Rock and Roll Hall of Fame）。

**菲爾：**好吧。

（暫不作聲）

**菲爾：**莫克瑞小姐，妳是女同志？

**莫克瑞小姐：**不是，我才沒有那麼時髦。我只是個單身女郎。

**貝雅：**沒有男伴？

**莫克瑞小姐：**嗯……且讓我向兩位親切善良的陌生人解釋一下我生活中的這個面向。

（暫不作聲）

**莫克瑞小姐：**一個男伴絕對會讓我的生活變得非常複雜。若說我現階段需要一個男伴，等於是說你們的雞舍需要一個衛星電視天線。我無牽無掛，跟任何人都沒有牽扯。總有一天，我會放棄一切、跟我老闆說聲拜拜、找個伴、生幾個小孩、親手縫製萬聖節服飾，但在那之前，我樂於當個單身女郎、幫這個傢伙做事……

（她指一指*F.X.R.*，而他也點點頭）

**莫克瑞小姐：**這個讓我抓狂、但開得起玩笑的傢伙。我的收入很好，而且周遊世界，見識了塔斯馬尼亞和這家別緻的汽車旅館。我容不下一個男朋友。

大家沉默了一會兒。

**貝雅：**我也這麼想。

大家再度默不作聲。這樣的沉靜讓人感覺很包容、很自在。

**F.X.R.：**你們聽聽。

**莫克瑞小姐：**聽什麼？我什麼都沒聽見。

**F.X.R.：**妳沒有在聽。

**莫克瑞小姐：**我當然有。

**貝雅：**沉靜。他的意思是聽聽沉靜。

**莫克瑞小姐：**喔。

（她聽了聽）

**莫克瑞小姐：**我真的很努力……但是我什麼都沒聽到。

**F.X.R.：**我只有一次被這樣的沉靜激起這種感覺，那時……

（不管那是何時，他都不再多說）

**F.X.R.：**但感覺始終不會持久。

**菲爾：**在這裡就會持久。

**貝雅：**我慢慢習慣這種包容感。不管有什麼煩惱或是憂慮，這裡的夜晚安寧沉靜，撫慰人心。

菲爾看看他太太，*F.X.R.* 也看看貝雅，莫克瑞小姐遙望黑夜。

**莫克瑞小姐：**喔，這會兒我聽到了。你的意思是虛無的聲響。

（她聽了聽）

**莫克瑞小姐**：噢。啊哈。

遠處喇叭聲大作。車前燈逼近，一部箱式貨車開進汽車旅館的停車場。

**F.X.R.**：算了，我放棄。

**貝雅**：湯米・波爾來了。

**菲爾**：而且開著車子過來，儼然就是《千金求鑽石》⑤的頭號真命天子。

（衝著莫克瑞小姐說）

**菲爾**：既然妳不是那麼時髦，妳說不定會喜歡湯米。

**莫克瑞小姐**：（再度不屑地翻白眼）天啊，那我得趕快梳理頭髮……

**菲爾**：（大聲打招呼）湯米！

卡車裡冒出湯米・波爾。這人是地表最英挺的男子！

⑤ 譯註：*The Bachelorette*，美國電視實境秀。

**莫克瑞小姐：**他是湯米・波爾？

（她看呆了）

**莫克瑞小姐：**老天爺啊……

她馬上動手梳理頭髮。

**莫克瑞小姐：**喔、老天爺啊。這真是……

**貝雅：**他很喜歡燒菜。

**莫克瑞小姐：**（沾沾口水、梳平髮絲）妳別唬我！

大帥哥湯米・波爾走近，手裡拿著一個引擎零件。

**湯米・波爾：**貝雅，妳好。大家好。

**貝雅：**湯米，吃過了嗎？

**湯米・波爾：**吃過了，謝謝。菲爾，你打電話說你在找一個通用汽車的舊型燃油幫浦？

**菲爾：**沒錯。這位年輕的小姐需要一個燃油幫浦。

人人都看得出莫克瑞小姐迷上了湯米。

**湯米．波爾：**嗨。

**莫克瑞小姐：**（咯咯傻笑）嗨……嗯……嗨。

**湯米．波爾：**車子出了問題，是嗎？

**莫克瑞小姐：**沒錯。我那部不聽話的車子出了小毛病，好可怕！

**湯米．波爾：**那部別克是妳的車？

**莫克瑞小姐：**喔、那是別克嗎？是的，我們那部可悲、破舊的別克……

**湯米．波爾：**好，我們看看能不能發動車子。

**莫克瑞小姐：**好的、好的，我來打開引擎蓋……

（對貝雅說了一句悄悄話）

**莫克瑞小姐：**幫幫忙吧，我一直像個六歲的小女孩似地講話……

**貝雅：**湯米三年前離婚，他有個小女兒，去年夏天戒煙，喜歡閱讀。

**莫克瑞小姐：**了解。謝謝。

她隨同湯米・波爾一起走開。

**菲爾：**奧林帕斯汽車旅館再度施展魔力。

**貝雅：**（起身）我來收拾碗盤。你們男士們找點事情打發時間吧，反正收拾碗盤的始終是女人，你們沒事幹。

**菲爾：**遵命。

（轉頭面向 *F.X.R.*）

**菲爾：**一起到旅館附近走一走吧？

**跳切至：**

外景：奧林帕斯汽車旅館——地產邊界——夜晚

菲爾和 *F.X.R.* 繞著汽車旅館走了一圈

**菲爾**：（指指前方）我原本希望好好利用那邊的十英畝地，但什麼都做不成。我甚至幾乎在那裡蓋一棟蛇屋。

**F.X.R.**：蛇屋？

**菲爾**：沒錯。我們打算沿著八十八號公路設立招牌——「探訪蛇屋：一百四十英里」、「探訪蛇屋：六十二英里，備有空調！」但是後來貝雅提出一點：我對養蛇所知甚少，所以我們得過且過，湊合著經營汽車旅館。

**F.X.R.**：這家汽車旅館相當別緻，讓人感覺賓至如歸。我喜歡旅館的名字。

**菲爾**：若是整個禮拜天天待在這裡，難保不會抓著狂。所以我們一個禮拜選一天，單獨前往切斯特頓採購物品、到銀行辦點事情、用賽奧咖啡館的 WiFi 上網、跟外面的世界交流一下。

**F.X.R.**：（沉思狀）這樣做就對了。

（重新擺出「親民」的模樣）

**F.X.R.：**如果哪天我弄到一部那種扁扁的筆電，我也會照樣試一試。

走著走著，菲爾看了看 *F.X.R.*

**菲爾：**你名字之中的X，除了「澤維爾」之外、有沒有什麼其他意義？

（暫不作聲）

**菲爾：**法蘭西斯・澤維爾・洛斯坦。

*F.X.R.* 停下來。他知道自己的把戲被揭穿了。

**菲爾：**你簽名登記住宿時，貝雅查詢了你，F.X.R.。你沒想過使用假名嗎？

**F.X.R.：**（再不作態「親民」）抱歉，我跟你說謊。

**菲爾：**沒錯，你確實欺騙我。你是一個坐在窮人破車裡的權貴名流。

（暫不作聲）

**菲爾：**你匿名出遊？

**F.X.R.：**嗯，倒也不是。

**菲爾：**你打算聲稱「奧林帕斯」是你們賭場酒店的商標、把我們告上法庭？

**F.X.R.：**這絕對不是我的行事風格。

**菲爾：**那你可是個例外。

**F.X.R.：**我在尋找土地和陽光。

**菲爾：**這裡有很多土地，陽光也很充足。你得花錢買地，但陽光免費。

（暫不作聲，指指前方）

**菲爾：**從那頭到那頭的土地都歸我們所有。我們再活也活不了幾年，醫生們這麼說，根據常理判斷也是如此。我們想在一個跟這裡一樣美好的地方頤養天年。

**F.X.R.：**嗯，我應該出個價嗎？

**菲爾：**（手一抬，示意他別再說下去）生意的事情，你跟貝雅商量。她是我的老闆。

（暫不作聲）

菲爾：我想回去喝杯阿華田。

*F.X.R.* 看著老先生離去。

**跳切至：**

**外景：奧林帕斯汽車旅館，停車場——夜晚**

別克的引擎蓋掀開，莫克瑞小姐幫湯米．波爾舉著手電筒，把工具遞給他。

**莫克瑞小姐：**嗯，公制工具組跟標準工具組不一樣？

**湯米．波爾：**事實就是如此。

（暫不作聲）

**湯米．波爾：**好，試一試能不能發動。

她輕快地跳上駕駛座。

**莫克瑞小姐**：好！啟動引擎！

她轉動車鑰匙，別克轟轟隆隆地啟動！

**莫克瑞小姐**：天啊！你肯定讀了很多關於修車的書！

*F.X.R.* 走過來。

**莫克瑞小姐**：老闆！湯米・波爾和我打算開車出去……試車。

**湯米・波爾**：是嗎？

**莫克瑞小姐**：我們得看看車子能不能應付漫長的八十八號公路！我們好一陣子才會回來。別等門。反正你也不會……等我回來……等我試車回來。

（總算轉頭面對湯米）

**莫克瑞小姐**：上車陪陪我這個司機吧？

湯米坐上乘客座，扣上安全帶。莫克瑞小姐按下收音機的按鈕，打了倒檔，兩人呼嘯駛入暗夜。

**音樂：木匠兄妹合唱團的歌曲〈我倆才剛開始〉**（*We've Only Just Begun*）

**內景：汽車旅館辦公室——夜晚**

打字聲。F.X.R. 走進辦公室，看到貝雅坐在桌前敲打一部 Olympia 打字機的鍵盤。

**F.X.R.：**妳真的有一罐阿華田？

**貝雅：**在爐子上。

*F.X.R.* 看到一鍋牛奶、一個杯子、一個罐子，幫自己泡了一杯熱騰騰的巧克力麥芽飲料。

**貝雅：**我知道你反正打算拆除所有東西，所以我在設備方面動了手腳，敲敲你的竹槓。你打算收購周圍全部的土地？

**F.X.R.：**如果可以的話。

**貝雅：**那麼我們會是你的第一個賣主。我們還真榮幸。

他看看貝雅和菲爾的照片，外頭那個亮不起來的招牌，就是以這張照片作為藍圖。

**F.X.R.：**拍這張照片的時候，你們兩人幾歲？

她看著他盯視那張照片。

**貝雅：**我十九。菲爾二十三。我們在希臘一個小島度蜜月。小島好溫暖、好寧靜，我們不想離開。但當然不可能待著不走。後來他入伍、在空軍服役，我拿到學位，我們開車沿著八十八號公路逛逛，看到一個值得我們投下全部積蓄的地方，結果還算不錯。

她從打字機裡抽出一張紙遞給他。

你的律師們肯定一再刪改，但這是我們的基本要求——接不接受隨便你。

他甚至看都不看。

**F.X.R.：**後來你們有沒有再去希臘？度個假？

**貝雅：**我們經營汽車旅館。每天都像在度假。

跳切至：

**外景：奧林帕斯汽車旅館，菲立基亞——停車場——稍後**

F.X.R. 把一張打字機打出來的文件折好，塞進胸前的口袋，走回他的房間。在他身後，辦公室的燈光一暗，濛濛的燈影漸漸從老舊的招牌上消逝。

他駐足在寧靜的夜晚中……

**淡出**

**音樂：〈我的女王和我的寶貝〉**（*Mi Reina y Mi Tesoro*）

英文字幕：

現在我知道
我真心愛著她……

**淡入**

**外景：奧林帕斯汽車旅館，菲立基亞——傍晚**

夕陽早已西下，日光褪為藍彩。

英文字幕：

我會努力工作

贏得她的芳心……

派對進行中。一串串斜斜切過停車場的小燈，為銀閃閃的夜色平添一絲神奇。

荷蘇・希達戈和他的樂團為翩翩起舞的情侶們獻唱。當他頌唱著他的王妃、他全心全意地愛著她，一大家子全都在場，孩子們在注滿了水的泳池中濺水嬉戲。

湯米・波爾跟他的小女兒也在場，小女孩跟她的朋友們玩跳繩，莫克瑞小姐在旁觀看，莫克瑞小姐穿了一件牛仔褲和一件貼頸削肩無袖式上衣，整個人的感覺完全不一樣。

工人們群聚在卡車旁收拾工具，忙了一天終於收工。

客房服務部的小弟尼克勞斯最後再修飾一下餐桌，餐點非常豐盛，看起來好像是「愛之船」麗都甲板供應的大餐。

當地人紛紛前來參加這個盛大的派對，有些人甚至遠自切斯特頓而來，人人自備戶外椅。F.X.R. 穿著一套考究但休閒的西裝，他正在跟六位建築師商討藍圖。

兩張椅子並排，今晚的貴賓貝雅和菲爾坐在椅子上，兩人被蒙上眼罩，好像正在參加電視益智節目《別跟我說謊》⑥。

**貝雅**：喔，我錯過了荷蘇和他的手風琴表演。

**菲爾**：根據種種聲音研判，當我們把這個東西拿下來，我們肯定會看到旅館周遭跟馬戲團一樣鬧哄哄。

貝雅隨著墨西哥歌曲搖擺之際，一位名叫柯林的工頭走過來跟 *F.X.R.* 講了幾句悄悄話，*F.X.R.* 馬上俐落地支開建築師。

**F.X.R.**：莫克瑞小姐，我們準備好了！

**莫克瑞小姐**：（正在轉動跳繩）誰是莫克瑞小姐？

**F.X.R.**：噢、抱歉，積習難改。

（再試一次）

**F.X.R.：**黛安！我們準備好了！

**莫克瑞小姐：**好的，老洛，我馬上就到！

（轉頭面向湯米的女兒）

**莫克瑞小姐：**來、麗姿，我們過去看秀！

荷蘇的表演在滑麗的顫音告一段落。

大家為樂團鼓掌。

*F.X.R.* 走向菲爾和貝雅。

**F.X.R.：**你們有沒有偷看？別跟我說謊。

---

⑥ 譯註：*To Tell the Truth*，美國電視益智節目，一九五六年開播，之後播播停停，但始終沒有完全停播，目前在美國國家廣播網（ABC）播出。

**菲爾：**沒有！

**貝雅：**你該不是派出行刑隊吧？

**F.X.R.：**黛安，這樣夠暗了嗎？

**莫克瑞小姐：**我覺得夠了。

**F.X.R.：**好。柯林斯！

柯林斯站在主電源開關旁。

**柯林斯：**關燈！

柯林斯關掉汽車旅館停車場所有燈光。這會兒四下一片漆黑。

**F.X.R.：**好。兩位可以移開眼罩了。

他們移開眼罩，四下一片漆黑。

**菲爾：**哎喲，我什麼都看不到。

**貝雅：**我應該看哪裡？

**菲爾：**吵吵嚷嚷的大夥在哪裡？

**F.X.R.：**（大喊一聲）請開燈！

柯林斯扳開另一個開關，停車場和駐足其中的眾人馬上沐浴在……紅、藍、金黃的霓虹彩光之中。

莫克瑞小姐的臉上洋溢著絕美的神采。湯米．波爾在她身旁，手裡抱著他的女兒。

**湯米．波爾：**哇……

賓客人人臉頰紅通通，敬畏地仰頭望向空中。

**莫克瑞小姐：**喔、老天爺啊！好漂亮的霓虹燈！

**鏡頭拉近：**

菲爾和貝雅默不作聲，絢爛的霓虹彩光在他們的臉上閃閃爍爍，有如天堂的魔術秀……

**招牌**

絢爛奪目、五顏六色的燈光照亮了超大的菲爾和超大的貝雅，兩人有如雙生巨人，在漆黑的夜空中歡迎這個世界。

「請您住下！」他們說，兩人手臂高舉、神采飛揚、熱情友好、年輕力盛。

招牌好美。真的好美。

貝雅握住先生的手，兩人凝視著對方。

**貝雅：**這就像是我們會長長久久地活在這裡……

*F.X.R* 聽到了。他抬頭看著招牌，絢爛的燈彩也在他的臉上閃閃爍爍。

**跳切至：**

**外景：奧林帕斯汽車旅館——旅館全景——同一場景**

招牌主導了奧林帕斯汽車旅館的影像

而後……

地景慢慢地轉變為……

**車輛絡繹不絕的十字路口**

原本空蕩的沙漠佈滿整齊劃一的樓房，每一棟皆是建築佳作。

**奧林帕斯太陽能集熱廠**已經落成，綿延伸展，直至遠方。

菲立基亞發展成一個雅緻的小型城市……

城市以那個地標似的招牌為中心……

環繞著貝雅和菲爾；其後的世世代代，兩人將會竭誠歡迎每一位行經此地的賓客，請您住下。

**螢幕漸暗**

# 去找寇斯塔斯

Go See Costas

伊布拉欣信守承諾。他以一瓶約翰走路紅牌威士忌的價錢，幫亞桑弄到了兩瓶，威士忌來路不明，多半是偷來的，但他們兩人都不在意。當時美國烈酒比黃金更值錢，甚至比美國香煙更珍貴。

兩瓶威士忌在背包裡碰來碰去，鏗鏘作響，亞桑背著背包，穿上他那套幾乎全新的藍色細條紋西裝，搜查比雷埃夫斯港的眾多小酒館，尋找貝侖凱瑞號的大副。大家都知道大副喜歡約翰走路紅牌威士忌的酒香和酒效。大家也都知道貝侖凱瑞號即將運送貨物到美國。

亞桑在安索利斯酒館找到大副，大副正在享用早晨的咖啡。「我沒有必要再雇一個司爐工，」他跟亞桑說。

「但我懂船。我會說多國語言，手腳非常俐落，而且從不吹牛。」亞桑開個小小的玩笑，自覺有趣，微微一笑。大副卻無笑意。「你可以跟德斯波蒂科號的每一個人打聽。」

大副跟服務生揮揮手，叫他再端杯咖啡過來。

「你不是希臘人，」大副對亞桑說。

「我是保加利亞人，」亞桑跟他說。

「你這是哪一國的口音？」大副戰時經常跟保加利亞人做生意，但眼前這人的口音有種奇怪的韻律。

「我來從山區。」

「波馬克人？」

「這樣不好嗎？」

大副搖搖頭。「我沒有這個意思。波馬克人安靜、很有韌性，戰時吃了不少苦。」

「戰時每個人都吃了不少苦，」亞桑說。

服務生幫大副端來另一杯咖啡。「你在德斯波蒂科號工作多久了？」大副問。

「至今六個月。」

「你要我雇你、好讓你在美國跳船？」大副可不笨。

「我要你雇我，因為你們船上載了燃油，而司爐工可以查看油管裡的氣泡，如此而已。司爐工不一定非得鏟煤。鏟煤鏟久了，自然累積出經驗。」

大副逕自點了一支煙，沒問亞桑要不要也來一支。「我沒有必要再雇一個司爐工。」

亞桑把手伸進擱在他兩腿之間的背包裡，雙手各掏出一瓶約翰走路紅牌威士忌，放到桌上大副的晨間咖啡旁。「我背著這兩瓶威士忌跑來跑去，真累。」

×××

啟航三天之後，一些船員開始給大副惹麻煩。那個一隻腳不良於行的賽普勒斯乘務員手腳不夠快，餐後遲遲才收拾碗盤。那個索利亞諾斯船員謊稱他已經檢查排水孔，其實不然。伊亞沙森的太太離開他——這也不是第一次——所以原本個性就很火爆的他，這會兒甚至更容易動怒，不管哪個人跟他說話，到後來總是起口角，甚至為了骨牌遊戲大吵特吵。但亞桑絕不惹麻煩。他從不叼著煙四處晃蕩，卻始終忙著擦拭閥門、或是拿著鋼刷用力刷洗。他安安靜靜地玩紙牌和骨牌，最令人滿意的是，他絕不招惹船長的注意。船長什麼事情都看在眼裡，大副也知道這一點。但他沒有注意到亞桑。

出了直布羅陀海峽，船就進入波濤洶湧的大西洋。航行於大海之時，大副天天早起，漫步於貝侖凱瑞號，看看哪裡可能出問題。今天他照例走上甲板喝杯咖啡——甲板上始終供應咖啡——然後往下逐層巡查。一切看來正常，直到他走向燃油站、聽到有人在說保加利亞話。

亞桑跪在地上，用力搓揉一個男人的雙腿，男人靠著艙壁，全身上下沾滿油膩烏黑的汙垢，衣服溼答答，緊貼著他的皮膚。

「我現在可以走動了，讓我伸展一下筋骨，」髒兮兮的男人邊說，邊搖搖晃晃地在鋼承板上前前後後走了幾步。他也說保加利亞話。「啊，好舒服。」他咕嚕咕嚕地喝下一瓶水，然後狼吞虎嚥地吃下一片包在手巾裡的厚片麵包。

「我們已經在海上了，」亞桑說。

「我感覺得到。船在晃。」男人吃完麵包，又喝了幾口水。「還得多久？」

「說不定十天。」

「我希望不到十天。」

「你最好再躲進去，」亞桑說。「來，你的罐子。」

亞桑遞過去一個原本裝著小圓餅的空罐，從髒兮兮的男人手中接下另一個罐子，罐子原本用來裝咖啡，大副聞得出來現今裝滿了穢物。亞桑用手巾蓋住罐子，遞過去一瓶塞上瓶蓋的清水，鋼承板上有塊鋼板掀起，露出一個狹窄的小洞，髒兮兮的男人奮力掙扎，擠進小洞，隨之不見蹤影。亞桑拿根鐵桿抬起鋼板，移回原味，好像那是一片拼圖。

×××

大副沒有把他看到的事情呈報船長。他反而回到他的艙房，看著兩瓶約翰走路紅牌威士忌：一瓶是為了亞桑，另一瓶是為了他那個藏匿在鋼承板下方的朋友。在航向美國的船上，偷渡客並非不尋常，你若睜一隻眼、閉一隻眼、凡事不加過問，日子會好過一點。有些時候，結果當然是一副沉甸甸的棺木被抬下船。

唉，世事紛亂。但威士忌一開、一杯黃湯下肚之後，世事似乎不再那麼紛亂。如果其他人發現那個髒兮兮的男人在鋼承板的空隙中爬來爬去，代價可能相當慘重，更別提船長必須提交不計其數的文件。這事全看亞桑如何處理。如果船長始終不曾察覺，這事就永遠別讓他知道。

×××

兩場海上的暴風雨迫使貝侖凱瑞號減緩航速，然後還得在港口外等候兩天，直到港口領航員終於從小船中露面，爬上領航梯，慢慢走上甲板，把船引進港口。等到船下錨、穩穩停泊在擠滿了船隻的碼頭旁，天色已經漆黑，大副看到亞桑站在船欄邊、遙望遠方城市的天際線。

「那是美國賓夕法尼亞州的費城。」

「『芝卡哥』在哪裡？」亞桑操著保加利亞口音問。

「芝加哥到費城的距離，比從開羅到雅典更遠。」

「那麼遠？他媽的。」

「費城看起來像是天堂，不是嗎？但當我們在紐約靠岸，你才會見識到真正的美國大都市。」

亞桑點煙，也拿了一支給大副。

「美國煙比較好抽。」大副抽口煙，端詳眼前這個沒有給他惹任何麻煩的保加利亞人。「明天他們會搜船。」

「誰會搜船？」

「那些美國大咖。他們上船搜查，從船頂搜到船底，看看有沒有偷渡客或是共產黨。」

一聽到「共產黨」，亞桑馬上朝著海面吐口水。

「他們計算人頭，」大副繼續說。「如果人數不對，麻煩就大了。如果沒有問題，我們就可以卸貨，前往紐約。我會帶你去刮個臉，他們的手藝比土耳其人更好。」

一時之間，亞桑默不作聲。「如果船上有共產黨，我希望美國佬把他們揪出來，」他邊說、邊朝著海面再吐一口口水。

×××

亞桑躺在他的床上假寐，其他船員不停進進出出。清晨四點，他靜靜地穿上衣服，悄悄溜到通道，他四下張望，確定每個角落都沒人、自己不會被發現，然後小心翼翼地走向燃油站，拿根鐵桿抬起鋼承板的一塊鋼板，推到一旁。

「時候到了，」亞桑說。

伊布拉欣從底下爬出來，他長時間待在船殼和鋼承板之間，手肘和膝蓋磨得破皮，而且流著血。他已在那個陰暗的空隙裡待了多久？十八天？二十天？有何差別嗎？「我去拿我的罐子，」他喑啞地說。

「別管罐子。我們得走了。現在就上路。」

「等等，亞桑，拜託，我的腿！」

亞桑在時間容許的範圍之內盡量搓揉伊布拉欣的雙腿，然後扶著他朋友站起來。近來伊布拉欣每天只站立幾分鐘，他的背好痛，膝蓋甚至顫抖。

「我們得走了，」亞桑說。「你跟在我後面，跟我保持兩公尺的距離，走到每個轉角就停下來等一等，如果你聽到我跟人說話，你就找個地方藏起來。」

伊布拉欣點點頭，一步一步地跟著走。

一座梯子通往一個艙口，艙口通往一個房間，房間通往另一個艙口、另一個通道、另一座梯子。梯子爬到頂，又是一個通道和一座梯子，但這座梯子比較像是階梯。亞桑拉拉一扇厚重的鋼門，門往內一開，開到一半就停住。二十一天來，伊布拉欣頭一次呼吸到新鮮空氣，沒錯，自從貝侖凱瑞號離開比雷埃夫斯港之後，伊布拉欣已經在鋼承板底下躲了二十一天。

「沒問題，」亞桑悄悄說。

伊布拉欣走過通道，終於跨到門外。他的雙眼試圖調適，幸好此時天色已暗。氣候溫煦，充滿夏日的氣息。他們站在甲板的船欄旁，面朝遠處的碼頭，離海面約十二公尺。幾個小時之前，這個波馬克司爐工已經悄悄把繩索綁在船欄最靠近地面的橫桿上。

「順著這條繩索爬下去，游泳繞過碼頭，找著地方上岸。」

「我希望我還游得動，」伊布拉欣說。他笑了笑，好像自己說了笑話。

「附近有些灌木叢，你先躲在裡面，等我明天過來。」

「如果有狗呢？」

「那你就設法跟它們交朋友。」伊布拉欣聽了又大笑，而後攀過船欄，雙手緊握繩索。

×××

大副隨同船長在操舵室的右舷啜飲晨間咖啡，碼頭工人已經卸下大多貨物，碼頭熙熙攘攘，到處都是卡車、起重機和工人。

「我們去華爾道夫飯店吃頓飯，」船長說出這話之時，大副正好看到亞桑沿著跳板走下船，肩上背著他那個曾經裝了兩瓶約翰走路紅牌威士忌的背包。他的手臂下還夾了一個包裹，船員們經常夾帶包裹上船，包裹裡裝著只有在美國買得到的物品。這時亞桑卻夾帶一個包裹下船。

「牛排這麼厚。」船長伸出手指比比牛排的厚度。「華爾道夫飯店。他們供應這樣的牛排。」

「聽起來不錯，」大副說，在此同時，亞桑消失在某個灌木叢之中。

×××

亞桑沒看到伊布拉欣，不禁擔心那些美國大咖是否也搜索灌木叢，試圖逮捕共產黨和沒有身分的偷渡客。他不想大聲喊叫，於是跟狗一樣吠了一聲。他聽到一隻狗嚎叫回應，但那是伊布拉欣。伊布拉欣走出灌木叢，他打著赤膊，手裡拿著他那雙積了厚厚一層油汙的鞋子。

「誰是一隻大狗？」他微笑地問道。

「你整晚還好吧？」

「我用蘆葦搭了一張床，」伊布拉欣說。「相當柔軟，而且晚上不太冷。」

亞桑打開包裹，裡面是一些衣服、肥皂、食物、刮鬍用具。除此之外還有一張對折、用粗繩捆紮的報紙，報紙裡包了一疊德拉克馬紙鈔①。上船之前，他們兩人在希臘打零工，攢下一些錢，這疊紙鈔就是伊布拉欣應得的一份。伊布拉欣數都沒數就把鈔票塞進口袋裡。「亞桑，從這裡坐火車到『芝卡哥』得花多少錢？」

「從雅典坐到開羅多少錢？在車站找個地方換錢吧。」

伊布拉欣吃了東西、梳洗更衣之後，亞桑跟他一起坐在一塊石頭上，拿出剃刀，幫他的朋友刮臉；他們沒有鏡子，伊布拉欣只能請亞桑代勞。

---

① 譯註：drachmas，希臘舊鈔。

×××

大副站在船舷，拿著一副望遠鏡搜看灌木叢。搖擺的樹枝之間似有動靜，他看到亞桑在幫一個他不認識的男人刮臉。啊，麻煩人物已經下船，而且沒有驚動船長。也不需要棺木。亞桑真是一個聰明的波馬克人。

伊布拉欣梳理潮濕的頭髮之時，亞桑試圖擦拭他朋友的鞋子。「我只能擦到這個地步，」他邊說、邊把鞋子遞過去。

伊布拉欣把手伸進口袋，掏出一張德拉馬克鈔票，用力塞進亞桑的手裡。「來，鞋子亮晶晶，打賞不手軟。」亞桑一鞠躬，兩人都大笑。

他們一起走到船塢的另一頭，沿途跟其他來來去去的人們攀談。他們看到一輛又一輛汽車和卡車，汽車超大，卡車也跟屋子一樣龐大，齒輪嘎吱嘎吱地磨輾，拉起巨大的貨櫃，他們還看到許多船隻，有些比貝侖凱瑞號更新、更大，有些則是鏽跡斑斑。他們看到男人們站在小亭子旁邊大嚼夾了香腸的麵包捲，亭子上掛了一個牌子，亞桑學過英文，勉強拚得出牌子上的字母：ＨＯＴＤＯＧＳ。這兩個保加利亞人都餓了，但手邊都沒有美金。船塢另一頭有個閘門和一間辦公室，辦公室裡有個警衛，但每個美國人都逕自走過警衛身邊，甚至沒有停步。

「亞桑，我們『芝卡哥』見，」伊布拉欣說。然後用他破英文說了一句：「Tenk choo

berry mich②」。

「好說、好說，我只是把你這個狗屎傢伙帶離家鄉，」亞桑邊說、邊抽出一支香煙，然後把整包香煙遞給伊布拉欣。他抽著煙，看著他的朋友走向閘門、點個頭走過警衛身邊、消失在直通費城天際線的道路盡頭。

×××

回到船上之後，亞桑整個早上盡量找事做，直到第一批用餐的船員幾乎走光、只見零星幾人，他才走進廚房。他拿了一些剩下的麵包、蔬菜和湯，在桌旁坐下。跛腳的賽普勒斯乘務員幫他端來一杯咖啡。

「第一次來美國？」他問亞桑。

「是的。」

「我跟你說啊，美國最棒。紐約什麼都有。你等著瞧。」

「那些大咖，他們什麼時候上船？」亞桑問。

「什麼大咖？」

②譯註：「Thank you very much.」，意即「非常感謝」。

「搜船的美國人。他們上船搜索共產黨，沒事找事。」
「你他媽的說些什麼？」
「他們計算人頭，確定沒有人偷渡。大副跟我說的。大咖上船，搜索整艘船。」
「搜索什麼？」賽普勒斯人走回廚房，幫自己倒了一杯咖啡。
「他們核對我們的文件，是嗎？叫我們排成一排、檢查我們的文件？」亞桑已經排了好多次隊，也被檢查了好多次，如果美國人叫他這麼做，他覺得也說得通。
「那些狗皮倒灶的事情由船長負責，」賽普勒斯人一口氣灌下半杯咖啡。「喂，紐約有家妓院，我知道那個地方，明天帶點錢，我們過去爽一爽。」

×××

以前在家鄉的時候，亞桑看過白牆上播放黑白電影，影像晃動，一閃一閃。有時是美國片，牛仔們騎在馬上開槍，槍口噴出一道道長長的煙霧。他最喜歡一部新聞影片，片中工廠和工地林立，一棟新建的大樓高聳入雲，矗立在一個叫做芝加哥的城市；芝加哥有好多高樓，街上擠滿了漆黑的豪華汽車。

但紐約看起來像是一個無邊無盡的城市，它將薄霧推入夜空，低垂的雲朵因而染上一抹金黃，河面閃閃爍爍，有如蒙上彩色的煙霧。貝侖凱瑞號沿著寬廣的河流慢慢航行，蒸氣有如熱風般吹拂，城市緩緩掠過眼前，有如一道銀閃閃、鑲了珠寶的簾幕；上百萬扇燈火通明的窗戶，凝聚成群，聲勢浩大，一棟棟絢爛的高樓，遠遠望去，有如城堡，車前大燈雙雙打出明亮的燈光，不計其數的車輛嗚嗚嗡嗡地朝向各方移動，有如飛舞的蚊蠅。亞桑站在船欄旁，嘴巴大張，雙眼圓睜，海風勁揚，他的衣服被吹得飄搖晃蕩。

「他媽的，」他朝著紐約說。

×××

晨間時分，大副在燃油站碰到他。「亞桑，穿上你那套細條紋西裝，我要去刮臉。」

「我有任務在身。」

「我說你沒有任務，你就沒有任務。畢竟我是大副。我們走吧。把錢留在船上，你才不會第一天就碰上扒手。」

車子沿著街道順暢行進，很多部都漆成黃色，車側印著英文字，這些黃色的車子在街角緊急剎車，人們下車，另一批人隨即上車，上上下下，川流不息。安裝在立桿上的方盒依次閃著紅光、綠光、橘光，而且不停重複。立桿上、牆壁上、窗戶上，到處都是牌示，數目多到亞桑已不再試圖辨識字母。看起來很有錢的美國人行色匆匆，看起來不怎麼有錢的美國人也急急忙忙。三個肌肉發達的黑人忙著把一個大木箱搬上一棟樓房的樓梯，人人汗水淋漓，浸濕了襯衫。喊叫聲、音樂聲、引擎聲、收音機的話語聲自四面八方湧來。

一個年輕人騎著一部二輪機動自行車呼嘯而過，車速快得幾乎撞上正在穿越一條大街的大副和亞桑。亞桑在電影裡看過警察騎著超大的機動自行車，但那個年輕人不是警察。在美國，每個人都可以騎這種自行車嗎？

他們走過一個販賣報紙、糖果、飲料、香煙、雜誌、梳子、原子筆、打火機的小亭。兩分鐘之後，他們走過另一個小亭，販售的物品全都一樣。結果街上到處都是小亭。車輛、行人、公車、卡車熙熙攘攘，川流不息，連一輛輛沿著街道緩緩行進的馬車都似乎延伸到視線的盡頭。

大副健步如飛。「在紐約市區，你走路的時候必須像是快要趕不上重要的會議、或是被小偷們盯上。」他們穿過一條又一條街，繞過一個又一個角落。亞桑已將他那套藍色的細條紋西裝搭在手臂上。他滿身大汗，頭昏眼花，腦袋裡裝了太多美國的人事物。

大副在一個街角停下腳步。「嗯，讓我瞧瞧，我們在哪裡？」

「你不曉得我們在哪裡？」

「我只是在想一想怎麼走最好。」大副四下張望，看到某個東西，放聲大笑。「啊，你看看那個。」

亞桑頭一歪，跟著仰望一棟樓房頂樓的窗戶。他看到窗戶上掛著一副國旗，有如一個牌示——那是一幅藍白雙色的希臘國旗，國旗上的十字象徵教會，條紋象徵海洋和天空。一個穿著短袖襯衫、領帶垂掛在脖子上的男人站在窗邊，一邊對著話筒大吼，一邊急急揮舞雪茄。

「我們希臘人無處不在，不是嗎？」大副又放聲大笑，然後舉起一隻手掌。「你聽好，紐約這個城市很簡單，容易搞懂。它的形狀就像你的手掌。標了號碼的大道是縱向，從你的指尖直通你的手腕。標了號碼的街道是橫向，從你掌心的一頭直通另一頭。百老匯大道是生命線，又彎又長。中指和無名指是中央公園。」

亞桑仔細研究自己的手掌。

「好，那些牌示告訴我們，」——大副指指立桿頂端兩個交叉的牌示——「我們在二十六街和第七大道的交叉口，換句話說，我們差不多就在這裡，你瞧？」大副指指他權充地圖的手掌。「二十六街和第七大道，了解嗎？」

「像是我的手。他媽的。」亞桑覺得自己懂了。他們繼續沿著第七大道陰涼的一側前進，然後轉了個彎。大副在階梯前停步，從階梯走下去就是理髮廳。

「到了，」他說，邁步下樓，走向門口。

理髮廳只限男性，跟家鄉的理髮廳沒什麼不同。亞桑和大副一進門，大家都轉頭看著他們。收音機開著，但不是播放音樂，而是一個男人在說話，他說了又說，蓋過群眾隱約的話語聲。有時群眾高聲咆哮、或是熱烈鼓掌。架上擺了一瓶瓶不同顏色的液體。

大家都在抽煙，煙蒂多到兩個煙灰缸滿得溢出來。

大副跟一個比較年長的理髮師講英文——店裡還有另一個理髮師，年紀較輕，說不定是兒子——然後挑了一個邊邊的位子坐下。亞桑坐在他旁邊，聽著大家講英文，翻看雜誌裡一張張照片，照片上有些是配槍的惡徒，有些是穿著緊身短裙的女人。店裡還有三個美國人在等候，後來其中一人決定讓另一個理髮師服務，坐上一張舒適巨大的皮椅。一個客人付了錢，說了幾句話讓眾人大笑，然後走出門外，爬上階梯，回到街上。另一個客人理了頭髮，照樣說了幾句有趣的話，打賞理髮師幾個銅板，離開店裡。

大副坐上一張大大的皮革理髮椅，指著亞桑說了幾句話，好像在解釋什麼。理髮師看看亞桑，說了一聲「沒問題」。他把一條白毛巾披在大副身上，緊緊繫在大副的頸後，開始幫大副刮臉。敷上熱毛巾，抹上刮鬍霜，拿起剃刀刮臉，如此程序重複三次，幾乎足以比擬君士坦丁堡的土耳其理髮師。然後他修一修大副的頭髮，用刮鬍霜和剃刀刮一刮耳朵四周和脖子後面的毛髮。他們兩人談笑風生，大副講了好多話，亞桑心想，大副的英文肯定非常流利。美國人全都大笑，人人看著亞桑，好像他也聽得懂笑話。

當大副的臉刮得乾乾淨淨、飄散著微微刺鼻的古龍水辛香，他付給理髮師紙鈔，說了幾句英文，指指亞桑。理髮師又說一聲「沒問題」，招手示意亞桑上座。

當理髮師幫他圍上毛巾，大副用希臘語跟他說。

「免費刮臉。我已經付了錢。喔，這些是給你的。」大副交給亞桑一疊對折的鈔票。

美金鈔票。「像你這樣的一個聰明人在美國會相當成功。祝你好運。」亞桑看著大副那雙皮鞋踏上階梯、走回街上，這是他對大副最後的印象。

×××

亞桑走在街上，感覺臉頰清爽平滑、帶著古龍水的辛香，紐約緩緩蒙上晚夏的夜色，燈影平添一絲溫煦。他看到好多令人稱奇的景象：櫥窗裡掛滿烤雞，隻隻叉在鐵叉上轉動炙烤；一個男人販售發條玩具車，玩具車奔馳於一個箱子的木軌間，木軌緊緊釘在箱頂，以免玩具車滑出箱外；餐廳的一面牆是一片落地窗，由窗子望進去，美國人坐在桌邊和一個長櫃檯的高腳椅上，女侍端著一盤盤豐盛的餐點和一碟碟糕點，踏著輕快的步伐來回走動。亞桑行經一道階梯，階梯深長，直通地底，兩旁設有鍛鐵扶手，擠滿了上上下下的人群，人人行色匆匆，扒手若想把他們當成目標，可不是那麼容易。

走著走著，兩旁再也看不到高樓，天空赫然開闊，繁忙街道的另一頭綠樹成蔭，亞桑猜想自己肯定走到了他手掌地圖的中指和無名指之處，也就是紐約的中央公園。他不知道如何穿越寬廣的馬路，但當其他人跨步，他就跟著走。一個男人在低矮的牆邊推著小車賣HOTDOGS，亞桑忽然好餓、好餓。他掏出大副給他的紙鈔，找到一張上面印著「1」的鈔票，把錢遞了過去，小販一直問他問題，亞桑一個都答不出來，他只聽得懂「Coca-Cola」，說真的，這是他唯一知曉的英文。

小販遞給他一個三明治和一瓶可口可樂，三明治裡塞了香腸和濕軟的洋蔥絲，紅黃雙色的醬汁泌泌滴流，然後小販遞給亞桑一把零錢，其中包括三種不同大小的銅板，亞桑用空著的一手接下，塞進口袋裡。然後他找了一張長椅坐下，吃下生平最可口的餐點。不一會兒，他拿著半瓶還沒喝完的可樂，走回去找小販。他遞過去一把銅板，小販拿了其中最輕扁的一枚，幫他做了另一個塞滿香腸的三明治。

夕陽西下，天空暗了下來，街燈大放光明，亞桑沿著公園美麗的步道行走，喝完他那瓶可口可樂。他看到噴泉和雕像。他看到男女情侶手牽著手、開懷大笑。一位有錢的女士牽著一隻非常袖珍的小狗，亞桑從沒見過如此可笑的小狗，他幾乎朝著小狗狂吠一聲、逗逗小狗，但他想了想，那位富婆說不定會跟警察抱怨，而他絕對不願警察跟他索取身分證件。

公園的側門邊，一道閘門嵌入牆中，亞桑行至此處，再度迎見市景。這時天色已晚，人們穿越馬路，拿著毯子和枕頭走進公園。亞桑看得出這些人跟牽著小狗的富婆不一樣，他們是一家家白人、黑人、黃種人，身邊跟著嬉鬧傻笑的孩童，還有一些是忙了一天、看起來相當疲倦的男男女女。亞桑忽然也覺得精疲力盡。他跟著一戶人家走回公園裡，來到一個大草坪，其他人正動手攤開毛毯和床單，打算在這個悶熱潮濕的夏夜露宿公園。有些人已經呼呼大睡。有些人輕聲斥喝他們的小孩，在草坪邊緣的大樹旁鋪設休憩之處。

亞桑找到一塊柔軟的草皮，脫下鞋子，把外套當作枕頭。遠處車聲隆隆，先生太太們壓低了聲音說話，亞桑聽著這些聲響，沉沉入睡。

×××

亞桑在一棟石砌建築物的公廁裡梳洗，他甩甩手指，撣撣長褲和西裝外套，抖抖他那件像樣的襯衫，然後重新穿上衣服，盤算今天要走到哪裡。

就在這時，他想到那個站在掛著希臘國旗的窗邊、對著話筒大吼大叫、逗得大副大笑的男人。那個地方在哪裡？他看著他的手掌，仔細端詳掌間的地圖，想起大副提及二十六街和第七大道。亞桑知道自己有辦法再找到那個地方。

當亞桑抬頭仰望，沒有人站在二十六街和第七大道的窗邊，只有希臘國旗依然高懸。亞桑在附近找到一個入口，入口處掛著一個小小的牌示和另一面小小的希臘國旗，牌示上以希臘文寫著：「希臘國際協會」。亞桑走入門內，爬上樓梯。

當天氣溫已經攀升，即使門半開、窗戶也微微開啟，辦公室依然熱得讓人發昏。亞桑聽到音樂聲——曲調輕緩，還有一個人不停覆誦單字。*ay...ay...ay...space...es...es...es...space*。一部打字機伴隨著每個單字噠噠作響。*dee...clack...dee...clack...dee...clack*。

亞桑站在門口，只看到一張凌亂的桌子和幾張休閒椅。

*Eff...clack...eff...clack...eff...clack...space...thunk*。亞桑走進去。辦公室的小隔間裡有個女孩，她坐在一張小桌前，桌上擺了一部小小的綠色打字機。她專注於左手手指，隨著唱片的指示敲打鍵盤。亞桑默不作聲，不想干擾女孩的打字課。

「*Tikanis* ③。」

亞桑轉身。那個昨天對著話筒大吼的男人走進辦公室，手裡拿著一個小紙袋。「你是誰？」男人用希臘語問他。

「亞桑·契皮克。」

「你不是希臘人？」

「不是。我是保加利亞人，但我來自希臘。我看到國旗。」

男人從紙袋裡掏出一個厚紙杯和一塊蛋糕，杯子滿滿的，聞起來像是咖啡，蛋糕圓圓的，中間有個洞。「你沒跟我說你今天會過來，亞桑，不然我就幫你買早點！」男人大聲笑笑。「桃樂絲！我們得幫亞桑買杯咖啡。」

*ell...ell...ell...space*。「我剛開始練習打字！」

「抬起唱針，別放唱片了。保加利亞人餓了就變臉。」男人轉向亞桑。「桃樂絲會幫你買杯咖啡。最起碼這裡的人覺得那就叫做咖啡。」

×××

亞桑啜飲一杯大多是牛奶和糖、約略帶點咖啡味道的熱飲，桃樂絲坐回她的打字機前，依循唱片喀喀噠噠地敲打鍵盤。*you...you...you...space...eye...eye .. eye...space*。那位叫做迪米崔・巴卡斯的男人詢問亞桑一些問題。亞桑提起貝侖凱瑞號、他昨天才下船，但隻字未提伊布拉欣藏匿在鋼板之間、或是伊布拉欣已在一個叫做費城的都市下船。

亞桑也隻字未提戰爭四年前就已終止、他多次試圖穿越保加利亞和希臘邊界。他沒提那個他弟弟升火燒水、不慎釀下大錯的早晨。當時他們在山裡，躺在兩塊岩石之間睡了一晚，正準備趕緊上路，但亞桑的口袋裡有些咖啡，他弟弟想喝咖啡，一杯就好，他弟弟說，補充一下精力，其實是想要在寒冷的早晨品嘗熱咖啡的滋味。為了賞金而追捕逃犯的共產黨已經盯上他們，也已看到營火升起的煙霧。亞桑先前走到樹林的另一頭拉屎，他躲在原地，親眼目睹他弟弟奮力抵抗、一個共產黨朝他弟弟頭上開了一槍。他沒有跟迪米崔提起那個他非殺不可的男人。當時亞桑在溪邊喝水，沿著溪邊有條小徑，一個當地人走在小徑上，幾乎被亞桑絆了一跤，那人破舊的外套上別著一只共黨徽章，亞桑一看他的眼神就心知肚明，那人回頭跑向附近的村落，肯定打算舉報他看到一個逃往

③譯註：希臘語，意思是「你好嗎？」或是「有何貴幹？」

邊界的叛徒，但亞桑趕上他，拿塊石頭把他砸死，把屍體丟進溝壑。亞桑沒提當他終於抵達雅典、他結識的一個朋友跟他建議一個住處，朋友說，跟他一樣的難民們都住在那棟屋子，當亞桑走進屋裡，他卻遭到毒打，被扔上一輛沒有車牌的卡車，連同其他受騙上當的保加利亞人一起被銬上手銬，被卡車載著越過邊界，回到保加利亞境內。亞桑沒提共產黨上尉把他銬在椅子上、扯著嗓門審問他，若是得不到滿意的答案，上尉就拳打腳踢，然後祭出一套特別的刑具，一而再、再而三扯著嗓門審問。亞桑沒提那個難民營、那些他眼睜睜看著被槍殺、被吊死的營區囚犯。

他沒提他獲釋之後碰見的那個女孩、他倆短暫的戀情、他們始終飢腸轆轆。他沒提她叫做娜蒂達、她懷了身孕、她在他們婚後幾個月生下一個男嬰、他那個名叫皮塔的孩兒。他沒提他年輕的妻子難產、產婆不知道如何止血。男嬰失去了母親和母奶，僅僅活了一個月。迪米崔始終不曉得亞桑有個叫皮塔的孩兒。

亞桑沒提他因為偷竊空瓶而被捕，即使他絕對沒有竊取空瓶。他原本就已列入黑名單，所以他又被關進牢裡。亞桑沒提他四度試圖逃脫、遭到逮捕、在勞改營待了一年、在營中結識伊布拉欣。有天晚上，火車駛過營區，把他們倆人和駐守在鐵道另一側的警衛隔開，他們趁機丟下鐵鐐，跳入河中，游泳脫逃。亞桑沒提一個農夫在幾英里之外撞見濕淋淋、冷冰冰的他們，農夫大可把他們送交村中的共產黨幹部，但他反而在他們晾乾囚衣之時送上熱騰騰的食物。他還給他們錢——每人二十保加利亞幣。

亞桑和伊布拉欣買了車票，搭公車到希臘邊界附近的山區。當警察上車檢查證件，他們提不出任何證明。但他們的囚衣正好和陸軍二等兵的制服相同，只不過缺了臂章或徽章。當亞桑跟警察說他們是斑疹傷寒帶原者、正要前往陸軍醫院報到，警察一聽到「斑疹傷寒」就張大雙眼，幾乎是跑下公車。

他們徒步越過高山之中的邊界。抵達雅典之後，他們靠勞力掙錢，胼手胝足，辛苦了將近一年，直到亞桑在德斯波蒂科號找到一份司爐工的工作，把煤炭鏟進鍋爐之中，以便渡輪來回比雷埃夫斯港和希臘各個小島。

這些亞桑全都沒提，他只說他是貝侖凱瑞號的司爐工、負責查看油管裡的氣泡、跳了船、因此這會兒人在美國。

迪米崔知道亞桑的境遇遠多於此，但他不在乎。「你知道我可以利用這間辦公室幫你做些什麼嗎？」

「教我打字？」桃樂絲這會兒繼續敲打鍵盤：

*Cap…thunk…Cue…clack…thunk…YouYou…clack…space…thunk*。

迪米崔放聲大笑。「我們有些善心人士協助我們提供服務。這得花點時間。但我這就跟你說，如果你捲入任何法律糾紛、或是跟警察有任何牽扯，一切都會變得非常棘手。你了解嗎？」

「當然了解。」

「好。你現在得學著說英文。這是地址，你可以到那裡免費上課。晚上授課。無需註冊。報個名，填寫資料，專心學習。」

亞桑接下地址。

「你有沒有什麼值錢的東西可以出售？黃金、或是家鄉的奇珍異寶？」

「沒有。我把東西全都留在船上。」

「我老爸也是。一九一〇年之時。」迪米崔從外套口袋裡掏出一支雪茄。「過幾天再過來一趟，我們會有一些舊衣服給你。桃樂絲！幫亞桑量一量他穿幾號的長褲。順便量一量他穿幾號的襯衫！」

「我打完了再說！」桃樂絲始終緊盯著鍵盤，頭抬也不抬。*Cap*。*Tee*。*Space*。*Cap*。*Gee*。*Space*。*thunk–clack–thunk–clack*…

「亞桑，你工作有著落嗎？」迪米崔劃亮一根巨大的火柴，以火球般的焰火點燃雪茄。

亞桑的工作沒有著落。

「過去那裡一趟。那裡在下城區。」迪米崔在另一張上寫了幾筆，遞給亞桑。「就說你要找寇斯塔斯。」

「寇斯塔斯。好的。」亞桑正要離開辦公室之時，打字課的唱片剛好放完，桃樂絲把唱片翻面，繼續練習。

×××

地址在亞桑手掌的最下端，那一帶的街道沒有號碼，而且朝向四面八方延展。他花了幾乎一整天的時間踏遍一條條奇形怪狀的街道，繞著圈子走來走去，不止一次經過同樣的地點，最後終於找到那個地方。那是一家小小的餐館，招牌上寫著「奧林匹克燒烤」，字樣周圍環繞著希臘回紋的花邊。餐廳裡擺了四張小桌，桌子與牆壁相連，附設皮革長椅，另有八張單腳圓板凳，矗立在吧台之前。餐廳座無虛席，熱氣逼人。一個女人站在吧台後方，忙得沒空招呼亞桑，直到他在同一個地方站了太久，她才用希臘語跟他大喊：「阿呆，在外頭等位子！」

「我來找寇斯塔斯，」亞桑說。

「你說什麼？」女人大喊。

「我來找寇斯塔斯！」亞桑也扯著嗓門大喊。

「甜心！」女人轉身背對亞桑，高聲嘶吼。「有個呆子說要找你！」

寇斯塔斯個頭矮小，留了濃密的八字鬍。他沒空跟亞桑說話，不過還是吼了幾句。

「你有何貴幹？」

「你是寇斯塔斯嗎？」亞桑問。

「你有何貴幹？」

「我要找工作，」亞桑笑著說。

「我的天啊，」寇斯塔斯轉過身去。

「迪米崔．巴卡斯叫我過來找你。」

「誰？」寇斯塔斯一邊收拾餐盤，一邊跟一個客人收錢。

「迪米崔．巴卡斯。他說你會給我一份工作。」

寇斯塔斯放下手邊的工作，直視亞桑的雙眼；他個頭好矮，甚至必須往後一仰，才有辦法怒視這個保加利亞人。

「你他媽的滾出去！」口操希臘語的客人們擱下餐盤，抬頭觀望，幾個只會說英語的客人繼續埋頭用餐。「別再回來！」

亞桑轉身，滾出餐館。

×××

亞桑走了好久才回到中央公園。空氣凝重，又悶又熱，亞桑的襯衫黏貼在脊背，久久不乾。他沿著一條大道走了半天，直到耀眼閃亮的燈光全都投射在一處，九條街道似乎在此匯集，行人、巴士、黃色的汽車蜂擁而至，甚至還有騎著馬的士兵——說不定他們是警察。亞桑從未置身如此擁擠的人群之中，人人似乎朝著四面八方前進。

他走進一家巨大的咖啡館，花了幾枚銅板點了HOTDOGS和一杯果汁，果汁裝在紙杯裡，冰涼香甜，他從來沒有喝過這麼可口的飲料，甚至比可口可樂更美味。他跟咖啡館裡大多人一樣站著吃，即使他一心只想脫下鞋子。暑氣逼人、三角形街道的另一頭是一家電影院，燈光連環閃爍，競相追逐，繞著圈子閃了又閃。亞桑看到票價——四十五分錢，也就是四枚他口袋裡最輕扁的銅板，另加一枚大一點、厚一點、一面刻印拱背野牛的硬幣。亞桑忽然好想坐在舒適的座椅中，脫下鞋子，看場電影。他希望電影裡會出現芝加哥。

電影院有如一座大教堂，穿著制服的男男女女幫大家帶位，喋喋不休的情侶們，三五成群的小夥子，人人興高采烈，高聲談笑。樑柱矗立，有如雅典帕德嫩神殿的棟樑，牆上蝕刻著金光閃閃的摩登天使，一面深紅的布幕垂掛而下，整整三十公尺高。

布幕一拉開，亞桑就脫下鞋子，如同貝侖凱瑞號一樣龐大的螢幕播放一部短片，樂聲悠揚，一個個華麗的單字在螢幕上飛舞跳動，忽隱忽現，速度飛快，亞桑甚至連一個字都認不出來。片中的女士們翩翩起舞、男士們爭執不休。接著播放另一部短片，樂聲依然悠揚，單字依然飛舞。片中出現拳擊手，還有滿天都是飛機的天空。第三部短片裡，一個非常嚴肅的女人說些非常嚴肅的話，然後低聲啜泣，然後沿著大街一邊奔跑、一邊大喊某人的名字，然後片子就結束。過了一秒鐘，螢幕上忽然迸出生動的色彩，一個長相滑稽的男人打扮成牛仔——但這人不是真正的牛仔——一個嘴唇紅得不能再紅的黑髮美女唱了歌、說了話，有如大教堂般的電影院頓時盈滿笑聲。儘管如此，亞桑卻很快就陷入深沉的夢鄉。

×××

隔天，「希臘國際協會」沒有半個人。整個城市顯得沉靜，沒什麼人從通往地下隧道的階梯走上來，許多大樓都空空蕩蕩。亞桑找到那個免費教授英文的地方，那是一棟位居四十三街的樓房，但那裡也沒有半個人跟他說英文。

但當亞桑回到中央公園，周圍每一棟大樓的居民似乎全都湧向公園的樹林、步道、遊樂場和青綠的大草坪。動物園、划槳船、音樂會，到處都是孩童和一戶戶人家，人們穿著裝了輪子的鞋子四處滑行、陪著小狗玩耍，孩童丟球、接球、踢球，各式各樣的球都讓他們玩得不亦樂乎。亞桑最喜歡小狗，一看看了好久。

當天色漸暗，一戶戶人家動手收拾東西，球賽宣告終止，公園隨之清空。不一會兒，天空飄起雨絲，所以亞桑找到一處拱頂長廊，當晚就在那裡打地鋪。長廊上還有幾個人，他們睡在紙箱裡，身上只蓋著他們自己的外套，口操亞桑聽不懂的語言。他們看起來一點都不開心，但亞桑深知困在雨中的滋味，這會兒倒不至於開心。他曾經躲在橋下避雨，也曾穿著溼淋淋的衣服走了幾天幾夜，他甚至曾經逃過老鄉們的追趕，而老鄉們的臉孔跟這些傢伙一樣陰鬱。相形之下，目前這種狀況簡直是小巫見大巫。

隔天早上，亞桑一起來就咳嗽。

×××

「這些長褲應該合身。」桃樂絲說著希臘語。「靴子也應該合腳。你到走廊上的盥洗室試穿看看。」

「什麼是『盥洗室』④？」亞桑從沒聽過這個用詞。

「洗手間。男廁。」

長褲還算合身。二手靴子不但合腳，而且好像已經穿了一陣子，非常好穿。桃樂絲給他幾雙襪子、幾件襯衫、兩件厚長褲，多日以來，他只有他那套藍色的細條紋西裝可穿，現在穿上這些衣物，感覺好極了。桃樂絲從他手中拿走西裝，幫他洗一洗。

「上星期五過來找我們的那個保加利亞人怎麼了？」迪米崔拿著一袋中間空了一個洞的圓蛋糕走進來。「亞桑？你看起來好像紐澤西州的居民。」

桃樂絲又坐到打字機前，放了另外一張唱片。音樂的節奏較快——*Cap tee aitch eee*

④ 譯註：原文是「lavatory」。

*space cue you eye kay spac*——桃樂絲在音樂聲中喀喀噠噠地敲打字鍵。

「你見了寇斯塔斯嗎？」迪米崔問。

亞桑啜飲咖啡，咬了一口圓蛋糕，蛋糕甜得讓他喉嚨痛，但很好吃。「見了。他叫我他媽的滾出去。」他瞄一瞄坐在門邊的桃樂絲，幸好她沒聽到他罵髒話。

「哈！寇斯塔斯肯定不喜歡你的模樣。但是這會兒你看起來像是一個來自紐澤西州的傢伙、週末假期的辛納屈。」亞桑不曉得那是什麼意思。「寇斯塔斯欠我一個人情，所以你再去一趟、跟他說我叫你過去。你跟他說了我叫你過去，是吧？」

「他不在乎誰叫我過去。」

「跟他說我叫你過去。」

×××

亞桑再度一路走到下城區，來到「奧林匹克燒烤」，餐館裡只坐了半滿，寇斯塔斯坐在一張離門口最遠的圓凳上，一邊讀報，一邊啜飲他面前的咖啡，他真是矮小，雙腳懸空晃來晃去，像個小男孩。亞桑趨前，等著寇斯塔斯擱下報紙、抬頭一看。但寇斯塔斯繼續讀報。

「迪米崔說你會給我一份工作。」

寇斯塔斯擱下報紙。「啥？」他說，然後用鉛筆在一本攤開的拍紙簿上寫了一個字。那一頁已經寫了好多字。

「迪米崔・巴卡斯。他叫我過來找你。」

寇斯塔斯動也不動，但勉強把注意力從報紙和一排單字轉移到亞桑身上。

「你在說什麼鬼話？這是怎麼回事？」

「迪米崔・巴卡斯。他叫我過來找你。他說你會給我一份工作。因為你欠他一份人情。」

寇斯塔斯跳下圓凳，漆黑的雙眼怒火熊熊。「你是哪裡人？」他大喊。

「保加利亞，但我從雅典來。」

「滾回去雅典！我幫不了你！你在你保加利亞那個滿地屎尿的穀倉裡打手槍之時、你曉得我人在哪裡嗎？我在這裡！我在美國！你曉得當時我在幹嘛嗎？我光是妄想這家餐館就被修理了一頓。」

「但迪米崔說去找寇斯塔斯，所以我就過來找你。」

「去他媽的迪米崔！你快滾，少煩我。警察在我這裡吃飯！如果我開口，他們會敲爛你的頭。你再過來，我就叫警察！」

亞桑趕快離開餐館。他還能如何？他可不想跟任何警察有所牽扯。

×××

今天跟往常一樣炎熱。汽車和巴士隆隆轟鳴，有如暴風雨般吵鬧。街上好多人，人人似乎都有份正職、口袋裡不缺錢、心裡沒什麼擔憂，亞桑的耳中塞滿他們喋喋不休的話語聲，喉嚨發燙，雙腿好像綁上了一袋袋砂石。

他朝著四十三街的英文課堂前進，走著走著，疼痛如潮水般襲來，他不得不在一小塊種了樹的三角形綠地停下來。剛才頭不痛，這時卻好像有人在他眼睛正上方一再敲打。他在一座噴水池前窩起手掌、掬水啜飲，但他的喉嚨依然發燙，熱度不減。他看到兩個男人坐在樹蔭下的長椅上，長椅夠大，足以容納四人，他想要趕快坐下，一股無形的劇痛卻襲向他的腹胃，他痛得彎下腰，五臟六腑陣陣作嘔。

一個男人問了一些他聽不懂的問題，另一個男人扶著他的肩膀，帶著他走向那張樹蔭下的長椅。有人——說不定是一位女士——給他一條手帕擦擦嘴，有人給他一瓶溫熱的汽水，他用來漱漱口，然後啐吐出來。有人見狀跟他大喊大叫，但亞桑什麼都沒說。他往後一靠，頭倚著長椅，閉上眼睛。

×××

他以為自己只睡了幾分鐘，但當他張開眼睛，蔭影已經變得斜長，小公園裡也是另外一批人，而這些美國佬對一個在長椅上打盹的男人視若無睹。

亞桑把手伸進口袋。他的美國鈔票全都不翼而飛，只剩下一些銅板。誠如大副先前的警告，他停下腳步，小偷就把他的口袋扒光。他在原地坐了好久，頭痛欲裂。

午後的時光邁入黃昏，他不想一路走到中央公園，但一個警察在附近晃來晃去，盯上了他。所以他必須上路。一個多小時之後，他躺到公園的樹下，把額外的一雙長褲捲起來當作枕頭，昏然入睡。

×××

迪米崔的辦公室裡還有幾個人，人人西裝革履，提著裝滿文件的皮箱。他們全都不是希臘人。迪米崔站在窗邊、口操英文、對著話筒大吼大叫，就像亞桑頭一次看到他的那副模樣。其中兩個西裝革履的男人因為迪米崔說的某些話發笑，其他人點了煙。一個男人吐出一個個煙圈。亞桑可以聽到桃樂絲喀喀噠噠地打字，但已無需仰賴那張播放音樂的唱片。

「稍等一下，」迪米崔說，他看到亞桑，隨即伸手遮住話筒。「你的西裝在桃樂絲那裡。桃樂絲！」

辦公室裡的每一雙眼睛都瞪著亞桑、他皺巴巴的衣服、他沒刮的鬍鬚，他們眼中的他，顯然又是一個沒錢、沒見識、始終出現在迪米崔辦公室裡的混帳。桃樂絲拿著他的西裝走過來，西裝掛在鋼絲衣架上，外套和長褲洗得乾乾淨淨、燙得平平整整，襯衫摺得四四方方，好像一條桌巾。亞桑接下他的衣物，一邊退出辦公室，一邊點頭道謝。辦公室裡那幾個男人的眼神和目光讓他覺得自己卑微而渺小，好像以前在家鄉遭到士兵們搜身、士兵們對他動粗、花了許多不必要的時間挑剔他的文件，好像以前警衛們叫他站好、一再質問他，好像以前他和勞改營裡的其他囚犯排隊等著點名、一等等了好幾個小時。

當他走下通往街上的階梯，他聽到男人們放聲大笑、桃樂絲又開始打字，噠噠、噠噠、噠噠。

×××

寇斯塔斯點數收銀機裡還有多少零錢之時，一個穿著一套藍色細條紋西裝的男人坐到吧台前的高腳凳上。中午用餐的人潮即將湧至，老顧客們來來去去，直到下午三點，寇斯塔斯必須把紙鈔換成零錢，以便找零。三點過後，寇斯塔斯有時間看看報紙、學學新字。只要每天研讀報紙，再加上一群你可以聽他們說話、跟他們一直聊天的美國顧客，其實英文並不難學。

他太太在擦桌子，所以寇斯塔斯過去招呼這位穿著一套乾淨筆挺、藍色細條紋西裝的男人。「先生點餐嗎？」

亞桑把他口袋裡僅存的幾枚銅板擱在吧台上。「請給我一杯咖啡。美國咖啡，加糖和牛奶。」

寇斯塔斯認出亞桑，勃然大怒。「你他媽的開我玩笑？」

「我沒有開你玩笑。」

「迪米崔又差遣你過來我的餐館？」

「沒有。我只是過來喝杯咖啡。」

「你只是過來喝杯咖啡？放屁！」寇斯塔斯怒氣衝天，憤然把一個馬克杯摔到咖啡壺前，杯子甚至被撞出一道裂縫。「尼可！」他大喊。

一個跟寇斯塔斯一樣矮小的男孩從廚房裡探頭。「幹嘛？」

「再拿幾個馬克杯過來！」

尼可端著一個托盤走出來，托盤上擺著一個個美國咖啡專用的大馬克杯。這個男孩絕對是寇斯塔斯的兒子；他們兩人年紀相差二十歲、體重相差十公斤，除此之外毫無差異。

寇斯塔斯幾乎把一杯熱騰騰的咖啡朝著亞桑扔過去。「五分錢！」他邊說、邊從吧台上拿走一個厚重的銅板，也就是那個刻印拱背野牛的硬幣。亞桑把牛奶和糖倒入馬克杯，慢慢攪拌。

「你走進我的餐館，你以為你好不容易來到了美國、所以就有一份工作等著你。」寇斯塔斯靠著吧台，他真的好矮，雙眼竟然跟亞桑的雙眼齊高。「你跟那個希臘科孚島的混帳哭兮兮，他跟你說『去找寇斯塔斯』，我就應該付錢雇你？」

亞桑啜飲他的咖啡。

「你他媽的叫什麼名字？」

「亞桑。」

「亞桑？你連個希臘人都不是，居然過來這裡找工作！」

「今天我過來這裡喝杯咖啡。」

寇斯塔斯顛著腳後跟前後晃動，好像一個氣得隨時可能跳過吧台、找人幹架的傢伙。「難不成我的錢多到非得雇用每一個人？寇斯塔斯是個大咖！他有他自己的餐館！他生意好的不得了、屁眼裡都生得出工作！你可以到美國幫他做事！放屁！」

亞桑的馬克杯幾乎空了。「麻煩再來一杯，好嗎？」

「不！你不可以再來一杯！」寇斯塔斯瞪視亞桑的雙眼，一瞪瞪了好久。「保加利亞人，是嗎？」

「是的。」亞桑已經喝完咖啡，把馬克杯擱在吧台上。

「好吧，」寇斯塔斯說。「喂，把你那件高級的西裝外套脫下來，掛在後頭的衣架上。尼可會教你怎麼刷鍋子。」

# 漢克・費賽特的市城小記

## 福音大使愛斯蘭莎

兄弟，喝杯咖啡吧？這東西令人上癮。沒錯，我說的是咖啡。你知道的，我是個新聞人，而新聞室離不開咖啡，我敢跟你打賭，若是缺了咖啡，出報的品質肯定不佳。《三城論壇日報》的咖啡壺滿到幾乎溢出來，即使記者們大多出去外面的高檔咖啡館消費，那些咖啡館無所不在，雇了咖啡師，一杯加味咖啡索價六美金，其實你如果逛逛我們三城附近的咖啡館，你就會知道現磨、現煮、高壓萃取、俐落奉上的咖啡才是一杯無上的提神聖品。你不妨試一試愛咪的得來速，那是一家奇蹟大道上販售墨西哥捲餅的小攤，她的濃縮咖啡特濃，再用沾了辣椒的攪拌棒一攪，保證一喝就雙眼大張……勝利廣場那棟凱爾商務大樓的「寇克與史密斯咖啡小館」最近才提供外帶，而且是不甘不願地做出這個決定，但你最好還是在吧台前坐下，捧著一杯大大的陶瓷馬克杯，慢慢啜飲香醇的黑咖啡……「咖啡老大」有三家分店，其中一家在衛德沃斯街和紅衫街交叉口，這是一家當地人常去的咖啡館，咖啡盛裝在梅森罐裡，罐外還包上皮革護套。無論如何，你絕對不可以說要加糖或是奶精。他們是力求純粹的咖啡人，而且絕對會告訴你為什麼。東康寧區第二大道的「勁爆咖啡」有著其他咖啡館所沒有的獨特聲響。奶泡機嘶嘶作響，顧客和服務生喋喋不休，背景音樂輕緩柔和，好像隔壁在播放電影原聲帶。偶爾還有打字機喀喀噠噠的聲響，但聽不出打了哪些字。

×××

愛斯蘭莎・庫茲－巴斯特曼塔在鄰近的奧蘭治維爾出生長大，她是當地一家銀行的客服員，但對許多人而言，那只是她的副業。眾人咸認她是所謂的「福音大使」（*evangelista*），也就是一位利用打字專長造福群眾的打字員。在昔日的墨西哥，讀過書的修女們用打字機幫民眾打一些諸如申請函、收據、官方證件等重要文件，藉此服務信徒們，有時甚至幫那些不識字、或是沒有打字機的民眾打情書——曾有一時，打字機可是了不起的科技產品。愛斯蘭莎的爸媽跟許多人一樣，從「福音大使」那裡學會了不看鍵盤、依賴直覺打字，然後靠著這項專長吃飯，幫民眾打一些他們需要的書信、公文、備忘錄。沒有人因此賺了大錢，但字字句句因而印寫在紙上。

×××

愛斯蘭莎在「勁爆咖啡」有張桌子，桌上擱著她那杯加了豆奶的手沖咖啡，一疊白紙擺在她的打字機旁，等於是她的辦公桌。她在「勁爆咖啡」處理事務已經有一段時間。那些聽不慣打字機的聲響與韻律的人們，真得花點時間才能適應噠噠作響的愛斯蘭莎。「起先有些抱怨，」愛斯蘭莎跟我說。「我忙著打字的時候，有人會過來問我為什麼不用筆電，因為筆電比較安靜，也比較容易操作。有次兩個警察走進來，我心想：莫非有人打電話跟警察檢舉我？結果他們只是過來喝杯拿鐵。」

×××

為什麼不數據化？「我的電子郵件被駭，」愛斯蘭莎跟我說。被誰駭？「俄國駭客？國安局？假奈及利亞王子？誰曉得？我的個資遭竊，生活大亂，折騰了好幾個月。」近來她很少上網，手邊只有一支舊式掀蓋手機，她可以用手機傳簡訊，但她比較喜歡用手機打電話和接電話。至於臉書、Snapchat、Instagram 等社群？「放棄了，」她幾乎帶著炫耀的口吻說。「我被駭之後就退出社群媒體，每天節省了六小時！我以前花好多時間、每隔幾分鐘就查看我的手機，更別提浪費時間玩 SnoKon，為了得分在一個三角形的小杯子裡抓彩色冰球。」唯一的不便之處？「我得教我的朋友們怎麼找到我。」她到底用她那部大大的打字機寫些什麼？「可多著呢！我有個大家庭。姪子姪女們生日的時候會收到賀卡和一張五美元的鈔票。還有公司的內部文件，我要嘛複寫一份，要嘛重新改寫。我也打電子郵件。喔，還有這個……」她舉起一張紙，紙上是一份工整至極的文件。「這是我的購物清單。」

×××

有些顧客找上愛斯蘭莎，請求她提供打字協助，就像以前求助於修女打字員。「小孩子對我的打字機十分著迷，媽媽們點咖啡的時候，我讓他們用打字機打自己的名字，年紀比較大的孩子們還打了饒舌歌和詩句。」大人們也尋求她的服務。「現在沒有人擁有打字機，打字機也全都無法使用。但打字機打出來的東西很特別。有些傢伙拿著他們在電腦上打出來的信函過來找我，請我把信函打出來，讓它變得獨一無二。情人節或是母親節之前，我經常坐在打字機前，一忙就是好幾小時，等我幫他們打字的人們排隊排到街角。如果我收錢，我八成會跟一個稱職的花店店主一樣荷包滿滿。」愛斯蘭莎說，因為這樣的服務相當客製化，所以她讓大家請她喝杯咖啡，算是酬賞：早上喝普通咖啡，下午換成低咖啡因。

×××

「有個傢伙等著拿咖啡之時，跟我說起一部已經被他丟掉的舊打字機。他但願自己沒有把它扔了。他說他打算跟女朋友求婚，如果他用打字機打出一封求婚的信，那一封信和那一刻將會持續到永遠。我怎能不捲入一張白紙、讓他跟我口述信稿？我是他的愛情速記員。我們打了六份不同的草稿！」他求婚的時候說了些什麼？我問。「不關你的事。」女朋友答應了嗎？「我不知道。他把那封信從頭到尾念了十二次，確保字字句句適合求婚的場合。然後他帶著那封信和一杯香草卡布奇諾離開，從此之後我再也沒有見到他。」

×××

愛斯蘭莎的打字機是手提式，所以她在任何地方都可以提供打字服務，但「勁爆咖啡」是她的偽事務所。「這個地方不跟我計較，讓我可以盡情思考。我喜歡跟人相處，」她說。「況且，其中有些人果真需要我。」噢，福音大使愛斯蘭莎，超乎妳所知呢。

完美球王史提夫・王

Steve Wong is Perfect

網路影片在十億分之一秒之內即可傳遍世界，所以人人稱頌豬寶寶解救了快要溺水的羊寶寶。不、等等，那支影片是騙人的。但史提夫・王那檔事可不是騙人，那可是確有其事，甚至還有證人，所以他在網路上爆紅。

事情是這樣的：有天晚上，我們去打保齡球，史提夫真有兩把刷子，他擊出、擲出……嗯，應該說是「打出」一次次全倒，次數多到令人不可置信，所以囉，他絕對有資格受到每一個業餘和職業保齡球員的尊敬。儘管如此，如果你沒有在場親眼觀看，你說不定會認為安娜、穆達西和我捏造出一切。

史提夫的成就可不是捏造，也不是僥倖。他以前是「聖安東尼鄉鎮高中」新生保齡球隊的隊長，在「海濱保齡球館」舉辦的青年選手錦賽中奪得一座座獎盃。他甚至在他十三歲之時就打出完美球局，也就是連續十二次全倒、得分 300。他的名字上了報，「海濱保齡球館」也給了他許多促銷贈品。

當穆達西入籍滿一年，我們帶他去打保齡球，慶祝他當了一年美國公民。我們試圖說服他這是美國一項重要的傳統，來自越南、智利等國家的移民入籍滿一年都得打保齡球，所以他也應該循例。他欣然採信。史提夫・王帶著他職業水準的專用手套前來，他還有一雙特別訂製的保齡球鞋！我們穿著租來的劣等球鞋，球鞋平日擱放在接待櫃檯後方一個個陰溼的小方櫃裡，鞋帶甚至不成對，史提夫・王則足蹬獨一無二、褐黃雙色的保齡球鞋，球鞋前端印著 STEVE 和 WONG，左右兩腳的鞋後跟印著 XXX，代表多年之前那個完美球局第十格的計分符號。球鞋還有一個相稱的鞋盒，同樣是醜怪的褐黃雙色。我們不停搓揉球鞋，好像它們是魔法神燈，搓久了召喚得出精靈。當我們點的啤酒終於送達，我大喊：「我的願望成真囉！」

穆達西來自亞撒哈拉的村莊，從來沒有打過保齡球，所以我們讓他獨佔一個球道，還叫員工們幫他在球溝旁升起護欄——這種護欄可以防止小朋友把球擲入球溝之中。他的球來回彈跳，總會擊倒幾支球瓶，得分至多 58。我的得分紀錄是 138——我灌了那麼多瓶啤酒，居然打得出這個分數，已經算是相當過得去。至於我們那位安娜小姐，她非常專注於她的球技，結果比我多擊倒六支球瓶，得分 144，比我的最高紀錄多出六分，打敗了我。她沉醉在勝利的喜悅中，伸出她那雙跟套繩一樣結實的手臂緊緊抱住穆達西，開心地稱他為「我們的美國人朋友」。

但那天晚上最令人驚奇是史提夫・王和他高超的球技。他打了三局，得分各為 236 和 243，第三局更是高達 269，我們三人根本沒得比，更稱不上所謂的競爭。他的球技是如此高超，我們連聲驚嘆他怎麼可能把技術瓶打成補全倒，講到後來自己都累了。他甚至兩局之中連續打出十一次全倒。我威脅說要偷走他的手套，放火燒了。

「下次我要帶我自已的球過來，」他跟我們說。「我先前找不到。」

「但是你把你那雙醜陋的鞋子擺在馬上就拿得到的地方？」

我們四人隔週又去打保齡球。我幫史提夫找到了他的球。我開車過去奧克斯納接他，在他面積超大的家裡東翻西找，搜遍車庫和三個衣櫃。他那個褐黃雙色的皮製保齡球袋擱在一個破舊花俏的打字機機盒後面，球袋和機盒都擺在他妹妹衣櫃的最上層，旁邊有個盒子，盒裡裝了上百個舊芭比娃娃，個個面帶虛偽的笑容，纖腰細得不像話。保齡球的顏色組合也很奇怪，好像一個購自新奇玩具店、沾了貌似嘔吐穢物的圓球，三個指孔之間還印著「閃電」兩個中文字。當我們抵達「凡圖拉保齡球中心」，他把球放在一個機器裡，結果我們發現那個機器竟是保齡球清潔機。他還幫安娜選了一個手套，手套的護腕功能極強，相當合用。

穆達西依然使用我們旁邊的兒童專用球——打了四局，得分始終沒有超過 87。我第一局打了 126 分，接下來我再也不在乎，我們上星期已經打了三局保齡球，依我明智的分析，一年打了四局，堪稱一個令人滿意的總數。安娜呢？她又著了魔！她第一局就換了三次球，結果還是走回球架旁、選用最原先的一個。她戴上她專屬的手套，這下可以專注於跨步和擲球點，而且經常使用回球道上方的小電風扇吹乾她的手掌，結果她整晚都致力於突破 200 分的大關，最後終於打了 201 分。她心情大好，甚至從我手中拿起啤酒狠狠灌了幾口。

史提夫・王呢？他抓起他那顆閃閃發亮的保齡球，三根指頭伸入精準客製的指孔，為大家做了一場精采至極的演出。他跨步優雅，擺盪的曲線相當完美，球一擲出，擲球的那隻手立刻飛快上揚，指向電腦計分板，在在表現出他累積了多年的經驗。他的右腳腳趾輕輕一踏木板地，褐黃雙色、印著XXX的鞋後跟滑行三步，右腳一抬、交叉懸置在左腳後方，步伐有如芭蕾舞者般衡穩。那天晚上，他的分數從來沒有低於270，最後一局甚至打了……300分。

沒錯！電腦螢幕不停閃動著「完美球局」，在此同時，球館經理站在桌後猛搖一個古舊的船鈴。那些把保齡球當一回事的球手過來跟史提夫握手、拍拍他的肩膀，他們還全數支付我的啤酒錢，足證史提夫的球鞋確實有如魔法神燈。

兩天之後，應穆達西之邀，我們又去打保齡球。他連睡覺都夢到打保齡球。「我在夢裡看到那顆黑色的球畫個弧線、朝著一號球瓶滾過去、好像想要打出全倒，但球瓶沒有跟我想要的一樣全倒。我想要打出全倒！」這下他一心只想突破100分，但當他這輩子第三次踏入保齡球館，他卻捨棄兒童專用球道，一出手就連打了五個洗溝球。

「歡迎加入我們代表隊，」我跟他說，我出手，九號和十號球瓶都沒打中，而且差了一英尺，第八格被記上了失誤。安娜擊中七號球瓶，打出補全倒，所以得分已經超過我。史提夫・王最後登場，一出手就打出全倒。

暴洪始於岩石上的一滴雨點。遠方一縷輕煙就可判定森林起了大火。保齡球的完美球局剛開始只是第一格的角落畫上了一個X，為其後連續十二個X起了頭。史提夫・王連續打出九次全倒，所以那晚我們的第一局打到第十格——穆達西33分、我118分、安娜147分——已有大約三十人圍在我們的球道四周。其實打到第六格時，其他球局都已暫停，大家都等著看看史提夫・王會不會再打出一個完美全局——這種狀況極為罕見，跟雙虹一樣令人讚嘆稱奇。

他第十格一出手就打了全倒。群眾歡聲雷動，安娜大喊「棒透了！」周遭陷入沉靜，史提夫跨步、出手，十支球瓶再度同時倒地——他已經連續十一次打出全倒，只要再來一次，他就可以再拿下一個完美球局。這時你若說：「you could hear a pin drop」①，恐怕一點都不好笑，但周遭的確寂靜無聲。一片沉寂之中，史提夫最後再擲一球。當電腦計分板劈劈啪啪、高聲宣告「完美球局」，你說不定會以為今天晚上是除夕夜、布魯克林大橋正式啟用、阿姆斯壯登陸月球、伊拉克獨裁者海珊被拖出巢穴四大盛事的共同慶典。「王來瘋」達到高潮，我們直到三點才離開球館——凌晨三點！了解嗎？

如果我們那天晚上再打一局，說不定就沒有你現在閱讀的後續發展。史提夫可能打出 220 分，然後我們就去彈珠檯打電動。但命運之神是個怪咖。四個晚上之後，球館因為史提夫連續打出二十四個全倒，免費招待我們打球，於是我們又回到球館，笑笑鬧鬧地看著穆達西試圖別再洗溝、努力突破 33 分。但史提夫・王改變了當晚的氣氛。他擲出一球，那顆印著閃電的保齡球隆隆滾動，轟地打出一個全倒。他再擲一球。我的媽

① 譯註：「you could hear a pin drop」字面上的意思是「你可以聽到細針落地的聲響」，意即周遭寂靜無聲，「pin」也有球瓶之意，所以亦可直解為「你可以聽到球瓶落地的聲響」，但沒什麼特別的意思。

啊，又是全倒！若是印度的保齡球館，球友們八成大喊「哇靠」！

史提夫打出一個又一個全倒，整個人也愈來愈沉默，進入一種無視其他人存在的「專注之境」。他一語不發，始終站著，從不看看周遭發生了什麼事。大家開始傳簡訊給他們的球友，敦促友人馬上過來球館。免費的披薩外送上門。智慧型手機的相機全力出擊，還有一家六口出現在球館，小孩身上穿著睡衣，顯然被爸媽拉下床，因為爸媽臨時找不到人照顧小孩，但又不願錯過另一個完美球局。史提夫・王連打了三局，截至目前為止，計分格中只見一個個又黑又大的X。在全然神奇、令人驚嘆的氛圍中，他轟出一格又一格30分，第四局、第五局——等一等！——甚至第六局，局局皆是完美球局，而且一連六局！

我們三人張口結舌，擠在第七和第八球道中間的小桌旁，嗓子都喊啞了，群眾將我們包圍，約莫一百四十人，甚至更多。我已經不打了。安娜打到第二局的第五格，這會兒也停手，開始前後踱步——她不想在無意之間削弱了球道的魔力，搞砸史提夫的運勢。只有穆達西繼續擲球，每三球只有一球打中球瓶，其他兩球繼續洗溝。

讚嘆之聲此起彼落，先是高聲喝采，後來漸趨沉寂，人人屏息觀看。每次史提夫打出全倒，大家就跟著安娜大喊「棒透了」，每次穆迪西擊中球瓶，大家也善心大發，高喊「棒透了」幫他打氣。當史提夫連續打出七十二次全倒、達成連續六局完美球局，我們這位完美球王站在犯規線旁揉揉雙眼，背對著欣喜若狂、高聲吶喊、用力跺腳、猛敲啤酒瓶和汽水杯的群眾。我們全都從未親眼見證這樣的成就。對某些人而言，這或許稱不上成就，保齡球不就是打著玩嗎？但是，拜託喔！任何事情若是六度達到完美的境界，都會留下永恆的記憶。

上網看看那晚的影片吧。你會看到史提夫面無表情、陌生人和好友們圍著他齊聲道賀、好像他剛選上議員。請看看評語：百分之九十的匿名網軍說那是一個騙局，但別聽他們胡說。隔天，史提夫忙著應付要求他發表感言、提供照片、曝光露面的媒體來電。他上電視接受專訪，四家地方電台各自拍攝他站在第七號球道旁，而他神情生硬，顯然不習慣面對鏡頭。你果真打出六局完美球局？你的感覺如何？當時你在想些什麼？你有沒有想過你竟然打得出這麼多次全倒？是、是、不錯、不錯，我們再試一次。不行、再試一次。

每個攝影小組都要求他把球擲向球道，以此當作訪談的收尾。他不得不應允；於是他站到鏡頭前、說打就打、轟出四次全倒。各方邀訪接踵而至。最誘人的莫過於運動頻道ESPN邀他參加一個叫做《保齡球天下》的節目，他們同意支付一千七百美金，他只要露面就行了，但如果他又打出一局完美球局，他就可以拿到一張那種六英尺高、面額十萬美金的支票。

你八成以為日子過得如此飄飄然，還有機會上電視，史提夫這幾天八成很開心。但史提夫來自世世代代沉靜謙虛的王氏家族，他沉默不語，什麼都不肯說。穆達西上班的時候看到他呆站在電動工具展示櫃旁邊，望似正幫軍刀鋸片上架，其實只是盯著兩款不同鋸片的泡殼真空包裝盒，好像盒上的標示是外語。他半夜醒來，感覺噁心乾嘔。當我們開著我的金龜車過去接他上 ESPN 的節目，他差點忘了帶他那雙印著名字的球鞋和他那顆刻著「閃電」的保齡球。

節目將在「芳泉谷」的「皇冠保齡球館」錄製，從這裡開過去很遠，所以我們開上高速公路之前，先到 In-N-Out 漢堡店吃點東西。在得來速車道點餐時，史提夫終於坦承他為什麼心煩。他不想在電視上打保齡球。

「什麼都不做就有錢可拿，這樣不好嗎？」我問他。「有次我簽彩券，猜中了兩個號碼，差一點點就拿到十萬美金，我也只有這麼一點偏財運。」

「打保齡球應該是種樂趣，」史提夫說。「一種非正式的社交，讓大家開開心。輪到我們上場，我們就上場，沒有人在乎分數。」

穆達西說他贏了球就應該收銀幣。

In-N-Out 漢堡店始終忙碌，我們點了餐、龜速前進時，史提夫繼續說：「以前在聖安東尼鄉鎮高中，當保齡球變成正式的競賽，我就退出校隊。你得呈交申請單，填寫分數表，維持一般標準，打保齡球再也不是一種樂趣。當時壓力很大。現在也是。」

「史提夫，小寶貝，看著我，」安娜從座位上轉身，雙手抓住他的臉。「放輕鬆！在今天這種日子，沒有什麼是你不能做的。」

「妳在哪一張候診室的海報上看到這個標語？」

「我只想跟你說，好好享受這一天，讓今天充滿樂趣。史提夫・王，你今天要上電視耶！好玩、好玩、真好玩！」

「我可不這麼想，」史提夫說。「不好玩、不好玩、一點都不好玩！」

「皇冠保齡球館」曾是職業保齡球大賽的場地，館內可見 ESPN 的橫幅旗幟、看臺式的座椅、電視台的燈光、多架攝影機。當史提夫看到座位上坐滿狂熱殷切的保齡球迷，他低聲咒罵了一句——史提夫・王平日絕少咒罵。

一個戴著耳機、手執筆記夾、一臉倦容的女人看到我們。

「你們哪一位是史提夫・王？」穆達西和我舉手，開個玩笑，她瞪了我們一眼，顯然覺得不好笑。「沙克・艾爾・哈桑 vs 金姆・泰瑞爾・肯尼對戰結束之後，你們過去第四球道。贏家將跟朴京信 vs 傑森・貝爾蒙特對戰的贏家角逐冠軍。在那之前，你們什麼都不必做。」

史提夫走到外面的停車場，跟著安娜一起前後踱步，兩人講說在 ESPN 上班肯定很好玩。穆達西和我抓了幾罐汽水，坐在 VIP 區看著朴京信以十二分的差距擊敗傑森・貝爾蒙特——媽的！這場比賽真是保齡球賽的經典。接下來是沙克・艾爾・哈桑迎戰金姆・泰瑞爾・肯尼，當比賽進行到第二局，穆達西全力幫沙克・艾爾・哈桑加油——移民美國之前，他認識很多位哈桑——但金姆・泰瑞爾・肯尼以 272：269 獲勝（順帶一提，金姆是一位女子職業保齡球選手）。一架架攝影機被運往第四號球道、工作人員動手調整燈光之時，觀眾們四處走動，安娜過來找我們。

「史提夫在停車場吐了，」她跟我們說。「他在兩部電視轉播車之間一直吐。」

「太緊張？」我猜想。

「你是白癡嗎？」她問。

穆達西從我們身旁走開，趨前與沙克・艾爾・哈桑自拍。

我看到史提夫坐在大門旁邊的一道矮牆上，他把頭埋在手掌中，好像正與高燒搏鬥，望似又要吐了。

「王仔，」我捏捏他的肩膀說。「今天就這麼辦吧。你上場擲兩次你的閃電保齡球，帶著一千七百美金回家，簡簡單單，毫不費事，這樣不是很好嗎？」

「我辦不到。」史提夫抬頭，遙望停車場另一端。「每個人都期待天殺的完美。你現在就開車載我回家。」

我跟他一起坐在矮牆上。「讓我問你一個問題。這個球館的球道畫了箭頭，也有犯規線，跟地球上每一個球館有什麼不同？球道盡頭是不是擺了十支球瓶？你的球會不會神奇地滾回你的身邊？」

「喔、我知道了，你在幫我信心喊話。」

「請回答我這些有見識的問題。」

「是的。沒錯。對極了。天啊，你說的沒錯。經你開導之後，現在萬事OK。」史提夫幾乎自言自語。「我很特別；只要花了心思，我什麼都辦得到；如果把握當下，夢想就會成真。」

「棒透了，」我說。我們動也不動，靜靜坐了兩分鐘。一臉倦容、戴著耳機的女人過來找我們，扯著嗓門大喊說史提夫．王該上電視了。

他伸手攏攏墨黑的頭髮，站起來，罵了一連串非常不符合他平日作風的髒話。幸好他爸媽不在場。

×××

當史提夫穿上那雙醜陋的保齡球鞋，「喂……就是那個傢伙……」之類的竊竊私語在觀眾之間漫開。當攝影機開始拍攝、《保齡球天下》的主持人介紹他，掌聲迴盪在球場之中。連職業選手們都探頭看著第四球道。

「史提夫．王，」主持人裝腔作勢地說。「連續六局完美球局。連續打出七十二次全倒。但大家不免懷疑，你這個驚人的紀錄是不是精巧剪接和電腦特效的結果？你對這樣的指控有何反應？」主持人把麥克風推到史提夫的嘴邊。

「網路就是這麼回事，大家說的並不是沒有道理。」史提夫的眼光從主持人、觀眾、我們三人、地板瞥了一圈，然後回到主持人身上——他的目光是如此匆促，你說不定會以為他被眾人的注目誘發出癲癇。

「你可曾想過你的球技會達到這種境界、居然打得出這麼多次毫無失誤的全倒？」

「我打保齡球純粹只為了娛樂。」

「根據官方紀錄，連續全倒的紀錄保持人是湯米・戈利克。他連續打出四十七次全倒，但這會兒你宣稱你連續打出二十四次『火雞』②。許多保齡球界人士認為這樣的紀錄根本是不可能。」

我轉頭問坐在我隔壁的傢伙：「他說的『火雞』是什麼意思？」這位仁兄穿了一件印繡「皇冠保齡球館」的運動衫，肯定是《保齡球天下》的忠實觀眾。

「連續三次全倒，笨蛋。那個阿飛絕對不可能打出二十幾次『火雞』。」然後他扯嗓門，大喊「騙人」。

「史提夫，你說不定也聽說了，有些人不僅質疑你的說詞，也不相信你們主場球館經理所言，派對、撞球、保齡球一應俱全的『凡圖拉綜合商場』，是吧？」

史提夫打量觀眾，說不定眼中只見一群怒目而視、心存懷疑的人們。「我說過了，我打球只為了娛樂。」

「嗯，就像我常說的，任何一位球手都必須藉由擊倒球瓶證明實力。所以囉，史提夫・王，請你準備上場，讓我們看看你今天打得出什麼好球。各位觀眾，請別忘了，各位住家附近的保齡球館正等著你們和你們全家到館一遊，大家打一打保齡球，試一試手氣。」

史提夫走向回球道、繫緊手套之時，我們三人大聲叫囂，高喊「棒透了」。群眾之中有些人喝倒采。史提夫重重地嘆了一口氣，模樣是如此深沉，連坐在遠端最上排的我們都看得出他的肩膀頹然一垂。他轉身，背對著我們全體，又嘆了一口氣。等到他拿起他那顆刻著「閃電」的保齡球、手指伸入精準客製的指孔，熟知史提夫・王的我們看得出來他一點都不開心。

然而，他助走的步伐依然優雅，擲球流暢自然，看來似乎不費吹灰之力；他擲球的那隻手直指天花板，手指輕快地舞動；他右腳的腳趾輕輕一踏木板地，右腳交叉在左腳後方，鞋後跟的 XXX 閃閃發光。

隆隆滾球。轟轟擊中。球瓶全倒。「好狗運！」之聲迴盪在皇冠保齡球場。但史提夫背對著全世界，烘乾他的手，靜候他那顆刻著「閃電」的保齡球冒出來。然後他拿起他的球，擺好姿態，再來一次。隆隆滾球。轟轟擊中。全倒 No.2。

全倒 No.3、4、5、6 接踵而至，第四格計分 120。史提夫顯然已經贏得觀眾的心，

---

② 譯註：連續打出三次全倒稱為「Turkey」（意即：火雞），據說這是因為中世紀歐洲農民在農閒或節慶之時打保齡球消遣，但連續打出三次全倒非常困難，所以大家就拿火雞當作獎品，因而流傳至今。

但我覺得他根本沒有察覺。他甚至瞄都不瞄我們一眼。

主持人請沙克・艾爾・哈桑發表對史提夫的觀感。「神奇超凡！」他在攝影機前當著《保齡球天下》的全體觀眾說。

全倒No.7、8、9，場中四位職業選手看得目瞪口呆，齊聲評論史提夫的球技、姿勢、面對壓力之時多麼沉穩。朴京信讚嘆他擲出的球有如沿著直直的隧道行進，傑森・貝爾蒙特稱許他的拋球的路線有如一柱擎天的命運線。金姆・泰瑞爾・肯尼說職業保齡球大賽應該邀請像史提夫一樣泰然自若的球手參賽。

當計分格上第十個X在電視螢光幕上閃動，主持人大吃一驚——他也果真說道：「這個年輕人為各地的球手立下榜樣，他的表現令我大吃一驚！」觀眾一致起立，高喊加油，好像在幫古羅馬競技場上的格鬥士打氣。史提夫第十一次擲球，時光宛若靜止，恍如在夢中跳起芭蕾舞，保齡球好像從空中墜落，完美擊中一號和三號球瓶，鏗鈴哐啷！其餘八支球瓶應聲倒地。

再打出一次全倒，史提夫即可獨得十萬美金，也可在ESPN留名青史。他緩緩走向回球道，臉上看不出任何表情——沒有期待，沒有焦慮，沒有恐懼。也沒有喜悅。我只看得到他的後腦杓，但據我判定，他的臉肯定像是戴著一個露出雙眼的死亡面具。

當他把球舉在胸前、準備出手，某種比沉默更宏大的氛圍籠罩了整個球館——那是一種無聲的虛無感，好像周遭的聲響全被抽乾，聲波完全失去立足之地。安娜的手指緊緊掐入穆達西和我的胳臂，嘴唇微微開啟，無聲地說著「棒透了」。

史提夫最後一擲、球第十二次從他手中滾了出去，出手的那一剎那幾乎無法察覺，好像火箭緩緩升空登月，火箭是如此沉重，即使助推器點火發射、火焰熊熊、聲勢浩大，火箭似乎依然文風不動。「閃電」保齡球觸地的那一瞬間，全場歡聲雷動，聲音大到你會以為《保齡球天下》的每一位觀眾都在同一時間與他／她的摯愛達到性高潮。褐黃雙色的保齡球沿著弧度滾動，觀眾的歡呼也愈來愈激昂，到後來幾乎轟破屋頂，連軍刀戰鬥機的引擎都沒有這麼大聲。球再過幾英吋就擊中球瓶，到了這時，「皇冠保齡球館」已經籠罩在歡呼聲之中。

球猛然擊中一號和三號球瓶，哐哐噹噹，好像百里之外傳來雷聲。然後我們全都看到白光一閃，有如一口白牙的巨人忽然露齒一笑，十支球瓶互相碰撞，四散紛飛，直到球瓶區一片空盪，十支球瓶全都橫躺在地。

史提夫站在犯規線旁，檢視空空蕩蕩的球道盡頭，在此同時，球瓶重新排置，一一直立。當主持人朝著他的頭戴式受話器大喊：「完美球王史提夫！」，我們這位好友單膝跪地，望似感謝他心目中的天主，謝謝祂賜予如此輝煌的勝利。

但他反而解開左腳的鞋帶——也就是印著 STEVE 的那一隻球鞋。他脫下鞋子，擱在犯規線上，鞋尖壓線。然後他脫下右腳那一隻印著 WONG 的球鞋，同樣把鞋子擱在犯規線上，把那雙特別訂製的保齡球鞋擺得整整齊齊，好讓 XXX 出現在電視螢光幕上。

他只穿著襪子走到回球道，拿起已經送回的球。然後他雙手捧著他的「閃電」保齡球，好像它不過是塊鋪路石，一臉木然地把球放在他的保齡球鞋之上，安娜、穆達西和我一看他那副模樣，馬上知道他的意思是：「我再也不打保齡球。永遠不打。」

當他把他的手套扔向觀眾——觀眾為了奪取這件紀念品，甚至大打出手——金姆・泰瑞爾・肯尼跑過來擁抱他、親吻他的臉頰，其他三位職業選手則跟他握握手、揉揉他的頭。

等到我們慢慢穿過一臉崇敬的群眾——這時每一位球手都成了粉絲——安娜已經輕聲啜泣。她伸手抱住史提夫・王，哭得好厲害，我甚至擔心她會暈過去。穆達西一直用他的母語重複某句話，我想那肯定是無上的讚譽。我舉起一瓶剛剛在電視轉播車旁邊的冰桶裡拿到的啤酒，跟史提夫說聲恭喜，然後抓起他那堆裝備，全都塞進他的球袋。

只有我們三人聽到他說：「我真高興這事結束了。」

×××

接下來幾個月，我們都沒有再去打保齡球，即使我們並沒有刻意迴避。我腿上冒出一個十分錢大的腫塊，而且愈來愈大，把我嚇壞了，於是我約了醫生，做了門診手術，把它移除、切除、或像是削馬鈴薯皮一樣削除。結果沒什麼好擔心的。穆達西找到新工作，捨棄了他在「家得寶」的發展機會，轉而任職「塔吉特百貨」③，新公司與舊公司相隔一個共用的巨型停車場。他步行到新公司，換下他的制服，永不回頭。安娜在一個公園署經營的釣魚場上飛釣課，沒有人聽過這個「史丹利・史威特市立拋投釣魚場」，你在Google地圖上也找不到。她試圖叫我跟她一起報名，但我覺得飛釣是一種跟雪橇競速一樣的運動——兩者我都永遠無意嘗試。

史提夫・王的生活歸於平靜。他琢磨出ESPN的獎金應該付多少稅，據此作出規劃。他回去上班，有一陣子必須應付拉著他自拍的顧客，他還跟穆達西說，從「家得寶」跳槽到「塔吉特百貨」，就像是從亞撒哈拉故鄉移居到北韓（「家得寶」的管理階層就是使用如此充滿競爭性的語彙）。他唯一絕口不談的是保齡球。

但有天晚上，球館免費招待，於是我們到球館打球，常客們悄悄群聚於球道旁，等著跟那個打出那些完美球局的傢伙碰拳。史提夫和我先到。我剛才開車過去接他，但他兩手空空地走出家門！

「你這個蠢蛋！」他爬進我這部金龜車的乘客座時、我跟他說。

「什麼？」

「回去家裡拿你的東西。你的球鞋、球袋、『閃電』保齡球。」

③ 譯註：Target，美國零售業巨擘，是美國僅次於沃爾瑪的第二大零售百貨集團。

「好，」他沉默了好一會兒才說。

等到安娜和穆達西先後抵達，我已經喝完一瓶啤酒，史提夫正把一枚枚銅板塞進飛車電玩機。我們帶著他的裝備走到指定的球道，換上我們租來的球鞋，選定我們的保齡球——我覺得安娜仔細估量了每一顆球。當我們跟史提夫高喊我們準備好了，他依然忙著打電玩，頭也不抬地跟我們揮揮手，叫我們別等他。結果我們三人打了兩局。安娜兩局皆勝，我兩局皆輸，穆達西得意洋洋地說他是銀牌得主、比我略勝一籌。

史提夫走到我們的球道，看著我們打到第二局的第十格。我們爭辯是否再打一局，因為時間不早了，而且今晚是星期四。我想要回家，穆達西想要擊敗安娜、奪得金牌，安娜想要第三度粉碎我們每一絲希望。史提夫不在乎我們在做什麼，他說他打算坐觀球局，說不定喝一、兩瓶啤酒。

「你不跟我們一起打球？」安娜難以置信。「你什麼時候變得這麼狗眼看人低？」

「拜託嘛，史提夫，」穆達西懇求。「你和保齡球是我心目中的美國。」

「把你的球鞋穿上，」我跟他說。「不然你就走路回家。」

史提夫呆坐了一秒鐘，然後咒罵我們幾個人是混蛋，隨即脫下他外出的鞋子，換上他那雙醜陋的保齡球鞋。

我先擲球，第一球不爭氣，只打中四支球瓶，第二球沒打中，離其他六球還差了幾釐米。穆達西幾乎笑岔了氣。他的第一球打中七支球瓶，接著輕而易舉打出補全倒。

「今晚，」他輕斥安娜，「妳會死翹翹！」

「罵人罵得太過頭囉，」她跟他說。「除非牽扯到龍捲風，否則打保齡球不會讓人死翹翹。」然後她一球打中九支球瓶，接著身手矯健地打出補全倒——她和穆達西平手了。

史提夫・王隨後登場，他一邊嘆氣，一邊從客製球袋裡取出他那顆客製保齡球，也就那個裏助他締造球館傳奇的圓球家私。這麼說或許有點誇張，但球館的每一位球手都停下手邊的事，等著觀摩大師出手。整個球館忽然靜了下來，人人莫不猜想「閃電」保齡球會不會再度打出全倒、引發連鎖反應、締造另一個完美球局、證明史提夫・王確實是「火雞天王」。我覺得我自己多半就是這麼想。

他站在球道上，動也不動，再度把球舉到胸前，雙眼緊盯著球道另一頭的十支白瓶。然後他擺動手臂，滑行三步至犯規線邊緣，擲出他的「閃電」保齡球，擲球的那隻手朝天一指，右腳交叉在左腳的後方，腳趾輕輕點踏地板，六個X悉數呈現在眾人眼前。他的球滾了又滾，沿著狹長閃亮的原木球道轉動，滾向那個一號和三號球瓶之間的進球點，看來肯定是個全倒。

# 致謝辭

誠摯感謝 Anne Stringfield、Steve Martin、Esher Newberg 和 Peter Gethers——諸位是這一段段文字姻緣的親家。

謝謝 E. A. Hank，她那隻藍色的鉛筆、她那敏銳而坦誠的眼光，實在功不可沒。

Gail Collins 和 Deborah Triesman，容我對兩位脫帽致敬，聊表謝意。

Penguin Random House 的全體人員，謝謝諸位檢視、欣賞、改善這一篇篇故事，促成本書漂漂亮亮地問世。

# 歡迎光臨火星：湯姆・漢克斯短篇故事集
Uncommon Type: some stories

作者 湯姆・漢克斯
Tom Hanks
翻譯 施清真
編輯 邱子秦
業務 陳碩甫
發行人 林聖修

封面設計 吳睿哲
內頁編排 張家榕

出版 啟明出版事業股份有限公司
地址 台北市敦化南路二段 59 號 5 樓
電話 02-2708-8351
傳真 03-516-7251
網站 www.chimingpublishing.com
服務信箱 service@chimingpublishing.com

法律顧問 北辰著作權事務所
印刷 漾格科技股份有限公司

總經銷 紅螞蟻圖書有限公司
地址 台北市內湖區舊宗路二段 121 巷 19 號
電話 02-2795-3656
傳真 02-2795-4100

初版 2019 年 7 月 31 日
ISBN 978-986-97592-4-3
定價 新台幣 420 元 港幣 125 元

國家圖書館出版品預行編目（CIP）資料
歡迎光臨火星／湯姆・漢克斯（Tom Hanks）作；
施清真譯 . -- 初版 . -- 臺北市：啟明 , 2019.07
面；　公分
譯自：Uncommon Type : some stories
ISBN 978-986-97592-4-3（平裝）

874.57　　　108010844

---